D1387439

## Das Buch

Kurzgeschichten von James Ellroy, dem Meister der untergründigen, aber stets spürbaren Spannung, des kalten, melancholischen Realismus und des stilistischen Purismus – in dieser Sammlung von Erzählungen vereinen sich die sprachlichen Ausnahmequalitäten dieses Autors mit einem nüchternen Blick auf das glamouröse Leben in Hollywood. Korrupte Polizisten, abgehalfterte Schauspieler, kriminelle Größen und extravagante Hollywoodprominenz spielen wie immer die Hauptrollen in diesem düsteren Szenario der fünfziger Jahre; Ellroys Figuren haben ihre Illusionen längst verloren und halten dennoch an ihren Träumen fest. Jede Nacht verliert der amerikanische Traum in Hollywood seine Unschuld, um am Morgen unbeschadet wieder den neuen Tag zu beginnen. Ein Muß für Ellroy-Fans.

## Der Autor

Der Amerikaner James Ellroy, 1948 in Los Angeles geboren, begann seine Schriftstellerkarriere mit dem Vorsatz, der beste Krimiautor aller Zeiten zu werden. Seine Vorbilder: Ross Macdonald und Joseph Wambaugh. Gleich mit seinem ersten Roman *Browns Grabgesang* machte Ellroy auf sich aufmerksam. Mit *Die Schwarze Dahlie* gelang ihm international der große Durchbruch. Ellroy lebt heute in Connecticut.

In unserem Hause sind von James Ellroy bereits erschienen:

*Ein amerikanischer Thriller*
*Blut auf dem Mond*
*Blutschatten*
*Browns Grabgesang*
*Crime Wave*
*Heimlich*
*Hügel der Selbstmörder*
*In der Tiefe der Nacht*
*L.A. Confidential – Stadt der Teufel*
*Die Rothaarige*
*Die Schwarze Dahlie*
*Stiller Schrecken*
*White Jazz*

James Ellroy

# Hollywood, Nachtstücke

Erzählungen

Aus dem Amerikanischen
von Thomas Mohr

Ullstein

Ullstein Taschenbuchverlag
Der Ullstein Taschenbuchverlag ist ein Unternehmen der Econ Ullstein List Verlag GmbH
& Co. KG, München
1. Auflage 2002
© 2000 für die deutsche Ausgabe by Hoffmann und Campe Verlag, Hamburg
© 1994 by James Ellroy
Titel der amerikanischen Originalausgabe: Hollywood Nocturnes (Dell Publishing, New
York)
Übersetzung: Thomas Mohr
Umschlagkonzept: Lohmüller Werbeagentur GmbH & Co. KG, Berlin
Umschlaggestaltung: Bezaubernde GINI
Titelabbildung: Corbis, Picture Press
Druck und Bindearbeiten: Clausen & Bosse, Leck
Printed in Germany
ISBN 3-548-25295-8

Für Alan Marks

# Inhalt

# Schatten der Vergangenheit

Ein Irrwisch mit Akkordeon – der Mann knautscht seine »Quetschkommode« nach allen Regeln der Kunst.

Mein Vater zeigt zum Fernseher. »Der Bursche taugt nichts. Der ist ein Drückeberger.«

Der Akkordeonspieler in einem billigen Schundfilm: im Clinch mit der Blondine aus der Mark-C.-Bloome-Reifenreklame.

Halb verschüttete Erinnerungen kommen wieder hoch. Sie haben alle denselben Ursprung: L.A., wo ich in den 50er Jahren aufwuchs. Die meisten sind nur synaptische Schnappschüsse, die schon im nächsten Augenblick verblassen. Ein paar werden auf wundersame Weise zu Literatur: Ich erkenne ihr dramatisches Potential und schlachte es in meinen Romanen aus, verwandle Erinnerung im Handumdrehen in Erfindung.

Das Gedächtnis: wo persönliche Reminiszenzen mit der Geschichte kollidieren.

Erinnerung: eine symbiotische Verschmelzung von GESTERN und HEUTE. Für mich der Zündpunkt quälender Neugier.

Der Akkordeonspieler heißt Dick Contino.

Von wegen »Drückeberger« – er hat tapfer im Koreakrieg gekämpft.

Der billige Schundfilm schimpft sich *Daddy-O* – ein hundsmiserabler Streifen der Marke »Mädels, Musik und heiße Öfen«.

Das Gedächtnis knüpft Zusammenhänge: verbindet große Ereignisse mit ebenso winzigen wie lebhaften Details.

Im Juni 1958 wurde meine Mutter ermordet. Die Suche nach

dem Täter blieb erfolglos; ich zog zu meinem Vater. Ich sah, wie Dick Contino in der Glotze den »Bumble Boogie« dudelte, nahm zur Kenntnis, was mein Vater von ihm hielt, und ging ein Jahr später ins Admiral Theatre, um mir *Daddy-O* anzuschauen. Meine Synapsen glühten, sprühten, schlugen Funken; eine Erinnerung nahm Gestalt an, und es ergab sich ein Zusammenhang. Alles fügte sich zu einem düsteren Bild: Frauen wurden erwürgt und blieben auf ewig ungerächt.

Damals war ich zehn, elf Jahre alt, und in mir regte sich erste Lust auf Literatur. Meine Neugier konzentrierte sich auf Mord und Totschlag: Mich interessierte das WARUM? hinter dem grausigen Geschehen. Nach einer Weile langweilten mich aktuelle Verbrechen – die blutigen 60er und 70er Jahre rauschten wie im Traum an mir vorbei. Meine Phantasie machte eine Zeitreise in das Jahrzehnt davor, mit dem dazugehörigen Soundtrack: Golden Oldies und Dick Contino, der in der Ed Sullivan Show sein Akkordeon traktierte.

1965 flog ich von der High School und meldete mich freiwillig zum Militär. Bei der Army ging mir der Arsch auf Grundeis – ich türkte einen Nervenzusammenbruch, hatte Glück und wurde als untauglich entlassen.

1980 schrieb ich *Heimlich* – eine notdürftig kaschierte, zeitlich versetzte Nacherzählung des Mordes an meiner Mutter. Der Roman spielt 1951; der Held ist ein junger Cop – und Drückeberger –, der von der Kommunistenhatz aus der Bahn geworfen wird.

1987 schrieb ich *Blutschatten*. Das Buch spielt 1950 und befaßt sich mit der Hexenjagd in der Unterhaltungsbranche.

1990 schrieb ich *White Jazz*. In einer Nebenhandlung geht es um einen billigen Schundfilm, der in Griffith Park gedreht wird, an denselben Schauplätzen wie *Daddy-O*.

Jung schrieb: »Was uns nicht zum Bewußtsein gebracht wird, kommt als Schicksal über uns.«

Ich hätte Dick Contino schon vor Ewigkeiten kommen sehen müssen.

Fehlanzeige. Das Schicksal funkte mir dazwischen, per Foto und Videokassette.

Das Foto besorgte mir ein Freund. Irre: ich, mit zehn, am 22. Juni 1958. Ein Fotograf der L.A. Times knipste das Bild, fünf Minuten nachdem ein Detective mir eröffnet hatte, daß meine Mutter ermordet worden sei. Ich habe einen mittelschweren Schock: Meine Augen sind weit aufgerissen, doch mein Blick ist ausdruckslos und leer. Mein Hosenladen steht auf Halbmast; meine Hände scheinen zu zittern. Es war ein heißer Tag: Die schmelzende Pomade in meinem Haar reflektiert das Blitzlicht.

Das Foto ließ mich nicht mehr los: Es war stärker als meine zahllosen Versuche, meine Vergangenheit zu Geld zu machen. Die Erkenntnis traf mich wie ein Faustschlag ins Gesicht: Meine Trauer war, selbst in diesem Augenblick, ambivalent. Schon wäge ich Vor- und Nachteile gegeneinander ab, spiele sämtliche Möglichkeiten durch, während die übereifrigen Beamten vor dem scheinbaren Schmerz eines kleinen Jungen kapitulieren.

Ich ließ das Foto rahmen und starrte es immer wieder an. Initialzündung: Erinnerungen an die späten 50er Jahre explodierten. Ich entdeckte *Daddy-O* in einem Versandkatalog und bestellte den Film. Er kam eine Woche später mit der Post; ich schob ihn in den Videorecorder.

Zeitmaschine mit Raketenantrieb ...

Die Geschichte dreht sich um den Trucker/Rennfahrer/ Sänger Phil »Daddy-O« Sandifer, der den Mord an seinem besten Freund aufzuklären versucht, was dadurch erschwert wird, daß man ihm den Führerschein entzogen hat. Phils Kumpels »Peg« und »Duke« wollen ihm helfen, sind dazu aber viel zu benebelt, weil sie sich die Nächte im Rainbow Gardens um die Ohren schlagen, einem Halbstarkentreff, wo Phil gratis und auf Zuruf Doo-Wop-Schnulzen schmettert. Egal: Daddy-O lernt die aufreizende Jana Ryan kennen, ein Mädchen aus gutem Hause mit gültigem Führerschein und einem 57er T-Bird-Cabrio. Aus gegenseitiger Abneigung wird sexuelle Anziehung; Phil und Jana tun sich zusammen und verdingen sich zum Schein im Nachtclub des zwielichtigen Fettsacks Sidney Chillis. Der Sänger Daddy-O und das Zigarettenmädchen Jana, ein ebenso attraktives wie schlagkräftiges Duo. Sie kommen schnell dahinter, daß Chillis Big »H« verdealt, stellen ihm eine Falle und kaufen sich den Dickwanst wegen des Mordes an Phils bestem Freund. Das Ganze gipfelt in einer wilden Verfolgungsjagd; bleibt die brennende Frage: Wird Daddy-O als Lohn für seinen Wagemut den Führerschein zurückbekommen? Wer weiß?

Was soll's?

Ich mußte mir den Streifen ohnehin dreimal ansehen, um den Inhalt halbwegs korrekt wiedergeben zu können.

Weil Dick Contino mich in seinen Bann schlug.

Weil ich – instinktiv – wußte, daß er die entscheidenden Antworten parat hatte.

Weil mir klar wurde, daß er wie ein unsichtbarer Geist über meinem »Quartett« von L.A.-Romanen schwebte, ein Phantom, das endlich sprechen wollte.

Weil ich spürte, daß er mir tonnenweise Hintergrundmaterial liefern, meine Erinnerungslücken schließen und auf diese Weise ein gestochen scharfes Bild der Stadt Los Angeles in den späten 50ern zeichnen konnte.

Weil ich zu erkennen glaubte, daß sich Rolle und Privatperson von 1957 in weiten Teilen deckten, ein Gemisch, das in den vergangenen fast fünfunddreißig Jahren an Sprengkraft vermutlich noch gewonnen hatte.

Contino auf der Leinwand: ein hübscher Italiener Ende zwanzig mit strammem Bizeps, entweder vom Hanteltraining oder dem Liebesspiel mit seinem Akkordeon. Ein Bilderbuch-Mädchenschwarm: strahlend weiße Zähne, dunkle Locken, sympathisches Lächeln. Trotzdem leidet er unter den modischen Verirrungen der 50er: bis unter die Achselhöhlen hochgezogene Röhrenhosen, quergestreifte Ban-Lon-Hemden. Er sieht gut aus und kann singen; mit »Rock Candy Baby« hat er Schwierigkeiten – der Text ist beschissen, und swingende Uptemponummern wie diese liegen ihm ganz offensichtlich nicht –, aber bei dem Schubidu-Schmachtfetzen »Angel Act« – einem Song über den klassischen Loser, der einer »Noir«-Göttin verfallen ist, die sein Leben in Schutt und Asche legen wird – tropft ihm buchstäblich der Schmalz von den Stimmbändern, so sterbensschön läßt er seinen Bariton vibrieren.

Schauspielern kann er auch: Er ist offenkundig ein Naturtalent und fühlt sich vor der Kamera wohl. Irre: Wenn er den Mund aufmacht, werden aus schauderhaften immerhin mittelmäßige Dialoge.

Und er ist stolz darauf, in *Daddy-O* die Hauptrolle zu spielen – er schämt sich weder für das Drehbuch noch für seine Partner oder einen Text wie: »Rock Candy Baby, that's what I call my chick! Rock Candy Baby, sweeter than a licorice stick!« –, obwohl er nach dem bißchen, was ich über ihn weiß, auf der Karriereleiter schon mal ein paar Sprossen höher stand.

Ich beschloß, Dick Contino ausfindig zu machen.

Ich hoffte inständig, daß er gesund und munter war.

Ich stöberte ein halbes Dutzend seiner Platten auf, hörte sie mir an und schwelgte in purem, lupenreinem *Entertainment*.

*Live at the Fabulous Flamingo, Squeeze Me, Something for the Girls* – alte Standards, aufpoliert zu schimmernden Juwelen des Akkordeonspiels. Ein Stakkato von Filmmelodien; von derart zeit- und hemmungsloser Sentimentalität, daß man damit jeden Meter Tiefsinnskitsch, den Hollywood je produziert hat, unterlegen könnte. Dick Contino, Virtuose auf Vinyl: Er turnt über die Tastatur, improvisiert Kadenzen, entlockt dem Balg ein regelrechtes Klanggewitter. Läßt seine Quetsche flüstern, ächzen, stöhnen, schreien – schneller, als ich denken kann: Was hat es mit dem Leben dieses Mannes auf sich, und was hat das mit mir zu tun?

Ich rief meinen Freund und Assistenten Alan Marks an. Und landete auf Anhieb einen Treffer. »Der Akkordeonspieler? Ist der nicht früher mal in Vegas aufgetreten?«

»Finde soviel wie möglich über ihn heraus. Finde heraus, ob er noch lebt, und wenn ja, besorg mir seine Adresse.«

»Wozu?«

»Hintergrundmaterial.«

Ich hätte sagen sollen: *brauchbares* Hintergrundmaterial – denn Dick Contino sollte ein naher Verwandter der Helden meiner anderen Bücher werden, ein rast- und ruheloser Bruchpilot, der wie ein Hund den Mond anbellte, ein Quasi-Psychopath, der hinter jedem Rock herlief. Ich hätte sagen sollen: »Bring mir etwas, das ich ausschlachten und weiterentwickeln kann.« Ich hätte sagen sollen: »Bring mir eine Biographie, die sich nahtlos in die düstere Welt meiner ersten zehn Romane fügt.«

»Was uns nicht zum Bewußtsein gebracht wird, kommt als Schicksal über uns.«

Ich hätte den *echten* Dick Contino kommen sehen müssen.

Eine Woche später rief Alan zurück. Er hatte Contino in Las Vegas aufgespürt – »und er ist bereit, mit dir zu sprechen«.

Bevor ich mich mit ihm in Verbindung setzte, zeichnete ich unser beider Lebensläufe nach. Allmählich bildete sich ein bestimmtes Muster heraus – ich wollte eine Novelle über Dick Contino und die Dreharbeiten zu *Daddy-O* schreiben –, doch irgend etwas hielt mich davon ab, die Initiative zu ergreifen, mir die nötigen Informationen zu beschaffen und mich an den Schreibtisch zu verfügen. Mir wurde klar, daß ich durch meine Ängste an diesen Mann gefesselt war: die berufsbedingte Angst zu scheitern, die sich durch harte Arbeit überwinden ließ, sowie die schreckliche Furcht, die zu klaustrophobischen Erstickungsanfällen führt und strahlende junge Männer dazu bringt, zu desertieren – die Angst, daß buchstäblich alles passieren könnte, passieren kann, passieren *wird*.

In Furcht vereint; im Kampf auf sich gestellt.

Ich ging zur Army, als der Vietnamkrieg langsam, aber sicher ins Rollen kam. Mein Vater lag im Sterben: Ich hatte keine Lust, ihm dabei zuzusehen. Die Army war das nackte Grauen – ich suchte nach möglichen Fluchtwegen. James Ellroy, siebzehn, Nachwuchsmime, zog eine irre Stotternummer ab, um seine Wehruntauglichkeit zu demonstrieren.

Ich bot eine glänzende Vorstellung, die mit sofortiger Entlassung und einer Rückfahrkarte nach L.A. belohnt wurde, wo ich endlich wieder meinen Leidenschaften frönen konnte: saufen, kiffen, Krimis lesen und in anderer Leute Häuser einbrechen, um Damenunterwäsche zu beschnüffeln.

Niemand nannte mich einen Feigling oder Drückeberger – der Vietnamkrieg hatte vom ersten Tag an keine besonders gute Presse, und sich aus seinen Klauen zu befreien galt als ehrenwert.

Ich war den Fängen der Army *spielend* entronnen – und hatte mir meine Angst natürlich nicht anmerken lassen. Ich war beileibe kein strahlender junger Mann, der sich mit Begeisterung zur Schlachtbank führen ließ.

Hinter mir liegt ein bewegtes Leben, das sich medial hervorragend verwerten läßt; ich betrachte es wie einen pikaresken Roman – eine List, dank der sich meine Suche nach einem tieferen Sinn ausschließlich auf meine Bücher beschränkt, die mir immer neue Kraft und Energie verleiht und mich obendrein davor bewahrt, in ein großes schwarzes Loch zu fallen. Dick Contino verfuhr nach einer anderen Methode: Er war Musiker, kein Schriftsteller, und bekannte sich von Anfang an zu seinen Ängsten. Und er machte weiter: Musikalisch sind seine nach der Drückeberger-Affäre aufgenommenen Platten den vor 1951 erschienenen Scheiben haushoch überlegen. Er machte weiter, und meines Wissens hat in all den Jahren lediglich das Publikumsinteresse etwas nachgelassen.

Ich rief Contino an und teilte ihm mit, daß ich über ihn schreiben wolle. Wir plauderten; er sagte: »Kommen Sie nach Vegas.«


Contino holte mich vom Flughafen ab. Er sah phantastisch aus: schlank und topfit, trotz seiner dreiundsechzig Jahre. Sein *Daddy-*

*O*-Grinsen war unverändert; er bestätigte, daß sein *Daddy-O*-Bizeps vom Akkordeonspielen stamme.

Wir gingen in ein Restaurant und quatschten. Unser Gespräch verlief sehr sprunghaft – Dicks Erinnerungen schweiften immer wieder ab und führten nur auf Umwegen zu ihrem zumeist anekdotenhaften Ausgangspunkt zurück. Wir unterhielten uns über Las Vegas, die Mafia, Knasterfahrungen, Barmusik, Howard Hughes, Korea, Vietnam, *Daddy-O*, L.A. in den 50ern, Angst und das zähe Ringen um das Publikum.

Ich erklärte ihm, daß die besten Romane sich nicht unbedingt auch am besten verkauften, daß variantenreicher Stil und komplexe Geschichten viele Leser überforderten. Ich erklärte ihm, daß meine Bücher, obwohl sie sehr gut gingen, als zu düster, kompliziert und gewalttätig galten, um zum Bestseller zu taugen. Dick fragte mich, ob ich andere Bücher schreiben würde, um die Auflage zu steigern – ich sagte: »Nein.« Er fragte, ob ich andere Bücher schreiben würde, wenn ich das Gefühl hätte, eine Masche oder ein Thema ausgereizt zu haben – ich sagte: »Ja.« Er fragte, ob die historischen Figuren in meinen Romanen mich manchmal überraschen – ich sagte: »Nein, denn sie sind für mich nur Mittel zum Zweck.«

Ich sagte: »Die Arbeit ist die Hauptsache.« Er sagte ja, aber man dürfe sich nicht hinter seiner vermeintlichen Integrität verschanzen. Das Publikum habe ein Recht auf sein Vergnügen – und dazu brauche es nun mal ein gewisses Maß an Schmalz.

Ich fragte Dick, wie er das mache. Er sagte, seine alten Ängste hätten ihn gelehrt, sich seinen Mitmenschen zu öffnen. Er sagte, Angst lebe von Einsamkeit, und wenn es einem gelänge, die Mauer zwischen sich und dem Publikum niederzureißen, eröffneten sich gänzlich neue Perspektiven.

Ich fuhr in mein Hotel und ließ die Offenbarungen des Tages Revue passieren. Meine Welt war aus den Fugen, und ich betrachtete meine Vergangenheit zum ersten Mal mit anderen Augen. Ich sah mich vor einem riesigen Publikum stehen, gewappnet mit neuer literarischer Munition: der Gewißheit, daß Dick Contino der Held meines nächsten Romans sein würde.

*Dick Continos Blues* nahm mit einem Schlag Gestalt an, schien buchstäblich aus dem Nichts zu kommen.

Am nächsten Abend trafen Dick und ich uns zum Essen. Es war mein fünfundvierzigster Geburtstag; ich hatte das Gefühl, an einem Wendepunkt meines Lebens angelangt zu sein.

Dick brachte mir ein Ständchen auf dem Akkordeon, eine Be-bop-Version von »Happy Birthday«. Der alte Schwung war noch da – er umspielte das Thema in rasendem Tempo.

Wir gingen zu Fuß zum Restaurant. Ich fragte Dick, ob er etwas dagegen hätte, als Held in einer Novelle und meinem nächsten Roman aufzutreten.

Er sagte nein und fragte, worum es in den beiden Büchern gehen solle. Ich sagte: »Angst, Mut und teuer erkaufte Erlösung.«

Er sagte: »Gut, ich glaube, ich weiß, was du meinst.«

Es war eine kalte Nacht; die Sterne verblaßten angesichts des Neongewitters von Las Vegas. Der Himmel tat sich auf, und ich fragte mich unwillkürlich, was das alles zu bedeuten hatte.

**Dick Continos Blues**

Ich feiere in letzter Zeit ein mittelprächtiges Comeback.

Hier eine Italo-Festa, da ein bißchen Bargeklimper. Und ein grandiooooser Auftritt bei einem Aids-Fernsehmarathon – mit meiner »Lady of Spain« fuhr ich zehn Mille an Spenden ein und kam obendrein in den Genuß einer Studentin, die Zuschaueranrufe entgegennahm, wenn sie mir in der Garderobe nicht gerade einen blies. *Daddy-O* ist auf Video erschienen, und Filmkritiker mit einem Faible für 50er-Jahre-Kitsch nerven mich mit Interviewwünschen.

Bei ihren Fragen schlägt mein Gedächtnis Purzelbäume. Es ist wieder 1958 – und ich bin ein Akkordeonspieler/Sänger, der für ein paar lumpige Kröten die Hauptrolle in einem »B«-Movie übernommen hat. Haben Sie »Rock Candy Baby« und »Angel Act« selbst geschrieben? Hatten Sie was mit Ihrer Partnerin, der Blondine aus der Mark-C.-Bloome-Reklame? Von wem stammten Ihre Kostüme, und wer war Ihr Stunt-Double? Wie haben Sie den 51er Ford zum Schweben gebracht, mit den Bullen dicht auf den Fersen – die Einstellung wirke zwar echt, sei aber doch ziemlich schlampig in den Film geschnitten?

Ich versuche, ehrliche Antworten zu geben.

Ich verkaufe den schwebenden Wagen als Spezialeffekt.

In Wahrheit habe *ich* diese aufgemotzte/hochfrisierte/tiefergelegte Scheißkarre zum FLIEGEN gebracht. Und dazu gibt es eine Geschichte – mein liebevoller Abschied vom damaligen L.A.

# 1.

Ich ging baden.

Und zwar mit Pauken und Trompeten: schweißnasse Hände, leichter Tatterich. Meine Begleitband schien zu schwimmen – dabei war *ich* kurz vorm Ertrinken. Das GROSSE MUFFENSAUSEN packte mich bei den Eiern; Schlagzeilen in Riesenlettern:

»Contino bringt Crescendo-Publikum zum Gähnen!«

»Contino vergeigt Sunset-Strip-Premiere!«

Vom »Bumble Boogie« zu »Ciriciribin« – eine Akkordeon-Breitseite ins Auditorium. Ich knautschte den Balg aus Leibeskräften; mein Gehirn gab meinen Fingern einen falschen Befehl. Meine Finger gehorchten – ich hämmerte das Finale von »Tico Tico«. Eine ansteckende Krankheit: Meine Band stieg ein mit einem Thema aus der »Rhapsody in Blue«.

Ich stand da wie angewurzelt.

Das Saallicht ging an. Ich sah Leigh und Chrissy Staples, Nancy Ankrum, Kay Van Obst. Meine Frau, meine Freunde – und einen Haufen Premierentiger, denen das Entsetzen ins Gesicht geschrieben stand.

Hinter mir verröchelte die »Rhapsody in Blue«. Das GROSSE MUFFENSAUSEN packte mich bei den Eiern und DRÜCKTE ZU.

Ich versuchte es mit einem lockeren Spruch. »Ladies und Gentlemen, das war der ›Dissonance Jump‹, ein neues, experimentelles Zwölftonstück.«

Meine Freunde gickelten. Ein Trottel mit Legionärsfotze auf dem Kommißkopp grölte: »Drückeberger!«

Totenstille hallte durch den Saal. Ich musterte Joe Patriot: schnapsgerötete Visage, Legionärsmütze, Legionärsarmbinde. Meine Rechtfertigungsarie stand wie eine Eins: Ich war in Korea, bin ehrenvoll entlassen und von Harry S. Truman begnadigt worden.

Nein, besser: »Du kannst mich. Deine Mutter kann mich. Und dein Köter kann mich auch.«

Der Legionär erstarrte. Ich erstarrte. Leigh erstarrte zu einem tiefgefrorenen Lächeln und sah, wie (mindestens) zwei Wochen à zwei Mille sich in Rauch auflösten.

Der ganze Saal erstarrte.

Ich wurde mit Cocktailresten bombardiert: mit Rumfrüchten, Oliven, Eis. Von meinem Akkordeon tropften Maraschinokirschen – ich streifte es ab und verstaute es hinter einem Bühnenscheinwerfer.

Mein Gehirn gab meinen Fäusten einen falschen Befehl: Joe Patriot die Fresse polieren. Ich sprang von der Bühne und stürzte mich auf ihn. Er kippte mir seinen Drink ins Gesicht; reiner Alkohol verätzte mir die Augen, und auf einmal war ich blind. Ich spotzte, blinzelte und schlug wild um mich. Drei Schwinger gingen daneben; der vierte saß – der Treffer hatte eine solche Wucht, daß ich wie Wackelpudding zitterte. Meine Sehkraft kehrte zurück – und vor mir stand Mr. America und spuckte Zähne.

Irrtum.

Joe Legionär war weg. An seiner Stelle krümmte sich, mit einer zentimetertiefen Wunde in der Wange, die mein über und über mit falschen Steinen besetzter Ehering verursacht hatte: Cisco Andrade, der aussichtsreichste Anwärter auf den Weltmeistertitel im Leichtgewicht.

Die County-Bullen stürmten den Saal und schwärmten aus. In ihrem Schlepptau: Deputy Dot Rothstein, ein gut 100 Kilo schweres Mannweib mit einer Schwäche für meine Freundin Chris Staples.

»Du dämlicher Vollidiot«, sagte Andrade.

Ich stand da wie angewurzelt.

Ich weinte Gin; meine linke Hand pochte. Plötzlich nahm der Hauptsaal des Crescendo surreale Züge an:

Hier Leigh, die den Cops die alte Platte von »Dick Contino, McCarthy-Opfer« vorspielt. Da der Legionär, der meinem Saxophonisten ein Autogramm abluchst. Dot Rothstein hängt die Nase in den Wind – mein Drummer hat sich mit einem Joint hinter die Bühne verzogen. Chrissy macht einen großen Bogen um Big Dot – seit Chris für die Polente eine Lesbe geködert hat, ist Dotty höllisch spitz auf sie.

Schreie. Finger zeigten auf mich. Mickey Cohen mit seiner Bulldogge Mickey Cohen jr., die ihre Schnauze prompt in einer Schale Cocktailnüsse versenkte. Mickey sr. – der Heilige Vater der Bumslokale – steckte dem Einsatzleiter ein Bündel Scheine zu.

Andrade drückte meine lädierte Hand – mir kamen die Tränen.

»Du spielst bei der Geburtstagsfeier von meinem Sohn. Und zwar als Chucko, der Clown, verkleidet, er fliegt nämlich auf Clowns. Dann sind wir quitt. Kapiert?«

Ich nickte. Andrade ließ meine Hand los und betupfte seine Wunde. Mickey Cohen gab sich die Ehre und setzte noch eins drauf.

»Dann könntest du doch eigentlich auch bei der Geburtstagsparty meiner Nichte auftreten, als Davy Crockett verkleidet, mit Waschbärmütze und allem Drum und Dran. Nicht wahr?«

Ich nickte. Die Polypen verließen einer nach dem anderen den Saal – ein Deputy zeigte mir den Stinkefinger und brummte: »Drückeberger!«

Mickey Cohen jr. schob mir die Schnauze zwischen die Beine. Ich versuchte ihn zu streicheln – das Mistvieh schnappte nach meinem Sack.

Leigh und Chris erwarteten mich im Googie's. Nancy Ankrum und Kay Van Obst kamen nach – wir quetschten uns zu viert an einen Tisch.

Leigh holte ihren Notizblock aus der Tasche. »Steve Katz war stinksauer. Er hat seinen Buchhalter angewiesen, deine Abendgage um die Hälfte zu kürzen.«

Meine Hand pochte noch immer – ich fummelte das Eis aus Chrissys Wasserglas. »Fünfzig Piepen?«

»Vierzig und ein paar Zerquetschte. Sie schenken dir keinen Penny.«

Dämonen lauerten: Leighs Geburtshelfer, der Repoman von Yeakel Olds. Ich sagte: »Das Baby können sie uns wohl schlecht wieder wegnehmen.«

»Nein, aber den Starfire 88, mit dessen Raten du drei Monate im Rückstand bist. Ach, Dick, *mußte* es denn unbedingt ein Continental Kit mit ›Kustom-King‹-Sitzen und diesem gräßlichen Akkordeon auf dem Kühler sein?«

Chrissy: »Typisch Italiener. Buddy Greco hat die gleiche Karre, da konnte Dick natürlich nicht nachstehen.«

Kay: »Mein Mann hat auch einen 88. Er sagt, die ›Kustom-King‹-Sitze sind so weich, daß er auf dem San Bernardino Freeway fast mal eingeschlafen wär.«

Nancy: »Chester Boudreau, mein absoluter *Lieblings*-Sexkiller, schwor auf Oldsmobiles. Er meinte, die rundliche Form des Oldsmobile hätte vor allem die Kinder magisch angezogen.«

In schönster Harmonie: mein Damentrio. Chrissy sang bei Buddy Greco und dealte mit Dexedrin; Nancy spielte in Spade Cooleys Frauencombo die Posaune und verkehrte – brieflich – mit der Hälfte aller Perversen in San Quentin. Kay: Landesvorsitzende des Dick-Contino-Fanclubs. Wir kennen uns seit meiner Army-Affäre: Kays Mann Pete leitete das FBI-Kommando, das mich damals wegen Fahnenflucht hochgenommen hat.

Unser Essen kam. Nancy schwärmte vom »Würger von West Hollywood« – irgendeinem Tier, das nur ein paar Ecken weiter, in einer Seitenstraße des Strip, zwei turtelnde Liebespärchen erledigt hatte. Chris bejammerte meine Crescendo-Schlappe und greinte, weil Buddys Mocambo-Engagement in vierzehn Tagen auslief.

Nancy fiel ihr ins Wort: Das Würgerfieber hatte sie gepackt. Sie schloß jetzt schon Wetten ab: Der Würger werde als Psychokiller Nr. 1 des Jahres 1958 in die Geschichte eingehen.

Leigh ließ mich in ihren Augen lesen:

Deine Freunde unterstützen deine Mätzchen. Ich nicht.

Dein männliches Imponiergehabe hat uns vier Mille gekostet.

Wenn du mit Fäusten gegen deinen Ruf als FEIGLING kämpfst, machst du alles nur noch schlimmer.

Radioaktive Augen – ich entging ihnen via Smalltalk. »Chrissy, hast du gemerkt, wie Dot Rothstein dich angegafft hat?«

Chris würgte einen Bissen Reuben-Sandwich hinunter. »Ja, dabei ist die Barbara-Graham-Sache inzwischen fast *fünf Jahre* her.«

Bei dem Namen »Barbara Graham« spitzte Killer-Nan die Ohren.

Ich erklärte: »Chrissy hat neun Monate mit Barbara Graham im Frauenknast gesessen.«

Nancy, atemlos: »*Und?*«

»Und hatte zufällig die Zelle neben ihr.«

»*Und?*«

Chris fuhr dazwischen. »Hört gefälligst auf, mich wie Luft zu behandeln.«

Nancy: »*Und?*«

»Und ich hab neun Monate wegen gefälschten Dilaudidrezepten gesessen. Dot war die Oberwachtel in unserem Block und hatte ein Auge auf mich geworfen, was, nebenbei gesagt, beweist, daß sie Geschmack hat. Barbara Graham und ihre Komplicen Santo und Perkins waren gerade wegen dem Mord an Mabel Monahan verhaftet worden. Barbara beteuerte immer wieder ihre Unschuld, und die Staatsanwaltschaft hatte Angst, daß die Geschworenen ihr glauben könnten. Dot hatte gehört, daß Barbara im Knast einen auf Lesbe machte, und verfiel auf eine glorreiche Idee: Ich sollte mich an Barbara ranschmeißen und im Gegenzug einen Teil meiner Strafe erlassen bekommen. Ich spielte mit, aber nur unter der Bedingung, daß ich ihr nicht an die Wäsche mußte. Die Staatsanwaltschaft und ich wurden uns einig, aber Barbara verriet auch unter vier

Augen kein Sterbenswörtchen über den Abend des 9. März 1953. Wir schrieben uns mehr oder weniger frivole Briefchen auf Papierservietten, die Dot ans *Hush-Hush Magazine* vertickte, wo sie ohne meinen Namen erschienen. Ich kam raus, Barbara wanderte in die Gaskammer, und Dot ist bis heute davon überzeugt, daß ich ein kesser Vater bin. Sie schickt mir jedes Jahr zu Weihnachten eine Karte. Habt *ihr* schon mal mit Lippenstift beschmierte Weihnachtskarten gekriegt – von einer Zwei-Zentner-Gewitterlesbe?«

Der ganze Tisch brüllte vor Lachen. Kay prustete mit vollem Mund – und bespuckte Leigh mit Mineralwasser. Ein Blitzlicht explodierte – vor mir stand Danny Getchell mit einem Kameraakrobaten von *Hush-Hush*.

Getchell ratterte Schlagzeilen herunter: »Ziehharmonika-Zauberer landet folgenschweren Treffer bei Crescendo-Keilerei.« »Angeschwärzt: Akkordeon-As läuft Amok.« »Quo vadis, Dick Contino? – Comeback-Pleite bei Nachtclub-Prügelei.«

Nancy ging telefonieren. Ich sagte: »Danny, auf diese Art von Reklame kann ich getrost verzichten.«

»Da bin ich anderer Meinung, Dick. Bob Mitchum hat sein kleines Marihuana-Malheur schließlich auch nicht geschadet, im Gegenteil. Ich glaube, die Leute sehen dich als einen charmanten, gutaussehenden Heißsporn, der wahrscheinlich – ich bitte um Verzeihung, die Damen – einen ellenlangen Hammer in der Hose hat.«

Ich lachte. Danny sagte: »Großes Indianerehrenwort. Im Ernst, Dick, und ich bitte nochmals um Verzeihung, die Damen, aber du wirkst wie jemand, der hin und wieder ganz gerne seinen strammen Knüppel aus dem Sack holt.«

Ich lachte. Leigh schickte ein stilles Gebet gen Himmel: Bitte bewahre meinen Mann vor diesem Skandalblatt-Hetzer.

Nancy flüsterte mir etwas ins Ohr. »Ich hab gerade mit Ella Mae Cooley gesprochen. Spade hat sie wieder mal vermöbelt ... und ... Dick ... du bist der einzige, der ihn beruhigen kann.«

Ich fuhr raus zu Spade Cooleys Ranch. Der Regen klatschte gegen die Windschutzscheibe; ich schaltete Hunter Hancocks Wunschkonzert ein. Die Googie's-Clique war mit ihrem Anruf durchgekommen: Dick Continos »Yours« ging über den Äther.

Der Regen wurde stärker; das Chromakkordeon auf dem Kühler behinderte die Sicht. Ich gab Gas und ließ meine Vergangenheit im Rhythmus der Musik Revue passieren.

Ende 47, Fresno: Ich ergatterte einen Auftritt in Horace Heidts *Radio Show*. Dem Nachwuchs eine Chance – Studiopublikum/Applausometer. Ich dachte, ich spiele »Lady of Spain«, verliere gegen irgendeine Mieze aus der Gegend, die sich heimlich von Heidt besteigen läßt, und gehe dann aufs College.

Ich gewann.

Backfische umschwärmten mich hinter der Bühne.

Einen Monat später wurde ich achtzehn. Ich gewann immer wieder – jeden Sonntagabend, Woche für Woche. Gegen Sänger, Komiker, einen posaunespielenden Neger und einen blinden Vibraphonvirtuosen. Ich trampelte und hampelte, schritt und glitt, bog und zog, hob und schob, hieb und rieb, kniff und griff in die Tasten meiner Quetsche wie ein tanzwütiger Derwisch nach einem konzentrierten Cocktail aus Leim, Benzedrin und Mary Jane. Ich schwang den Steiß und pumpte Pianissimos; ich klimperte Kadenzen und hämmerte einen Hagelsturm von Harmonien, bis tausend jaulende Höllenhunde den lieben Gott um Gnade anwinselten – und ich auch Horace Heidts großes Finale gewann. Mit einem Mal war ich ein Star, tourte als Heidts Hauptattraktion quer durch die Staaten und kam solo ganz GROSS raus.

Ich spielte in GROSSEN Sälen. Ich machte Platten. Ich brach Mädchenherzen. Filmaufnahmen, Fanclubs, Hochglanzmagazine. Die Kritiker wollten wissen, wie ich es schaffte, das Akkordeon derart *cool* klingen zu lassen – ich sagte: Ich würze den Schmalz doch bloß mit einer Prise Sex. Sie fragten: Wo haben Sie eigentlich gelernt, sich *so* zu bewegen? – Ich log und sagte, ich hätte keine Ahnung.

In Wahrheit:

Hatte ich MUFFENSAUSEN.

Packt mich manchmal aus heiterem Himmel die nackte Angst.

Musik und Bewegung sind Beschwörungen, mit deren Hilfe ich das Grauen im Zaum zu halten versuche.

1949, 1950 – berauschender Ruhm und mehr Glück als Verstand. Anfang 51: DAS GRAUEN kommt in Gestalt des Musterungsbescheids.

DAS GRAUEN: Schweißausbrüche Tag und Nacht, Erstickungsangst. Angst vor Verstümmelung, Erblindung, Krebs, Vivisektion durch konkurrierende Akkordeonspieler. Der große Flattermann rund um die Uhr; Nachtclubbesucher in Leichenhemden. Den Kopf voll Musik: Sirenen, Preßlufthämmer, Küchenmixer außer Rand und Band.

Ich ging in die Mayo-Klinik; drei Hirnklempner stempelten mich wehruntauglich. Die Einstellungsbehörde verlangte einen vierten Befund und überwies mich an den diensthabenden Psychiater – der stufte mich als voll tauglich ein.

Ich wurde eingezogen und nach Fort Ord abkommandiert. DAS GRAUEN: Schon in der Eingangsstelle kriegte ich einen Kasernenkoller. Mein Herz raste, Stromstöße durchzuckten meine Arme. Meine Füße wurden taub; meine Beine zitterten, und meine Hosen troffen vor Schweiß. Ich verdünnisierte mich und nahm den Bus nach Frisco. Unerlaubte Entfernung von der Truppe, landesweite Fahndung – meine Fahnenflucht sorgte für Schlagzeilen.

Mit der Bahn fuhr ich weiter nach L.A. und kroch bei meinen Eltern unter. Reporter klopften an die Tür – mein Dad schickte sie weg. Fernsehteams kampierten vor dem Haus. Ich ging zu einem Anwalt, kehrte den Showprofi raus und stellte mich.

Mein Anwalt versuchte zu handeln – der Staatsanwalt blieb stur. Die Hearst-Gazetten verabreichten mir meine tägliche Tracht Prügel: »Akkordeon-Primadonna kneift vor Ford-Ord-Premiere«, »Feigling«, »Verräter«, »Waschlappen«, »Hasenherz statt Herzensbrecher«. »Feigling«, »Feigling«, »Feigling«.

Sämtliche Auftritte in GROSSEN Sälen wurden abgesagt.

Ich wurde zum Prozeß in San Francisco vorgeladen.

Angst:

Bei jedem Vogelzwitschern zuckte ich zusammen. Ein Zimmer wurde zum Sarg, sobald ich es betrat.

Ich kam vor Gericht. Mein Anwalt legte die Mayo-Befunde vor; ich erläuterte meine Angst im Zeugenstand. Was die Zeitungen nicht davon abhielt, weiter Stimmung gegen mich zu machen: Ich sei mir wohl zu fein, meinem Vaterland zu dienen? Meine Antwort wollte niemand hören: Dann nehmt mir doch das Scheißakkordeon weg.

Der Richter sprach mich schuldig und verurteilte mich zu sechs Monaten im Staatsgefängnis auf McNeil Island, Washington.

Ich brummte die Strafe ab. Um mir die Arschficker vom Hals zu halten, mimte ich das Sadistenschwein. Beim Knautschorgeln hatte ich mir regelrechte Muskelpakete antrainiert – ich ließ den Bizeps mächtig spielen. Mickey Cohen, der wegen Steuerhinterziehung einsaß, freundete sich mit mir an. Mein Tagesablauf: Hofgang, Hausarbeiten, Akkordeonimpromptus. Einerseits charmanter Showman, andererseits durchgeknallter Knacki – eine schizophrene Nummer, dank der ich meine Haftzeit unbelästigt überstand.

Entlassung – Januar 52. Schleichende/kriechende/lähmende Furcht: *Was jetzt?*

Winter 52 – ein gigantischer Pressezirkus. »Contino wieder frei« auf allen Titelseiten – Dick Contino, der knastgestählte Feigling.

Restangst; würden sie mich jetzt noch einziehen?

Winter 52 – keine Auftritte, weder in GROSSEN noch sonst irgendwelchen Sälen. Mein Einberufungsbefehl kam mit der Post – diesmal spielte ich mit.

Grundausbildung, Funkerschule, Korea. Meine Angst schaltete auf Sparflamme; ich diente bei einer in Seoul stationierten Einheit und stieg vom Schützen Arsch zum Staff Sergeant auf. Anerkennung/Hänseleien/Kräftemessen. Der Haß der Kameraden, die mich um meinen vermeintlichen Erfolg beneideten.

Erfolg: Karriere im Eimer und DRÜCKEBERGER in grellen, neonroten Lettern. Ich erhielt eine Begnadigung des Präsidenten – als ausgewiesener FEIGLING konnte ich mir damit bestenfalls den Hintern wischen. Ich verschwand langsam, aber sicher von der Bildfläche: Die GROSSEN Säle wichen kleinen Bars, statt in der *Horace Heidt Show* trat ich im Lokalfernsehen auf. Meine Angst und ich spielten Verstecken – sie packte mich immer dann bei den Eiern und drückte zu, wenn ich das Gefühl hatte, den ganzen Mist ein für allemal hinter mir lassen zu können.


Ich kam nach Victorville. Der L.A.-Sender war hier nicht mehr zu empfangen – statt dessen: Furchenscheißermucke. Passend wie die Faust aufs Auge: Als ich in die Auffahrt von Cooleys Ranch einbog, spielten sie Spades »Shame on You«.

Auf der Veranda stank es: Sourmash und Marihuana. Der bläuliche Schein des Fernsehers erhellte die Fenster.

Die Tür war angelehnt. Ich klingelte – Hillbilly-Glocken klangen. Alles dunkel – im Licht des Fernsehers tanzten Schatten. George Putnam las die lokalen Spätnachrichten: »… der Gewaltverbrecher, dem die Polizeibeamten des Los Angeles County den Namen ›Würger von West Hollywood‹ gegeben haben, hat am gestrigen Abend sein drittes und viertes Opfer gefordert. Die Leichen des 47jährigen arbeitslosen Filmstuntmans Thomas ›Spike‹ Knode und seiner Verlobten, der 19jährigen Stenotypistin Carol Matusow, wurden am Morgen im verschlossenen Kofferraum von Knodes Pkw auf dem Hilldale Drive, nur wenige hundert Meter nördlich des Sunset Strip, entdeckt. Die beiden wurden erst mit einer Gardinenschnur gewürgt und anschließend mit einem Wagenheber, den der Täter auf dem Rücksitz fand, erschlagen. Das Pärchen war eben aus dem Mocambo-Nachtclub gekommen, wo es ein Konzert des Entertainers Buddy Greco besucht hatte. Bislang fehlt jeder Hinweis auf die Identität des Gesuchten, und . . .«

Ein ratschendes Geräusch – Metall auf Metall. Dann dieser unverkennbare breite Akzent: »Dem Schatten nach zu urteilen kann das eigentlich nur Dick Contino sein.«

»Stimmt.«

Ratsch/ratsch – Hahn gespannt. Spade ließ sich für sein Leben gern vollaufen und spielte dann mit seinen Knarren.

»Ich muß Nancy unbedingt von diesem komischen ›Würger‹ erzählen. Vielleicht braucht sie 'nen neuen Brieffreund.«

»Den kennt sie schon.«

»Na ja ... hätte ich mir denken können. Ich bin zwar nicht mehr ganz taufrisch ... kann aber immer noch zwei und zwei zusammenzählen. Nancy telefoniert mit meiner Ella Mae, und keine zwei Stunden später steht Mr. Akkordeon höchstpersönlich auf der Matte. Ich hab gehört, du bist im Crescendo mächtig baden gegangen. Tja, so ist das, Kleiner: Wenn man den strammen Max markiert, geht das fast immer in die Hose.«

Eine Lampe flammte auf. Irre: Spade Cooley mit Cowboyhut und pailettenbesetzten Chaps – und zwei gehalfterten Revolvern um die Hüften.

Ich sagte: »Genau wie bei dir und Ella Mae. Erst soll sie dir haarklein ihre alten Fickgeschichten verklickern, und wenn sie dann mitspielt, schlägst du sie zusammen.«

Wehende Fahnen lösten George Putnam ab – KTTV machte Sendeschluß. Die Nationalhymne plärrte los – ich drehte den Ton weg. Spade plumpste in seinen Sessel und senkte die bleischweren Lider. »Du meinst, ich hätte sie nicht fragen sollen, ob es stimmt, was man sich von Steve Cochran und John Ireland so erzählt?«

»Wenn du dich unbedingt quälen mußt, schieß los.«

Spade wirbelte seine Knarren, klappte die Trommeln aus und ließ sie rotieren. Zwei Sechsschüsser, zehn leere Kammern, eine Kugel pro Kanone.

»Laß hören, Spade.«

»Es stimmt, Kleiner. Oder würde ich so hier sitzen, wenn die beiden nicht einen kolossalen Hengstschwanz in der Hose hätten?«

Ich johlte.

Ich grölte.

Ich brüllte vor Lachen.

Spade setzte sich beide Revolver an die Schläfen und drückte ab.

Lautes Doppelklicken – leere Kammern.

Ich hörte auf zu lachen.

Spade machte es gleich noch mal.

Klick/klick – leere Kammern.

Ich griff nach den Kanonen. Spade schoß auf MICH – zwei leere Kammern.

Ich stieß rückwärts gegen den Fernseher. Ein Bein streifte den Lautstärkeregler – »Star-Spangled Banner« wurde erst ganz laut, dann ganz leise.

»Beinahe hättest du zu den Klängen der Erkennungsmelodie deines geliebten Vaterlandes den Löffel abgegeben, was die ganzen Patriotengrüppchen, die im Moment nicht besonders gut auf dich zu sprechen sind, im nachhinein vielleicht doch noch milde gestimmt hätte. Außerdem hättest du dann nie erfahren, daß John Ireland sich sein gigantisches Gerät mit Klebeband ans Bein binden mußte, wenn er eine Badehose anziehen wollte.«

Oben rauschte eine Toilettenspülung. Ella Mae schrie: »Donnell Clyde Cooley, hör auf, dich mit dir selbst oder Gottweißwem zu unterhalten, und komm ins Bett.«

Spade zielte mit beiden Knarren in die Richtung, aus der ihre Stimme kam, und drückte ab.

Leere Kammern.

Vier von sechs, blieben noch zwei – beim nächsten Schuß standen die Chancen fifty-fifty. Spade sagte: »Komm, Dick, wir gießen uns einen auf die Lampe. In der Küche steht 'ne volle Pulle.«

Ich ging ins Bad und warf einen Blick ins Medikamentenschränkchen. Ein Röhrchen Schlaftabletten – ich gab zwei Stück in ein

Zahnputzglas und kippte den Rest ins Klo. Küchenerkundung – eine Literflasche Wild Turkey auf dem Kühlschrank.

Ich leerte sie in den Ausguß – bis auf einen drei Finger breiten Rest.

Lose 38er-Patronen im Regal – ich warf sie aus dem Fenster.

Spades Mary-Jane-Vorrat – in der Zuckerdose, wie immer.

Ich schüttete ihn in den Ausguß – und spülte mit Drano nach.

Spade schrie: »Heute nacht ballere ich auf alles, was bei drei nicht auf den Bäumen ist.«

Ich panschte einen Cocktail: Bourbon, Nembutal und Buttermilch gegen den Barbituratgeschmack. Spade schrie: »Hol dein Akkordeon aus dem Auto, damit ich es von seinem Elend erlösen kann.«

Auf dem Küchentisch: die TV-Fernbedienung.

Ich schnappte sie mir.

Zurück zu Spade. Wie auf Befehl: Er legte eine der beiden Knarren weg und griff sich seinen Drink. Ein Sechsschüsser auf dem Boden – ich schob ihn mit der Schuhspitze unter seinen Sessel.

Ich stellte mich *hinter* den Sessel. Spade sagte: »Mich würde interessieren, ob John dazu Krepp- oder Isolierband benutzt hat.«

Schwuppdiwupp – ich spielte auf der Fernbedienung Klavier. Testbild, Testbild, irgendeine Schmonzette mit Rock Hudson und Jane Wyman.

Ich gab Spade einen Stups. »Ich hab gehört, Rock Hudson hätte ein Mordsding zwischen den Beinen. Ich hab gehört, er hätte es Ella Mae ordentlich besorgt, als sie beim *Hoffman Hayride* die Klarinette gespielt hat.«

Spade sagte: »Quatsch – Rock ist 'n Homo. Soviel ich weiß, bläst er irgend 'ner Schmalzlocke aus Lawrence Welks Kapelle die Schnabelflöte.«

Scheiße – kein Glück. Schwupp, schwupp – Caryl Chessman, geifernd in der Todeszelle. »Da hast du deinen Hengstschwanz, Spade. Mit dem Pimmel wird er in die Annalen des Verbrechens eingehen – sagt Nancy Ankrum.«

»Unsinn. Arschgeigen wie der fehlt es fast immer an der Grund-
ausstattung. Hab ich in *Argosy* gelesen.«

Schwuppdiwupp – Testbilder en masse. Schwuppdiwupp – machen Sie eine Probefahrt mit dem neuen 58er Chevy, Rambler,
Ford et cetera pp. Schwupp – Senator John F. Kennedy im Gespräch mit Journalisten.

Spade kam mir zuvor. »'N Schwanz wie 'ne Mücke. Gene Tier-
ney meint, er braucht das Ficken wie die Luft zum Atmen. 'N
Schwanz wie 'ne Eintagsfliege, trotzdem erwartet er für jede
Zweiminutennummer stehende Ovationen.«

Schwupp – schon wieder der Würger von West Hollywood.

Scheiße – sämtliche Programme durch. Schwupp – ein Kaplan
der American Legion mit seinem Nachtgebet. Um zwei Uhr
morgens.

»... und wie immer bitten wir den Herrn auch heute um die
nötige Kraft und Stärke, um unserem kommunistischen Widersa-
cher hier und in aller Welt siegreich die Stirn bieten zu können.
Wir beten ...«

»Für Dick Contino«, sagte Spade, zielte und drückte ab. Die
Mattscheibe implodierte – Holz splitterte, Röhren platzten, Glas
zersprang.

Spade sank auf den Boden wie ein nasser Sack.

Über dem Fernseher hing ein winziger Atompilz.

Ich schleppte Spade nach oben und legte ihn neben Ella Mae ins
Bett. Rührend: Binnen Sekunden schnarchten sie im Duett. Ich
dachte an Fresno, Weihnachten 47 – ich war jung, sie einsam,
Spade in Texas.

Behalt es für dich, mein Herz – uns zuliebe.

Ich ging zu meinem Wagen. 12. Februar 1958 – was für ein
beschissener Abend.

# 2.

Schlecht geschlafen, dicker Kopf – die Folge meiner Rettungs-
aktion.

Das Baby weckte mich. Ich hatte geträumt: Ich stand wegen Verbrechens wider die Musik vor Gericht. Der Richter befand, das
Akkordeon gehöre ins Museum; das Studiopublikum klatschte
frenetisch Beifall. Die Geschworenen: Mickey Cohens Köter, Jesus Christus, Cisco Andrade.

Auf dem Küchentisch Kaffee und Aspirin. Daneben die Morgen-
ausgabe des *Mirror*, mit aufgeschlagenem Lokalteil.

»Contino-Premiere endet im Fiasko. Nachtclubbesitzer nennt
Akkordeon-König ›totes Kapital‹.«

Das Telefon klingelte – ich riß den Hörer von der Gabel. »Wer ist
da?«

»Howard Wormser, dein Agent, der soeben zehn Prozent deiner
Crescendo-Gage *plus* die zehn Prozent deines Acht-Wochen-En-
gagements in der Flamingo Lounge verloren hat. Heute morgen
haben mich die Leute aus Vegas angerufen, Dick. Die kriegen die
L.A.-Presse mit der Frühmaschine und haben was gegen schlechte
Publicity.«

Die Unterschlagzeile des *Mirror*: »Drückeberger«-Vorwürfe machen Ex-Showstar schwer zu schaffen. »Ich hatte gestern abend
noch was zu erledigen, sonst hätte ich das sicher kommen
sehen.«

»Katastrophen kommen zu sehen war noch nie deine Stärke. Du
hättest Sam Giancanos Angebot, in Chicago vor der Mafia aufzutreten, annehmen sollen, dann würdest du heute in großen Sälen

spielen. Du hättest vor der Grand Jury aussagen und ein paar Rote ans Messer liefern sollen. Du hättest . . .«

»Ich kenne aber keine Roten.«

»Dann hättest du dir eben ein paar Namen aus dem Telefonbuch picken müssen, damit du nicht mit leeren Händen dastehst.«

»Bring mich beim Film unter, Howard. In einem Streifen, wo ich zwei, drei Songs singen kann und am Schluß das Mädchen kriege.«

Howard stöhnte. »Gar nicht so dumm, Frischfleisch *ist* schließlich deine Stärke. Ich will sehen, was sich machen läßt. In der Zwischenzeit gönn dir ein paar Bar-Mizwas und bleib sauber.«

»Kannst du mir ein paar Bar-Mizwas besorgen?«

»Leichter gesagt als getan. Immer mit der Ruhe, Dick. Ich melde mich wieder, wenn ich was für dich habe.«

Klick. Der Wählton ging im Lärm auf der Straße unter: quietschende Bremsen, knirschendes Getriebe. Mit einem Satz war ich am Fenster: Scheiße – ein Abschleppwagen hatte sich meine Karre gekrallt.

Ich lief nach draußen. Ein Mann im Teamster-T-Shirt hob die Hände. »Das war nicht meine Idee, Mr. Contino. Ich bin nur ein armes, arbeitsloses Gewerkschaftsmitglied, das Frau und Kinder ernähren muß. Bob Yeakel läßt Ihnen bestellen, er hätte endgültig die Nase voll, er hätte die Morgenzeitung gelesen und wüßte, wie der Hase läuft.«

Die Abschleppwinde sprengte den Kofferraum. Langspielplatten purzelten heraus – ich schnappte mir ein Exemplar von *An Accordion in Paris.*

»Wie heißen Sie?«

»Äh . . . Bud Brown.«

Ich zog den Kuli von seinem Klemmbrett und kritzelte auf die Plattenhülle: »Für Bud Brown, arbeitsloses Gewerkschaftsmitglied, von Dick Contino, arbeitsloser Entertainer. Werter Bud: Wie kommen Sie eigentlich dazu, meinen Starfire 88 zu ruinieren? Ich bin schließlich auch nur ein armer Hungerleider wie Sie!

Soviel ich weiß, wird Ihr heldenhafter Führer Jimmy Hoffa vom bösen McClellan-Komitee schikaniert, genau wie ich damals in Korea. Und deshalb verbindet uns ein gemeinsames Interesse, das Sie als Streikbrecher jetzt mutwillig verraten. Bitte lassen Sie meinen wunderschönen Starfire 88 in Ruhe – ohne ihn finde ich nie und nimmer einen neuen Job.«

Der Fahrer des Abschleppwagens applaudierte. Bud Brown beäugte mich mißtrauisch – meine McClellan-Nummer kam ihm spanisch vor.

»Wie gesagt, es tut mir leid, Mr. Contino.«

Ich zeigte auf die Platten.

»Die spende ich Ihrer Gewerkschaft. Ich signiere sie sogar. Meinetwegen können Sie die Dinger auch verticken und das Geld behalten. Aber ich flehe Sie an, bitte lassen Sie mich den Wagen irgendwo verstecken.«

Plötzlich klopfte es ans Küchenfenster – Leigh mit der kleinen Merri auf dem Arm. Brown sagte: »Sie versuchen es mit allen Mitteln, was?«

Dafür war mir jedes Mittel recht: mein himmelblaues Baby mit Weißwandreifen und Fuchsschwanz an der Antenne. Die Sonne spiegelte sich in dem Akkordeon auf dem Kühler – zum Dahinschmelzen.

»Habt ihr vielleicht Kinder, die demnächst Geburtstag haben? Ich spiele umsonst, ich verkleide mich sogar als . . .«

Das Funkgerät im Abschleppwagen knisterte; der Fahrer horchte, nickte, hängte ein. »Das war Mr. Yeakel. Er sagt, wenn Mr. Contino gleich vorbeikommt, läßt sich vielleicht eine Einigung erzielen.«

». . . ich habe nämlich eine eigene Fernsehshow: *Rakete zum Ruhm*. Meine Brüder und ich machen Reklame für die Firma und geben dem talentierten Nachwuchs von Los Angeles die Chance, nach dem Mond zu greifen und ein paar Sterne vom Himmel zu holen. Die Show findet jeden Sonntagvormittag hier auf dem

Gelände statt und wird von KCOP im Fernsehen übertragen. Es gibt Hot dogs und Limonade gratis, wir verkaufen ein paar Autos, und die Nachwuchstalente dürfen zeigen, was sie auf der Pfanne haben. Es kommen natürlich auch immer jede Menge Hot-dog-Schnorrer – ich nenne sie die ›Yeakel-Jäger‹. Sie klatschen tüchtig Beifall, und wer den meisten Beifall kriegt, gewinnt. Ich habe ein Applausometer aufstellen lassen – so ähnlich wie das Ding, das Sie damals in der Heidt-Show hatten.«

Bob Yeakel: groß, blond, Marktschreierorgan. Auf seinem Schreibtisch: Berge von Notizzetteln, mit verchromten Radkappen als Briefbeschwerer.

»Lassen Sie mich raten. Ich soll bei einer Ihrer Shows den Starmoderator spielen, und Sie überlassen mir dafür den Wagen. Schuldenfrei.«

Yeakel lachte meckernd. »Nein, Dick, ich dachte eigentlich eher daran, daß Sie mindestens *zwei* Shows produzieren *und* moderieren, bei der Jahrestagung der amerikanischen Oldsmobile-Händler auftreten *und* hin und wieder in die Firma kommen, Nachwuchskünstler vorsprechen lassen und mit den Kunden quatschen. Ihren Wagen können Sie solange behalten, und wir schenken Ihnen die Zinsen, nicht aber die noch ausstehenden Raten. Und wenn die Quoten der *Rakete* dann in den Himmel schießen, würde ich mich unter Umständen dazu bereit erklären, Ihnen den Wagen schuldenfrei zu überlassen.«

»Ist das *alles*?«

Meck-meck-meck. »Nein. Außerdem müssen Sie sämtlichen potentiellen Teilnehmern die Vorzüge des 58er Oldsmobile einbleuen. Und keine Bimbos oder Beatniks, Dick. Ich mache eine blitzsaubere Familiensendung.«

»Wenn Sie zweihundert pro Woche drauflegen, bin ich dabei.«

»Hundertfünfzig. Bar auf die Kralle.«

Ich streckte die Hand aus.

Arbeit:

Die Jahrestagung der Oldsmobile-Vertragshändler im Statler. Irre: fünfhundert Autofritzen und eine Busladung Nutten mit einem Fleischbeschauer als Anstandswauwau. Das Vorprogramm bestritt Bob Yeakel – mit einer Nummer über »Peaches, die Fummeltrine mit dem Überbiß«. Chris Staples sang »You Belong to Me« und »Baby, Baby, All the Time« – Yeakel verschlang sie mit den Augen und riß Witze über ihre »Heckflossen«. Ich heizte dem stockbesoffenen Haufen ordentlich ein und beendete mein Vierzig-Minuten-Set mit der Titelmusik der *Rakete*.

Arbeit:

Geburtstagspartys – Cisco Andrades Sohn, Mickey Cohens Nichte. Cisco hauste in East L.A. Wohnklo mit Kochnische – die Chiliboxer und ihr Anhang waren hin und weg von Dick Contino alias »Chucko, der Geburtstagsclown«. Entwürdigend? Und ob – aber die Gäste steckten mir knapp hundert Scheine Trinkgeld zu. Die Cohen-Chose war um einiges feudaler: eine Büfettorgie in Mickeys Burg. Auf der Gästeliste: Lana Turner und Johnny Stompanato, Mike Romanoff, Moe Dalitz, Meyer Lansky, Julius LaRosa und Reverend Wesley Swift – der verkündete, Jesus sei Arier und kein Jude und *Mein Kampf* das verschollene Buch der Bibel. Kein Schmalz diesmal, dafür machte Johnny Stomp zwei Dutzend Kisten Gerber's Babynahrung locker – seine Jungs hatten sich eine Ladung Pelze unter den Nagel reißen sollen und aus Versehen den falschen Lkw erwischt.

Arbeit – Sonderschichten bei Yeakel Olds.

Ich rekrutierte die Mädels als Verstärkung: Leigh, Chrissy, Nancy Ankrum, Kay Van Obst. Mundpropaganda: Mr. Akkordeon und sein Weiberclan LIVE bei Ihrem Oldsmobile-Händler!

Wir palaverten mit Neugierigen und verwiesen ernsthafte Interessenten an die Verkäufer; wir rührten in einer Tour die Werbetrommel für den 58er Olds. Wir brieten Burger auf einem Gartengrill und mästeten die Mechaniker, Bud Brown und seine Repo-Crew.

Nancy, Kay und Leigh sichteten die Bewerber für den Raketen-
start zum Ruhm – ich wollte die größten Pfeifen aussieben,
bevor das eigentliche Vorsprechen begann. Bob Yeakel lief der
Sabber aus dem Maul, wenn er Chris Staples nur von weitem
sah – ich überredete ihn, sie als meine Assistentin einzustellen.
Chrissy bedankte sich artig mit einem Geschenk: ihrem Center-
fold aus dem *Nugget Magazine*, handsigniert und auf Pappe aufgezogen.

Neun Tage Yeakel: ein Mordsspaß.

Neun Tage ohne »Drückeberger«-Sprüche – eine Art Contino-
Weltrekord.

Das Vorsprechen fand in einem Zelt hinter der Hebebühne statt;
Bud Brown stand Schmiere, damit sich keine Verrückten oder
Geisteskranken zu uns verirrten. Die Mädels hatten eine Liste
zusammengestellt: über vierzig Nummern, dabei brauchten wir
nur sechs pro Show.

Unser erster Finalbewerber: ein alter Knacker, der große Oper
sang. Ich bat ihn, ein paar Takte aus dem *Bajazzo* zu schmettern;
er behauptete, er habe den größten Schwanz der Welt. Bevor ich
etwas dazu sagen konnte, hatte er ihn auch schon rausgeholt – er
war nicht länger oder dicker als die meisten anderen. Chrissy
applaudierte trotzdem – sie meinte, er erinnere sie an das Gerät
ihres Verflossenen.

Bud gab ihm den Laufpaß. Opa war weg – aber er hatte Maßstäbe
gesetzt.

Eine kleine Auswahl:

Zwei rollschuhfahrende Bullterrier – haiähnliche Hunde mit Pla-
stikflossen auf dem Rücken. Ihr Herrchen war ein Lloyd-Bridges-
Doppelgänger, das Ganze eine Parodie auf die Fernsehserie
*Abenteuer unter Wasser*.

Und tschüß.

Eine entsetzlich falsch spielende Akkordeonmaus, die mir ihre
Telefonnummer zustecken wollte, während Leigh danebenstand.

Und tschüß.

Ein Komiker mit lauen Witzchen über Ikes Golf-Handicap – das große Schnarchen.

Und tschüß.

Ein Knabe, der mit Seidentüchern zauberte. Gekonnt, aber öde: Er schlang die Dinger zu Henkersknoten.

Und tschüß.

Über zwei Dutzend Sänger und Sängerinnen: zu tief, zu hoch, zu schrill, zu heiser – ein Haufen kläglicher Presley- und Patti-Page-Imitatoren.

Ein Tenor blasender Junkie, der nach ein paar verpatzten Takten von »Body and Soul« in Morpheus' starke Arme sank. Bud Brown verfrachtete ihn in ein Vorführmodell; als er wach wurde, wand der Wichser sich in Krämpfen und trat die Windschutzscheibe ein. Chrissy rief einen Krankenwagen; die Sanitäter nahmen den Schießer mit.

Ich stellte Nancy zur Rede. Sie sagte: »Sei froh, daß du die *anderen* nicht gesehen hast. Schade, daß der ›Würger von West Hollywood‹ kein besonderes Talent hat – sonst könnten wir ihn engagieren. Wär doch lustig.«

Nur Nancy konnte Tieren, die Gardinenschnüre und Wagenheber schwangen, etwas abgewinnen.

Ich schnappte mir Bud Brown. »Bud, wir haben nur noch achtundvierzig Stunden Zeit und stehen mit leeren Händen da.«

»Das kann schon mal vorkommen. Dann ruft Bob bei Pizza De-Luxe an.«

»Was . . .«

»Frag Bob.«

Ich ging in Yeakels Büro. Bob beäugte seinen neuen Wandschmuck: Miss Nugget, Juni 54.

»Was ist Pizza De-Luxe?«

»Läuft das Vorsprechen *so* schlecht?«

»Ich überlege ernsthaft, ob ich die rollschuhfahrenden Köter zurückholen soll. Bob, was . . .«

»Pizza De-Luxe ist ein Prostitutionsring, den ein Ex-Gorilla von Jack Dragna in einer Klitsche namens Pizza Pad aufgezogen hat. Offiziell liefert er Pizza rund um die Uhr, aber wenn du eine Frau oder ein knackiges Kerlchen dazu haben willst, fährt eine leckere Lolita oder ein Lustknabe die Fressalien aus. Sämtliche Nutten sind Tänzerinnen, Sängerinnen oder andere Hollywood-Nieten, die ihren Arsch verkaufen, um finanziell über die Runden zu kommen, bis zu ihrem sogenannten ›großen Durchbruch‹. Also ... wenn ich keine brauchbaren Teilnehmer finde, rufe ich bei Pizza De-Luxe an. Da kriege ich ordentliche Pizza, ordentliche ›Nachwuchs‹-Talente, und mein Verkäufer des Monats kann ordentlich einen wegstecken.«

Ich sah aus dem Fenster. Neben der Hebebühne übte eine Transvestitentruppe Tanzschritte – Bud Brown und ein Bursche, der verdächtig nach Bulle roch, verscheuchten sie. Ich sagte: »Bob, rufen Sie bei Pizza De-Luxe an.«

Yeakel warf Miss Nugget Kußhände zu. »Ich finde, Chrissy sollte den nächsten Wettbewerb gewinnen.«

»Chrissy ist ein Profi. Momentan tritt sie als Buddy Grecos Begleitsängerin im Mocambo auf.«

»Ich weiß, aber ich will ihr einen Gefallen tun. Und ich verrate Ihnen ein Geheimnis: Mein Applausometer ist frisiert.«

»Ach?«

»Ja. Ich habe eine Autobatterie an einen Oszillographen angeschlossen und kann mit einem Pedal den Ausschlag der Nadel regulieren. Und warum sollte Chris nicht gewinnen wollen? Es geht immerhin um hundert Piepen und eine Gratis-Anzahlung auf ein schickes neues Oldsmobile.«

Ich lachte. »Mit horrenden Monatsraten?«

»Normalerweise schon. Aber bei Chrissy könnte ich unter Umständen eine Ausnahme machen.«

»Ich sag's ihr. Sie spielt bestimmt mit, zumindest was die ›Gratis‹-Anzahlung angeht.«

Bobs Telefon klingelte – er hob ab, lauschte, legte auf. Ich schielte zum Fenster – als Bud Brown und der Polyp mich sahen, drehten sie mir nervös den Rücken zu.

Bob sagte: »Ich hätte da vielleicht eine Idee, wie Sie sich Ihre zweite *Raketen*-Verpflichtung vom Hals schaffen könnten.«

»Ich bin ganz Ohr.«

»Ich muß erst mal in Ruhe darüber nachdenken. Ich rufe jetzt bei Pizza De-Luxe an. Würden Sie ...«

»Mit Chrissy reden und ihr erklären, daß der Schmiermaxe, der ihr gern mal die ›Heckflossen‹ massieren würde, sie gerade zur Siegerin eines Nachwuchswettbewerbs erkoren hat?«

»Genau. Und sie fragen, was sie auf ihrer Pizza haben will.«


Chris stand vor dem Kassenhäuschen und rauchte.

Ich setzte sie rasch ins Bild. »Bob engagiert für die Show am Sonntag ein paar Halbprofessionelle. Er möchte, daß du zwei oder drei Songs singst. Er läßt dich gewinnen und erwartet dafür eine kleine Gegenleistung.«

»Solange es bei einer kleinen Gegenleistung bleibt, soll mir das recht sein.«

Rauchkringel stiegen gen Himmel – ein sicheres Zeichen dafür, daß Chrissy in Gedanken ganz woanders war.

»Ist was?«

»Nein, nur das Übliche.«

»Verstehe, trotzdem kann es bestimmt nicht schaden, wenn du es dir von der Seele redest.«

Chris schnippte ihre Kippe gegen den Kotflügel eines Cutlass-Vorführmodells. »Ich bin 32 und werde meine Brötchen zwar mit Sicherheit auch weiterhin als Sängerin verdienen, aber nie einen echten Hit landen. Männer sind mir viel zu schade, um zu heiraten und eine Familie zu gründen, und ich bin mir zu schade, um für Idioten wie Bob Yeakel die Beine breitzumachen.«

»Und?«

»Nichts und. Außer daß mir gestern abend vom Mocambo aus ein Wagen gefolgt ist. Es war richtig unheimlich – als ob der

Fahrer mich aus irgendeinem Grund beschatten wollte. Es könnte Dot Rothstein gewesen sein. Vielleicht ist sie ja wieder heiß auf mich, seit sie mich bei deinem Auftritt im Crescendo gesehen hat.«

»War sie gestern abend im Mocambo?«

»Ja. Und das liegt im Zuständigkeitsbereich des L.A. *County*, und sie ist ein L.A. County Deputy Sheriff, das heißt ... ach, Scheiße, ich weiß auch nicht. Hast du nicht Lust, dir mit Leigh heute abend Buddys Show anzusehen? Dot weiß, daß du mit Mickey Cohen befreundet bist, da bleibt sie mir vielleicht vom Leib.«

»Keine Angst. Wir kommen.«

Chris umarmte mich. »Weißt du, worum ich dich beneide?«

»Nein.«

»Du hast wenigstens einen *Ruf* weg. Diese Drückeberger-Geschichte stellt dich vor ein Problem, mit dem du ... ich weiß auch nicht, *fertigwerden* mußt.«

ZACK! ging mir ein Kronleuchter auf – ich hatte keine Ahnung, was ich davon halten sollte.

# 3.

Das Mocambo KOCHTE.

Buddy Greco jodelte »Around the World« – ein veritables Scat-Inferno. Buddy verkaufte seine Songs nicht bloß – er lieferte sie frei Haus, inklusive Anschluß und Montage. Chrissy und eine Kollegin sangen Back-up – und zogen lüsterne Blicke auf sich.

Leigh und ich hockten am Tresen. Sie war stocksauer: Ich hatte ihr erzählt, daß Bob Yeakel mir die *Rakete* Nummer zwei erlassen wollte – wenn ich Bud Brown und einem zweiten Inkassofritzen namens Sid Elwell bei ihren Repo-Fuhren unter die Arme griff. Auf Bobs Schuldnerliste standen jede Menge Schokos – ich sollte die Besitzer ablenken, während Bud und Sid sich ihre Schlitten schnappten.

Ich hatte Bobs Angebot angenommen – die Einsätze waren für den nächsten Tag geplant. Leighs Antwort: Das ist eine Mutprobe. Und Mutproben gehören nicht gerade zu deinen Stärken.

Sie hatte recht. ZACK! fing Chris' Kronleuchter an zu flackern: »Diese Drückeberger-Geschichte stellt dich wenigstens vor ein Problem, mit dem du *fertigwerden* mußt.«

Buddy schnalzte mit der Zunge – »I travelled on when love was gone, to keep a big fat swingin' rendezvous« –, und die Leute schnalzten im Takt mit den Fingern. Danny Getchell schlich um die besten Tische – auf der Jagd nach Futter für das *Hush-Hush*-»Sündenregister«. Vor der Bühne träumte Dot Rothstein von einer heißen Nacht mit Chrissy in der Hochzeitssuite des Motel Lesbos.

Leigh stieß mich in die Seite. »Ich hab Hunger.«

Ich beugte mich zu ihr. »Wir gehen gleich in Dino's Lodge. Es dauert nicht mehr lange – nach der Nummer macht Buddy normalerweise Schluß.«

»No more will I go all around the world, cause I have found my world in you – ooblay-oooh-oooh-baa-baa-doww!«

Riesenapplaus – ich wurde grün vor Neid. Dot kam an den Tresen geschlurft und wühlte in ihrer Handtasche. Inhalt: ein Schlagring und eine 38er Stupsnase.

Sie grinste höhnisch. Statt Uniform: Lockheed-Overall und Sandalen aus alten Autoreifen. Chrissy machte mir vom Bühneneingang her ein Zeichen – auf dem Parkplatz, in fünf Minuten.

Dot ölte sich mit einem Scotch die Kehle; der Barkeeper wies ihr Geld zurück. Ich stand auf und streckte mich – Dot rempelte mich im Vorbeigehen an. »Deine Frau ist niedlich, Dick. Paß gut auf sie auf, sonst schnappt sie dir noch jemand weg.«

Leigh stellte ihr ein Bein; Dot wich aus und zeigte mir den Stinkefinger. Der Barkeeper sagte: »Eigentlich soll sie hier nach dem Würger Ausschau halten, statt dessen giert sie in einer Tour die Sängerinnen an. Aber der Würger killt ja angeblich nur schöne Frauen, da fällt Dot als Lockvogel wohl aus.«

»Der Würger ist genau Dots Typ. Vielleicht kann er sie umpolen.«

Der Barkeeper brüllte vor Lachen. Ich verdoppelte sein Trinkgeld und folgte Leigh auf den Parkplatz hinaus.

Chrissy wartete beim Wagen. Ein paar Meter weiter kontrollierte Dot Rothstein die Ausweise jugendlicher Streuner. Sie schielte Chris aus scharfen Augenwinkeln an: mit glühendheißem Röntgenblick.

Ich schloß den Schlitten auf und quetschte die Mädels hinein. Zündung, Gas und ab die Post – von Dots Abschiedskuß beschlug die Heckscheibe.

Dichter Verkehr auf dem Strip – wir kamen nur im Schrittempo voran. »Ich hab Hunger«, sagte Chris.

»Wir sind gleich in Dino's Lodge.«

»Nein, *bitte* laß uns woanders hinfahren.«

»Wieso?«

»Weil Buddy mit ein paar Leuten aus dem Club zu Dino geht und Dot mit Sicherheit da aufkreuzt. Wirklich, Dick, alles, nur nicht Dino.«

Leigh sagte: »Canter hat noch auf.«

Ich bog rechts ab. Scheinwerfer glitten über meine Kustom-Kings – auch der Wagen hinter uns änderte abrupt den Kurs.

Über die Sweetzer Richtung Süden, über die Fountain Richtung Osten. Der Dotster hatte mich nervös gemacht – ich schaute in den Rückspiegel.

Der Wagen war noch immer hinter uns.

Über die Fairfax nach Süden, über die Willoughby nach Osten – die Kiste klebte uns am Arsch. Ein Sportwagen – weiß oder hellgrau –, der Fahrer war nicht zu erkennen.

Deputy Dot Rothstein oder ??????

Bedrohliche Alternativen: einer von Chrissys zahllosen Verflossenen, alte Dopekunden, Freunde und Bekannte aus L.A.

Über die Gardner Richtung Süden, über die Melrose Richtung Osten – die Karre roch uns an der Hose. »Was machst du denn da?« fragte Leigh.

»Wir werden verfolgt.«

»Was? Von wem? Was soll das …?«

Ich schwenkte ohne Vorwarnung in eine Auffahrt; meine Reifen pflügten irgendeiner armen Sau den Vorgarten um. Der Sportwagen raste vorbei; ich setzte auf die Straße zurück und heftete mich an seine Stoßstange.

Er legte ein mörderisches Tempo vor; ich blitzte mit der Lichthupe sein Heck. Kein Nummernschild – nur ein Überführungskennzeichen am Kofferraum.

Näher, noch näher – ein flüchtiger Blick auf die letzten vier Ziffern: 1116.

Auf der 3rd Street überfuhr der Wagen eine rote Ampel. Lautes

Hupen; der Gegenverkehr kam mir dazwischen. Die flackernden Rücklichter verschwanden Richtung Osten: ab durch die Mitte, auf und davon.

»Mir ist der Appetit vergangen«, sagte Leigh.

Chris fragte: »Kann ich heute nacht bei euch schlafen?«

# 4.

Repo-Abenteuer.

Cleotis De Armand organisierte hinter Swanky Franks Schnapsladen auf der 89th Ecke Central illegale Würfelspiele und stellte
seinen unbezahlten 98 am Straßenrand zur Schau. Bud Brown und
Sid Elwell hielten ihm billige Plastikmarken aus dem Kaugummi-
automaten unter die Nase und filzten ihn, während ich den Pen-
nern, die den Wagen bewachten, mit Seconal versetzten T-Bird
einflößte. MUFFENSAUSEN: Wir befanden uns in Darktown,
dem brandgefährlichen Negerviertel von L.A., und wenn das all-
gegenwärtige LAPD auftauchte, waren wir vermutlich wegen
Amtsanmaßung dran. Wir hatten Glück, die Bullen ließen sich
nicht blicken – und *ich* brachte die saphirblaue Kanakerkarre in
Sicherheit, während die Schießhunde friedlich schnarchten. An-
fängerglück: Im Handschuhfach fand ich einen Beutel Mary Jane.
Also zogen wir erst mal einen durch, bevor wir uns zu unserem
nächsten Job aufmachten: dem 57er Starfire von Big Dog Lipscomb,
dem größten Straßenluden der South Side.

Die Schleuder stand neben einem Schuhputzstand auf der 103rd
Ecke Avalon. Extras: quietschroter Lack, nerzbezogene Sitze,
straßbesetzte Schmutzfänger. Bud sagte: »Kommt, wir ziehen den
Wagenpolstern das Fell ab und machen daraus Pelzstolen für unsere Bräute« – Sid und ich dachten dasselbe.

Auf in den Kampf.

Ich packte mein Akkordeon aus und hämmerte »Lady of Spain«.
Sid und Bud gingen schnurstracks auf Big Dog Lipscomb zu, der
auf der anderen Straßenseite seine Pferdchen an die Kandare

nahm. Irgend jemand schrie: »He, Leute, da ist Dick Contino« – Watts-Pöbel umringte mich.

Ein Schoko schubste mich vom Gehsteig – gegen Big Dogs Kohlenkutsche. Die Antenne knickte; ich knallte rücklings auf die Kühlerhaube und knautschte im Liegen weiter, ohne mich auch nur einmal zu verspielen.

Guck mal, Mami: Ich hab gar keine Angst.

Schritte, Schreie – undeutlich durchdrangen sie meinen Dopedämmer. Kräftige Hände rissen mich von der Kühlerhaube – ich stand Big Dog Lipscomb Auge in Auge gegenüber.

Er holte aus – ich blockte den Schwinger mit dem Akkordeon ab. Kontakt: seine Faust, meine Tasten. Ein widerliches Krachen: seine Knochen, mein heißgeliebtes Baby.

Big Dog heulte auf und hielt sich die verletzte Flosse; irgendein Penner trat ihm in die Eier und plünderte seine Taschen. Seine Autoschlüssel klirrten in den Rinnstein – Bud Brown war sofort zur Stelle.

Jemand riß mich herum und stieß mich in den Wagen – Sid Elwell mit geübten Judogriffen. Der Schlitten ging ab wie ein geschütteltes Selters – Sids kreideweiße Knöchel bohrten sich in den Nerzbezug des Steuers.

Guck mal, Mami: Ich hab gar keine Angst.

Wir trafen uns im Teamster-Ortsverein – Bud kam mit dem Firmenwagen nach. Mein Akkordeon brauchte dringend eine Schönheitsoperation – ich war zu bekifft, um mir deswegen Sorgen zu machen.

Sid borgte sich Werkzeug und zog den Wagenpolstern das Fell ab; ich gab arbeitsscheuen Teamstern Autogramme. ZACK! fing der Kronleuchter schon wieder an zu flackern: »Diese Drückeberger-Geschichte ... ein Problem, mit dem du fertigwerden mußt.« Die Verfolgungsjagd ging mir nicht aus dem Kopf: Überführungskennzeichen Nr. 1116, Dot Rothstein auf der Pirsch oder vielleicht doch jemand anders?

Bud palaverte mit dem Gewerkschaftsboß – eher ein Verhör als zwangloses Geplauder. Ein Teamster wünschte sich den »Bumble Boogie« – ich erklärte ihm, mein Akkordeon sei futsch. Statt dessen posierte ich für Fotos – der Boß überreichte mir einen »Ehrenmitgliedsausweis« der Gewerkschaft.

»Man kann nie wissen, Dick. Vielleicht brauchen Sie eines Tages ja mal einen richtigen Job.«

Wie wahr – Balsam auf meine Wunden.

Mittag – ich fuhr mit Sid und Bud in den Pacific Dining Car. Wir machten es uns bei T-Bones mit Bratkartoffeln bequem – das Gespräch plätscherte eine Weile so dahin.

Dann ließ Sid die Katze aus dem Sack. »Äh, Dick ... kann ich dich mal was fragen?«

»Klar.«

»Na ja ... es geht um diese alte Army-Sache.«

»Und?«

»Na ja ... du machst mir eigentlich keinen besonders ängstlichen Eindruck.«

Bud ergänzte: »Big Dog Lipscomb kann ein Liedchen davon singen. Trotzdem ... na ja.«

Ich sagte: »Raus damit. Ich glaube, ich ahne, was jetzt kommt.«

Sid gab sich einen Ruck. »Na ja ... es ist so. Wenn der Name ›Dick Contino‹ fällt, denkt man sofort ›Feigling‹ oder ›Drückeberger‹ statt ›Sänger‹, ›Akkordeonspieler‹ oder ›erstklassiger Repoman‹. Das ist wie ein Reflex.«

Ich sagte: »Sprich dich aus.«

Bud: »Sid will wissen, wie du damit fertigwirst. Bob Yeakel meint, so was wird man sein Lebtag nicht mehr los, aber da muß sich doch was deichseln lassen?«

Aus Ahnung wurde Gewißheit, glühende Gewißheit – so HEISS, daß ich mir nicht die Finger daran verbrennen wollte. »Ich weiß nicht.«

Sid sagte: »Wenn man nichts zu verlieren hat, läßt sich immer was deichseln.«

Ich wechselte das Thema. »Gestern abend ist mir ein Wagen gefolgt. Es könnte diese Lesben-Politesse gewesen sein, die ein Auge auf Chrissy geworfen hat.«

Bud wieherte. »Warum läßt du sie nicht bei der *Rakete* an den Start gehen? Sie könnte ›Once I Had a Secret Love‹ zum besten geben.«

»Ich bin nicht hundertprozentig sicher, daß sie es war, aber ich hab die letzten vier Ziffern der Autonummer. Die Sache ist mir nicht ganz geheuer.«

»Dann war es also ein Überführungskennzeichen? Normale Schilder haben nämlich nur drei Buchstaben und drei Ziffern.«

»Ja, 1116. Ich dachte, Bob könnte bei der Zulassungsstelle anrufen und das für mich überprüfen lassen.«

Bud warf einen nervösen Blick auf seine Armbanduhr. »Nein, dazu braucht man alle neun Ziffern. Aber frag Bob trotzdem, am besten morgen, *nach* der Show. Wenn Pizza De-Luxe die *Rakete* schmeißt, vögelt Bob hinterher immer sein Lieblings-›Talent‹. Wenn du ihn dann ganz nett bittest, ruft er vielleicht einen Bekannten an, der ihm einen Gefallen schuldet und sämtliche 1116er für ihn durchgeht.«

Eine Kellnerin kam mit der Speisekarte im Anschlag an unseren Tisch marschiert. »Sind Sie nicht Dick Contino? Mein Dad ist Veteran und kann Sie auf den Tod nicht leiden, aber meine Mom findet Sie *irre* süß. Kann ich vielleicht ein Autogramm haben?«


»Ladies und Gentlemen, ich bin Dick Contino und heiße Sie herzlich willkommen bei *Rakete zum Ruhm* – wo die Showgrößen von morgen nach dem Mond greifen und ein paar Sterne vom Himmel holen! Wo wir Sie daheim an den Empfangsgeräten und hier bei Yeakel Oldsmobile in Fahrt bringen, und zwar mit Stil!«

Applaus vom Band/Gelächter/Schreie/Pfiffe – diese Rakete war ein Rohrkrepierer.

Jemand hatte die Bowle mit Alkohol gestreckt – die Zuschauer waren schon vor Showbeginn granatenvoll.

Sid Elwell peilte das Publikum: hauptsächlich aus dem County-Trockendock getürmte Säufer.

Startnummer 1 – ein Stricher von Pizza De-Luxe. Pointen de Luxe: Eisenhower und Sinatra treffen sich beim »Rat-Pack-Gipfel«. Jubel, Trubel, Heiterkeit: Ike, Frank und Dino bombardieren sich gegenseitig mit dummen Sprüchen. Das Publikum buhte; das Applausometer machte qualmend schlapp.

Startnummer 2 – eine Pizza-De-Luxe-Nutte/Nachtigall. Enge Capris, enger Pulli – während sie »Blue Moon« meuchelte, wippten ihre Möpse fröhlich auf und ab. Ein Bohnenfresser vor der Bühne brüllte nach jeder Strophe: »Baby, sind die echt?« Bud Brown nahm ihn beiseite und brachte ihn mit einem gezielten Schwinger zum Schweigen; der Tonmann meinte, seine Flüche seien ungefiltert über den Sender gegangen.

Startnummer 3 – »Ramon und Johnny«, zwei muskelbepackte Akrobatentucken. Salti, Schrauben, Kapriolen – nett, wenn man dafür was übrig hat.

Pfiffe, Applaus. Laut Bob Yeakel waren die beiden berufsmäßige Erpresser, die verheiratete Schwuchteln mit Analsexfotos unter Druck setzten.

Plötzlich rief ein verschmähter Liebhaber im Publikum: »Ramon, du Miststück!«

Ramon schürzte die Lippen und warf eine Kußhand in die Menge.

Johnny sprang eine Schraube; Ramon bekam ihn nicht rechtzeitig zu fassen. Johnny krachte rücklings auf die Bühne.

Die Leute spielten verrückt; aus dem Applausometer quoll Rauch. Kay Van Obst fuhr Johnny in die Notaufnahme des Central.

Nr. 4 und 5 – Pizza-De-Luxe-Schnulzenlerchen. Geschlitzte, großzügig ausgeschnittene Kleider, Gänsehaut – beide sangen alte Schlager mit neuen Texten aus Bob Yeakels stumpfer Feder. Aus »The Man I Love« wurde »The Car I Love«; »Lili Marleen« hatte er folgendermaßen vergewaltigt: »Vor der Kaserne, vor dem großen Tor; steht 'ne Limousine, es schnurrt leise der Motor. So was hat man noch nie gesehen; es blitzt und blinkt, ist schnell und schön: Es ist ein OLDSMOBILE! Es ist ein OLDSMOBILE!«

Die Dekolletés gingen wesentlich tiefer als der Text – die Besoffskis jubelten. Sid Elwell schleppte ein frisches Autobatterie-Applausometer auf die Bühne, für Chrissys Auftritt und das Finale furioso.

Chrissy:

Ein Häufchen Elend – seit der Verfolgungsjagd stand sie Todesängste aus. Ich versprach ihr, das Kennzeichen über Bob Yeakels Kfz-Kontakt zurückverfolgen zu lassen – mein gutes Zureden beruhigte sie ein bißchen.

Chrissy:

Hauchte »Someone to Watch Over Me«, als hätten es die Gershwins FAST nur für sie geschrieben, ganz leise, damit sich ihre Stimme nicht überschlug – das Geheimnis sämtlicher mediokren Sänger dieser Welt.

Chrissy:

Ließ es bei »You Make Me Feel So Young« ordentlich krachen und keinen Zweifel daran, wer das Sagen hatte: *Sie* ruft *ihn* um drei Uhr morgens an.

Chrissy:

Zunächst nur beifällige Pfiffe und vereinzeltes Klatschen. Etwas mehr Glück im Finale: Bob Yeakel schloß sein Applausometer an einen Verstärker an.

Chrissy gewann.

Das Publikum war zu besoffen, um den Schwindel zu bemerken.

Bob gratulierte Chris und strich ihr vor der Kamera über die Heckflossen – Chris klopfte ihm auf die Finger.

Ramon greinte wegen Johnny.

Die Verkäufer futterten Pizza de Luxe.

Leigh rief an – sie hatte die Show im Fernsehen verfolgt. »Ach, Dick, als Chucko, der Geburtstagsclown, hast du eine bessere Figur gemacht.«

Ich schnappte mir Chrissy. »Sag Bud und Sid, daß wir uns nachher im Mike Lyman's treffen. Du hast mich da neulich auf eine Idee gebracht.«

Bud und Sid waren schon da, als wir ins Lyman's kamen. Ich gab dem Oberkellner einen Fünfer; er gab uns das Séparée im hinteren Teil des Ladens.

Wir quetschten uns an den Tisch, bestellten was zu trinken und quatschten. Die Themen: der *Raketen*-Hokuspokus; ob mir dank meinem Repo-Job die Produktion der zweiten Show erspart blieb? Bud hatte Bob von der Verfolgungsjagd erzählt; Bob wollte die Nummer überprüfen lassen. Sid schilderte den Big-Dog-Einsatz – und gab mir damit das Stichwort.

»Dieses ›Feiglings‹-Etikett hängt mir seit Jahren an, und langsam habe ich die Schnauze voll. Mit meiner Karriere ist es zwar nicht weit her, aber ich habe wenigstens einen Namen, was man von Chrissy nicht unbedingt behaupten kann. Ich habe eine Idee für einen Reklamegag. Dazu bräuchte ich allerdings mindestens zwei Männer.«

»*Wo*zu?« fragte Bud.

»Ich glaube, ich weiß, worauf du hinauswillst«, meinte Chris.

Ich flüsterte. »Zwei Gangster kidnappen Chrissy und mich mit vorgehaltener Waffe. Die Gangster sind Hohlköpfe, die sich allen Ernstes einbilden, wir wären berühmte Stars, die ihnen einen Haufen Lösegeld einbringen. Sie wenden sich an unseren Agenten Howard Wormser und verlangen eine größere Summe. Howard hat keinen Schimmer, daß die ganze Chose bloß ein Bluff ist, und ruft die Bullen an. Oder auch nicht. Aber das spielt keine Rolle, Chrissy und mir gelingt nämlich die Flucht. Wir können die Entführer nicht identifizieren, weil sie Masken aufhatten. Wir deponieren gefälschte Beweise in dem Versteck, wo wir als Geiseln festgehalten wurden, und schalten auf stur, wenn die Polente uns verhört. Wir sind grün und blau geprügelt und von den Strapazen ziemlich mitgenommen. Die Kidnapper werden natürlich nie ge-

faßt. Chrissy und ich sind in aller Munde und starten eine Riesen-
karriere. Die falschen Entführer kassieren einen prozentualen An-
teil von dem vielen Geld, das wir danach verdienen.«
Drei ratlose Gesichter.
Dreifaches Schweigen – ich stoppte gut eine Minute.
Sid hustete. »Das ist doch Schwachsinn.«
Chris hustete und zündete sich eine Zigarette an. »Ich finde die
Idee nicht schlecht. Entweder es klappt, oder es klappt nicht.
Dann wandern Dick und ich in den Knast. Was kein Beinbruch
wäre, wir haben schließlich Knasterfahrung. Aber erstens ist das
vielleicht die echte ›Rakete zum Ruhm‹, und wenn nicht, dann
c'est la guerre, verdammt noch mal. Zweitens ist es auf jeden Fall
einen Versuch wert. Und drittens lebt die Unterhaltungsbranche
von Lug und Trug, also belügen und betrügen wir sie doch!«
Bud beharkte mich mit Blicken: mißtrauisch, fast traurig. »Es ist
gefährlich. Es ist illegal und kostet dich im Zweifelsfall mindestens zwei, drei Jahre Knast. Außerdem bist du sozusagen ein
›Komplice‹ von Sid und mir. Aber ich könnte dir vielleicht ein
paar Jungs vermitteln, mit denen die Bullen dich nie und nimmer in Verbindung bringen. Mit anderen Worten: Wenn du die
Nummer *wirklich* durchziehen willst, könnten wir damit eine
ganze Stange Geld verdienen, vorausgesetzt wir minimieren das
Risiko, daß du geschnappt wirst. *Wenn du die Nummer auf Teufel
komm raus durchziehen willst.*«
Diese Blicke – warum so *traurig*?
»Auf jeden Fall.«
Bud schob seinen Drink beiseite. »Dann muß es echt aussehen.
Kommt, ich will euch was zeigen.«


Wir gondelten nach Griffith Park und gingen wandern. Da war
sie: eine versteckte Hütte in einem schmalen Canyon, eine Meile
nördlich des Observatoriums.
Schwer zu orten: Sträucher versperrten den Eingang des Can-
yons.

Steppenläufer bedeckten das Dach – von oben war die Hütte nicht zu sehen.

Die Tür stand offen. Ein Gestank drang ins Freie: tote Tiere, totes Fleisch. Die Einrichtung: eine Matratze auf dem Boden, ein Tisch mit einem Haufen blutverkrusteter Felle darauf.

»Skalps«, sagte Chris und hielt sich die Nase zu.

Ich sah genauer hin – tatsächlich: SKALPS.

Sid bekreuzigte sich. Bud sagte: »Die Bude hier habe ich vor ein paar Jahren bei einer Wandertour mit einem Freund entdeckt. Die Skalps haben mir einen Höllenschrecken eingejagt, deswegen habe ich mich bei einem befreundeten Cop danach erkundigt. Der hat mir erzählt, daß 1946 ein irrer Indianer aus Atascadero entwischt ist und sechs Menschen umgebracht und skalpiert hat. Die Rothaut wurde nie gefaßt, und wenn du genau hinsiehst, wirst du festellen, daß auf dem Tisch exakt sechs Skalps liegen.«

Ich sah genau hin. Wahrhaftig, sechs Skalps – einer davon mit Zöpfen und einer Haarspange aus Plastik.

Chris und Sid steckten sich Zigaretten an – der Gestank ließ nach. »Was soll das heißen, Bud?« fragte ich.

»Daß es nicht schaden könnte, wenn mindestens einer der Kidnapper wie ein Indianer verkleidet wäre. Daß dieses Dreckloch als Versteck ziemlich realistisch wirken würde. Und daß eine geisteskranke Rothaut einen erstklassigen Sündenbock abgibt.«

»Wenn das klappt«, sagte Chris, »und ich Karriere mache, kriegt jeder von euch zehn Prozent meiner gesamten Einnahmen der nächsten zehn Jahre. Wenn nicht, verkaufe ich die Aktien, die mein Vater mir hinterlassen hat, teile das Geld unter euch auf und gehe mit jedem von euch mindestens einmal ins Bett.«

Sid jauchzte vor Freude. Chris bohrte den Finger in einen Skalp und machte: »Bäh. Igittigitt.«

Ich sagte: »Ich bin dabei, aber ins Bett kriegst du mich nicht. Wenn die Nummer in die Hose geht, könnt ihr meine Karre haben.«

Vierfaches Händeschütteln. Ein Vogel schrie – ich schrak zusammen.

# 5.

Skalps.

Rothäute als Sündenböcke.

Schlägertypen der Gewerkschaft.

Zugabe: Dick Contino, kaltblütiger Italo-Gangster.

Dessen Frau *nicht* wußte, daß er knietief in einer heißen Entführungssache steckte.

Der Montagmorgen funkelte verheißungsvoll. Ich ging nach draußen, die Zeitung holen – an meinem Wagen lehnte ein Polyp. Ich hatte ihn schon mal gesehen: zusammen mit Bud Brown bei Yeakel Olds.

Ich schlich mich gaaanz laaangsam an, cool wie ein Italo-Gangster. Angst: Meine Beine lösten sich in Luft auf.

Er hielt mir eine Marke unter die Nase. »Mein Name ist DePugh. Ich ermittle für den Senatsausschuß zur Untersuchung unlauterer Machenschaften in Gewerkschaftskreisen, kurz McClellan-Komitee genannt. Bud Brown hat Sie wegen versuchter Entführung, versuchten Betruges und versuchter Vortäuschung einer Straftat verpfiffen und Ihnen damit einen guten Dienst erwiesen, ob Sie's glauben oder nicht. Händigen Sie mir den Inhalt Ihrer Jackentaschen aus.«

Ich gehorchte. Erster-Klasse-Fahrschein in den Knast: die Repo-Joints. Bud Brown: verlogener Rattenarsch.

DePugh sagte: »Setzen Sie Drogenbesitz mit auf die Liste, und stecken Sie das Zeug wieder ein, bevor Ihre Nachbarn es sehen.«

Ich gehorchte. DePugh zückte ein Blatt Papier. »Lieber Dick, ich konnte Dich und Chrissy unmöglich ins offene Messer laufen lassen. Ihr hättet Euch in Euren Lügen verstrickt, und alle wären dran gewesen, auch Sid und ich. Ich habe Mr. DePugh, der im übrigen ein netter Kerl ist, davon erzählt, damit er Dir die Sache ausredet. Er hat mir versprochen, Dir keinen Ärger zu machen, wenn Du ihm einen Gefallen tust. Ich gebe Dir den guten Rat, sag ja. Bitte entschuldige, daß ich Dich verpfiffen habe, aber es war nur zu Deinem Besten. Dein Freund Bud.«

Meine Beine waren wieder da – ich sollte gar nicht eingebuchtet werden. Spätzündung: Bud, der sich den Teamster-Boß vorknöpfte; Bud, der meinen Entführungsplan von Anfang an beschissen fand. »Brown ist ein Informant des McClellan-Komitees.«

»Stimmt. Und ich bin ein netter Kerl mit einer wunderschönen, impulsiven Tochter von neunzehn Jahren, die wahrscheinlich auf eine Katastrophe zusteuert, vor der Sie sie bewahren könnten.«

»*Was*?«

DePugh lächelte und zeigte mir sein wahres Gesicht: das des Provinzbullen aus Mottenhausen, Minnesota, der seinen Juraabschluß an der Abendschule gemacht hat. »Dick, Sie sind doch ein strammes Kerlchen und sehen gut aus. Meine Tochter Jane, Gott segne sie, fliegt auf Burschen wie Sie – obwohl ich ziemlich sicher bin, daß sie noch Jungfrau ist, und das soll sie auch bleiben, bis sie einen netten kleinen Pantoffelhelden gefunden hat, der sie heiratet und den ich an der kurzen Leine halten kann.«

»*Was*?«

»Tja, Dick, wie sag ich's meinem Kinde? Eine Hand wäscht die andere, gleich getan ist gut gespart, und wer nicht hören will, muß fühlen. Sprich: Sie dürfen nicht nur Ihre Entführung türken, nein, ich besorge Ihnen sogar ein paar Gorillas, gegen die Bud und Sid die reinsten Waisenknaben sind – wenn Sie mir einen Gefallen tun.«

Ich schielte zum Küchenfenster: keine Leigh – gut. »Schießen Sie los.«

DePugh schlang mir einen Arm um die Schulter. »Jane studiert an der UCLA. Sie liebäugelt mit den Roten und besucht jeden Montagabend ein quasi-kommunistisches Kaffeekränzchen. Es handelt sich um eine öffentliche Veranstaltung, mit anderen Worten, es kann kommen, wer will, und mit Ihrer Vorgeschichte sind Sie dafür praktisch wie geschaffen. Wissen Sie, Dick, ich habe Angst, daß das FBI die Gruppe unterwandert hat. Ich habe Angst, daß Janies Name auf allen möglichen Listen auftaucht und sie sich damit die Zukunft verbaut. Ich möchte, daß Sie die Gruppe infiltrieren und Janie den Hof machen – aber nicht mit ihr ins Bett steigen –, damit es aussieht, als ob sie sich dem Kreis nur angeschlossen hätte, um sich einen Kerl zu angeln, wie Janie ihrer Mutter gegenüber angedeutet hat. Sie treten dem ›Sozialistischen Studienkollektiv Westwood‹ bei, machen sich an Janie ran und holen Sie da raus, bevor ihr was passiert. Kapiert?«

Heilige Schifferscheiße.

»Und lassen Sie Bud und Sid in Frieden. Im Ernst, Dick, Bud hat Ihnen einen Riesengefallen getan, als er mich in Ihren Plan eingeweiht hat. Sie werden sehen, ich besorge Ihnen ein paar hervorragende Jungs.«

»Die Sache mit den Skalps gefällt mir eigentlich sehr gut«, sagte ich. »Ich würde ganz gern dabei bleiben.«

DePugh holte zwei Fotos aus der Tasche. Nummer eins: ein toter Indianer im Leichenschauhaus. Drei Einschußlöcher im Gesicht; auf der Rückseite ein Stempel: »Gerichtsmedizin Sioux City, S.D.«

»Bud Brown und ich kennen uns noch aus unserer Zeit bei der Polizei von Sioux City. Damals hat Häuptling Joe Laufender Motor im Suff seine Alte skalpiert. Ich habe ihn hochgenommen, und er hat die Griffith-Park-Morde gestanden. Als der Häuptling abhauen wollte, habe ich ihn über den Haufen geschossen. Außer Bud und mir weiß niemand, daß das Blutbad in L.A. auf sein Konto geht und wo die Hütte liegt. Häuptling Joe ist der perfekte Sündenbock.«

Drei Einschußlöcher, dicht beieinander – DePugh bekam leuchtende Augen. »Zeigen Sie mir das andere Bild.«

Er hielt es hoch. »Aah, meine Janie.«

Hübsch: ein Rotschopf auf der Suche nach Abenteuern. Schnittig – Julie London minus 10 000 Meilen auf dem Buckel.

Leigh hämmerte ans Fenster und zeichnete ein Fragezeichen in die Luft.

DePugh begriff sofort. »Ihnen wird schon was einfallen. Aber wenn Sie meine Tochter ficken, bringe ich Sie um.«

# 6.

Grüne Augen durchbohrten mich – ich korrigierte Jane DePughs Tachostand um ein paar Meilen nach unten.

Es tagte: das Sozialistische Studienkollektiv Westwood.

Der Obersozi schwadronierte: die Streikästhetik, bla, bla, bla. Ein tolles Kollektiv: ich, ein paar Beatniks und ein Hollywood-»Produzent« namens Sol Slotnick – ein Wolf, der sich nach der süßen kleinen Jane die Pfoten leckte.

Meine Gedanken wanderten. Sol und Janie hatten mich sofort erkannt – Jane hatte wie auf Kommando Stielaugen gekriegt. Jetzt ging alles seinen sozialistischen Gang.

Bla, bla, bla – das LAPD als verlängerter Arm der Arbeitgeber. Eine billige Einzimmerbude; gleichmäßig verteilt: vollgeschissene Katzenklos. Sperrmüllmobiliar – mein Stuhl war die reinste Hämorrhoidenschaukel.

»Wie wir alle wissen, hat Chief William H. Parker auf Drängen von wohlhabenden Geschäftsleuten, die das LAPD finanziell unterstützen, eine Anti-Gewerkschafts-Eingreiftruppe zusammengestellt.«

Ich hatte Chrissy angerufen und ihr erzählt, daß DePugh mich erpreßte – sie hatte versprochen, Leigh gegenüber dichtzuhalten. Ich hatte ihr gesagt, die Entführungssache sei noch immer aktuell – und daß DePugh uns Profi-Schläger zur Verfügung stellen wolle. Chris hatte Schiß: Am Vorabend war ihr kurzzeitig ein heller Sportwagen gefolgt. Ich brachte Yeakels Kfz-Kontakt ins Spiel – er würde den Besitzer schon ermitteln.

Chrissys Instinkt: Dot könne es nicht gewesen sein. »Ich weiß nicht, Dick. Ich glaube, Dot ist einfach zu fett für so eine miese Masche.«

»... was den Schluß nahelegt, daß Polizeigewalt einzig und allein der Unterjochung des Proletariats dient.«

Ich schnippte einen Katzenschiß von meinem Stuhl. Jane schlug direkt vor meiner Nase die Beine übereinander – *heiliges* Kanonenrohr!

Ein Mann kam rein und setzte sich. Mitte dreißig, Hipsterkluft: Sandalen, Beethoven-T-Shirt. *Ich* erkannte *ihn*: eine FBI-Visage im Saal bei meinem Fahnenflucht-Prozeß.

*Er* erkannte *mich*: ein sekundenschneller Seitenblick.

*Er* wußte nicht, daß *ich* wußte, wer *er* war – ich schaltete blitzartig auf Pokerface.

FBI-Haie kreisten – Janie, hüte deine Zunge.

Der Chefideologe bat um Fragen. Jane sagte: »Mein Vater arbeitet als Ermittler für das McClellan-Komitee. Er ermittelt gegen korrupte Gewerkschaftler, und Sie wollen uns einreden, sämtliche Gewerkschaften hätten eine blütenweiße Weste?«

Sol Slotnick hob die Hand. »Sie sprechen mir aus der Seele. Vor ein paar Jahren habe ich einen Film namens *Streikposten!* gemacht. Ich hatte damals Beziehungen zur Klamotten-, äh, Textilbranche, und dank eines Knebelvertra-, äh, einer gegenseitigen Übereinkunft mit dem Besitzer einer kleinen Klitsche, äh, Fabrik, hatte ich Gelegenheit, seine Sklaven, äh, Arbeiter zu filmen, bei der Arbeit. Ähm ... ähm ... ähm, auf beiden Seiten der Kette gab es anständige Kerle, und ... ähm ... deshalb habe ich den Streifen *Streikposten!* genannt.«

Sol sah Jane an. Jane sah mich an. Der FBI-Agent rückte unauffällig von einem Katzenklo ab.

Die Beatniks suchten angeödet das Weite. Der Kommunistenkommissar räusperte sich.

Sol, mit einem Blick zu Jane: »Ich, ähm, trage mich mit dem Gedanken, einen Film über den Killer zu drehen, der auf dem Strip junge Paare meuchelt, Sie wissen schon, den Würger von

West Hollywood. Ich möchte ihn als … ähm … arbeitslosen Gewerkschaftler darstellen, der von korrupten Bonzen ins Knie gefickt, äh, fertiggemacht worden ist. Und … ähm … wenn die Bullen ihn erschießen, wird er die moralische Verkommenheit des Systems anprangern, während er Blut spuckt und bereut. So ähnlich wie in *Streikposten!*. Ich werde Gut und Böse auf beiden Seiten der Barrikaden zeigen. Vielleicht gehe ich sogar aufs Ganze und baue einen Negerbullen ein! Ich kenne da nämlich einen schwarzen Tankwart, der mal auf der Schauspielschule war. Ich glaube, der Film könnte erstens ein gutes Geschäft werden und zweitens einer guten Sache dienen. Ich glaube, ich nenne ihn *Der Würger vom Sunset Strip!*«

Sol sah Jane an.

Jane sah mich an.

Der FBI-Agent sah Sol an.

Der Obersozi sagte: »Mr. Contino, Sie haben mit der dunklen Seite unserer Polizei bittere Erfahrungen gemacht. Möchten Sie vielleicht etwas zur Diskussion beisteuern?«

»Ja. Ich sehe das genauso wie Jane.«

Jane schmachtete mich an. Sol brummte »Scheiß Goi« in seinen nicht vorhandenen Bart. Der Kommissar seufzte. »Manchmal habe ich das Gefühl, ich leite einen Club der einsamen Herzen. Und damit machen wir Schluß für heute. Wir treffen uns wie immer auf eine Tasse Kaffee in unserem Stammlokal, und ich werde mich nach Kräften bemühen, das Gesprächsniveau ein wenig zu heben.«

Wir stürmten Truman's Drive-In und requirierten einen Tisch. Sol klemmte sich rechts neben Jane; ich quetschte mich an ihre grüne Seite.

Der Bulle und der Bolschewist saßen wie alte Freunde nebeneinander. Jane drückte sich an mich – ihre Nylons knisterten.

Ich gab der Kellnerin ein Zeichen – Kaffee für alle.

»Ich bin Mitch Rachlis«, sagte der FBI-Agent.

Wir machten uns rasch miteinander bekannt – der Sozi nannte sich Mort Jastrow. Ich nahm mir Rachlis zur Brust: »Sie kommen mir irgendwie bekannt vor, Mitch.«

Cleveres Kerlchen: »Meine Frau ist ein Fan von Ihnen. Wir haben Sie vor Jahren im El Rancho Vegas gesehen und ein paarmal in der Flamingo Lounge. Wir sitzen immer in der ersten Reihe, vielleicht komme ich Ihnen deswegen bekannt vor.«

Cleveres Kerlchen, gut pariert.

Sol speichelte sich bei Janie ein. »Haben Sie schon mal daran gedacht, zum Film zu gehen?«

Jane rückte mir auf die Pelle. »Ich halte mir mehrere Möglichkeiten offen. Im Moment habe ich drei verschiedene Traumberufe: Ärztin, Anwältin und Filmstar.«

»Da könnte ich Ihnen unter Umständen weiterhelfen. Wenn der *Würger vom Sunset Strip!* steigt, könnten Sie eins seiner Opfer spielen. Können Sie singen?«

»Und ob. Das ist übrigens mein vierter Traumberuf: Schlagerstar.«

»Na prima, Schätzchen. Sie könnten zum Beispiel eine Nachtclubsängerin mimen, die die Männer umschwirren wie Fliegen die Schei-, äh, wie Motten das Licht. Der Würger von West Hollywood findet Sie einen geilen, äh, steilen Zahn, und Sie bringen ein paar Nummern, um Ihre Sangeskünste unter Beweis zu stellen.«

Mitch Rachlis mischte sich ein. »Woran arbeiten Sie gerade, Mr. Slotnick?«

»An einem Film namens *Bitterer Schweiß!*. Er zeigt schonungslos, wie schändlich mexikanische Saisonarbeiter bei der Obsternte hierzulande behandelt werden. Er wird jede Menge Stunk, äh, Staub aufwirbeln und mich als Produzent von sozialkritischen Filmen etablieren, die ein ernsthaftes Anliegen vertreten, ohne daß dabei die Story in den Arsch geht, äh, auf der Strecke bleibt. Kommen Sie, Schätzchen, schreiben Sie mir Ihre Nummer auf, damit ich Sie zum Vorsprechen bestellen kann.«

Jane gehorchte – zwei Mal. Eine Serviette ging an Sol; die andere fand auf wundersame Weise ihren Weg in meine Hosentasche. Janes Hand/mein Schenkel – heiliges Kanonenrohr!

Bullen-Mitch beäugte Sol – perplex. Bolschewisten-Mort sah in die Runde – angewidert.

Janie ging mit mir auf Tuchfühlung. »Wollen wir uns nicht mal treffen? Sie müssen mir unbedingt von Ihrem politischen Kampf und dem Akkordeonspielen erzählen.«

»Doch, gern«, krächzte ich – unsere Beinarbeit ging eindeutig zu weit.

»Dann bis nächste Woche«, sagte der Bulle und verdrückte sich. Jane zündete sich eine Zigarette an – Miss Etepetete 1958. Ich sah aus dem Fenster – und entdeckte Rachlis in einer Telefonzelle.

Janie lächelte – ihr Kleinmädchenfeuer brachte meine Schmalztolle zum Schmelzen. Ich legte einen Dollar auf den Tisch, murmelte gute Nacht und machte mich von dannen.

Hinter den Telefonhäuschen lag der Parkplatz. Rachlis stand mit dem Rücken zu mir in einer offenen Zelle. Ich schlich in Hörweite vorbei.

»... und ausgerechnet Dick Contino war bei dem Treffen.«

»... also, subversiv kann man das Ganze nicht gerade nennen.«

»... nein, ich glaube nicht, daß Contino mich wiedererkannt hat ... ja, stimmt, ich war bei seiner Verhandlung.«

»... ja, Sir ... ja, Sir ... Slotnick *ist* unser Mann. Ja, dieser Saisonarbeiterfilm ist mit ziemlicher Sicherheit prokommunistisch ... ja, Sir, ich ...«

Erleichtert ging ich den Wilshire Boulevard entlang: FBI-Joe interessierte sich weder für Jane noch für mich. Da regte sich mein schlechtes Gewissen: Diese Erpressungsaffäre konnte meine Ehe ruinieren. An der Bushaltestelle wartete das nächste Telefon – ich wählte Chrissys Nummer.

Und bekam ihren Auftragsdienst: »Miss Staples ist vorübergehend unter OL–2–4364 zu erreichen.«

Meine Nummer. Chris mußte Leigh angerufen und sie gefragt haben, ob sie bei uns übernachten könne – wahrscheinlich hatte der Wagen sie wieder verfolgt.

Scheiße – keine Verbündete in Sachen Erpressung und Entführung.

Das Telefonbuch. Ich schlug Truman's nach, wählte und ließ mein Verderben ausrufen.

Jane kam an den Apparat. »Hallo?«

»Hier ist Dick. Möchten Sie morgen abend mit mir essen gehen?«

»Au ja! Ja, gern.«

Lieber Gott: Bitte bewahre mich vor diesem Fräulein fatale ...

# 7.

Die Post kam früher als sonst. Ich ging sie heimlich durch – auf der Suche nach einem Brief von den furchtbaren DePughs. Unsinn: Ich hatte sie vor kaum vierundzwanzig Stunden erst kennengelernt.

Leigh schlief noch; Chrissy sägte auf der Couch. Sie hatte meinen Verdacht vom Vorabend bestätigt: Der helle Sportwagen hatte sie wieder verfolgt – und der Fahrer hatte eine Halloween-Maske getragen. Ich bestand darauf, daß sie bei uns blieb, bis die Sache geklärt war. Ihr Rat in puncto DePugh-Dilemma: Warne Sol Slotnick vor dem FBI, und kümmere dich um Jane. Sei nett zu ihr, geh mit ihr essen – aber laß die Hose zu. BRING UNSERE GUTE BEZIEHUNG ZU IHREM DAD UND DEN KIDNAPPING-COUP NICHT IN GEFAHR.

Rechnungen, *Accordion Quarterly Magazine*. Ein Brief an Miss Christine Staples, ohne Absender.

Uäh! Uäh! – die kleine Merri in ihrem Kinderbett.

Chrissy streckte sich und gähnte. Ich sagte: »Hier ist ein Brief für dich.«

»Komisch, es weiß doch keiner, daß ich hin und wieder bei euch übernachte.«

Ich warf ihr den Umschlag zu; Chris öffnete ihn und zog ein Blatt Papier heraus. Sofort ging ihr die Flatter – sie zitterte wie Wackelpudding im Delir.

Ich schnappte mir den Zettel – er stammte von einem gewöhnlichen Schreibblock.

Hakenkreuze säumten den Rand – Modellbaukram. Aufgeklebte Zeitungsbuchstaben: »ICH FICK DICH TOT!«

Meine Gedanken überschlugen sich:

Dot Rothstein oder ???? Der Sportwagen – Kennzeichen Nr. 1116 –, wer? Vielleicht war ihr das Schwein gefolgt und hatte sich unsere Adresse aufgeschrieben – aber warum hatte er den Brief hierher geschickt? Vielleicht hatte er Chris und mich in der *Rakete zum Ruhm* gesehen und meine Adresse im Telefonbuch nachgeschlagen. Graue Theorie: Er verfolgte sie erst wieder, seit ich *ihn* gejagt und Chrissy das erste Mal bei uns geschlafen hatte.

Chris steckte sich eine Zigarette zwischen die Lippen; sie benötigte ein halbes Dutzend Streichhölzer, um sie anzuzünden. »Ich gehe damit zu den Bullen«, sagte ich. »Du brauchst dringend Personenschutz.«

»Nein! Das geht nicht! Wenn die Bullen hier herumschnüffeln, ist es mit der Entführung Essig!«

»Pssst. Sonst weckst du Leigh. Und wehe, du verlierst in ihrer Gegenwart auch nur ein Wort über die Entführung.«

Chris dämpfte die Stimme. »Bitte Bob Yeakel, noch mal bei der Zulassungsstelle wegen der Autonummer nachzufragen. Vielleicht kriegen wir auf diese Weise einen Namen, den wir an Dave DePugh weitergeben können, damit der dem Kerl das Messer an die Kehle setzt. Ich glaube nicht, daß es Dot Rothstein ist, die ist viel zu fett, um sich in einen Sportwagen zu zwängen.«

»Ich rede mit Bob. Und du hast recht, das ist nicht Dots Stil.«

Chris drückte die Zigarette aus. Ihre Hände zitterten – der Aschenbecher stürzte um, und Kippen flogen nach allen Seiten. »Und bitte Bob, uns ein paar Tage freizugeben. Denk dran, er hat versprochen, dir die zweite Show zu erlassen, wenn du seinen Repo-Leuten unter die Arme greifst.«

Ich nickte. Leigh kam herein und verknotete den Gürtel ihres Morgenmantels; Chris hielt ihr den Drohbrief unter die Nase. Mein unerschütterliches Weib: »Dick, fahr zu deinem Vater und leih dir seine Gewehre. Ich sage Nancy und Kay, daß sie ihre Kanonen mitbringen sollen.«

Mein Dad machte zwei 12er Pumpguns locker. Ich rief Bob Yeakel an, mit immerhin fünfzigprozentigem Erfolg: Ja, Chris und
ich könnten ruhig noch ein paar Tage blau machen; nein, sein
Kfz-Kontakt sei leider verreist, so daß er unmöglich eine Kenn-
zeichenüberprüfung in die Wege leiten könne. Ich versuchte es
in Dave DePughs Büro, um die Entführungsnummer zu besprechen – der Arsch war »im Einsatz«.

Die Sol Slotnick Productions standen im Telefonbuch: 7481 Santa
Monica Boulevard. Ich fuhr nach West Hollywood und fand die
Bude sofort: ein Lagerhaus gleich um die Ecke von Barney's Bea-
nery.

Ich stieß die Tür auf; Industriegestank schlug mir entgegen. Eine
miese kleine Klitsche: reihenweise Kleiderständer, Nähmaschinen und Bügelautomaten. Spanische Schilder an den Wänden,
leicht zu übersetzen: »Mehr Arbeit – mehr Geld«; »Mr. Sol ist
euer Freund.«

Ich rief – keine Antwort.

Eng – ich zwängte mich nach hinten durch. Drei aufgebockte
Grenzstreifenwagen auf Klötzen; eine Nachtclubkulisse auf einem Podest: Tresen, Tische, Tanzfläche.

Gemütlich: Schlafsack, tragbarer Fernseher. Fressalien auf dem
Tresen: Kräcker, Cheez Whiz, Dosensuppe.

»Ja, ja, ich wohne hier. Und jetzt, wo Sie meine erbärmliche
Behausung gesehen haben, sagen Sie mir, was Sie wollen.«

Sol Slotnick trat im Bademantel durch einen Perlenvorhang.

»Diesen Bademantel habe ich im Fontainebleau Hotel in Miami
Beach mitgehen lassen. Was soll das, Contino? Zuerst rauben Sie
Jane DePugh das Herz, und jetzt wollen Sie mir ans Leder?«

Frisch von der Leber weg: »Ich bin glücklich verheiratet und habe
keinerlei Interesse an Jane. Ich soll sie aus dieser Soziclique raus-
holen, bevor ihr was passiert. Sie lassen am besten auch die Finger
davon. In der Gruppe gibt es nämlich einen FBI-Maulwurf, und
der ist hinter *Ihnen* her. Das FBI hat sich in die fixe Idee verrannt,
daß *Bitterer Schweiß!* prokommunistisch ist.«

Sol hielt sich an einem Barhocker fest. Chamäleon: Er wurde erst leichenblaß, dann puterrot. Vielfraß: Er verschlang einen Stapel Kräcker mit Cheez Whiz.

Seine Gesichtsfarbe stabilisierte sich. Ein Rülpsen, ein Lächeln – und schon war sein Kummer verdaut. »Ich werd's überleben. Dann muß ich eben umdisponieren, wie damals bei *Panzergeschwader!*, als meine Geldgeber ausgestiegen sind und ich das Buch zu *Streikposten!* umschreiben mußte. Außerdem bin ich dieser verkackten Truppe nur beigetreten, um Weiber aufzureißen. Ich habe Jane in der Nähe der UCLA auf der Straße gesehen und bin ihr zu meinem ersten Treffen gefolgt. Wissen Sie, was? Ich glaube, ich will sie nicht nur vögeln, sondern auch heiraten. Ich bin neunundvierzig und habe drei Herzattacken hinter mir, aber eine Jungstute wie sie könnte mein jämmerliches Leben glatt um zwanzig Jahre verlängern und meine Menora wieder zum Leuchten bringen. Ich würde sie zum Star machen und dann gegen eine jüngere eintauschen, bevor sie anfängt, mich mit gutaussehenden Schmalzlocken wie Ihnen zu betrügen. Sagen Sie, Contino, meinen Sie, sie wäre zu Nacktaufnahmen bereit?«

Von seinem Geschwafel wurde mir ganz schwummrig. Sol baute einen Kräcker/Cheez-Whiz-Wolkenkratzer und verschnabulierte ihn. Von aschfahl zu feuerrot und retour – dann schaltete er einen Gang hoch. »Wissen Sie, was? Ich würde *Sie* gern in einem Film unterbringen – Janie und Sie würden bestimmt prima Leinwandturteltäubchen abgeben. Sie haben zwar ein ziemlich beschissenes Image, aber Sie sind beileibe kein zweiter Fatty Arbuckle, der Starlets mit Champagnerflaschen bumst. Ach, Dick, eine leckere kleine Käseschnitte wie Jane DePugh könnte mich waschen, spülen, schleudern, durch die Mangel drehen und ein für allemal aus dieser trostlosen B-Movie-Tretmühle befreien, die mich zwingt, unterprivilegierte Schwarze und Tacobäcker auszubeuten, um das nötige Kleingeld für diese schlappen Schweinestreifen zusammenzukratzen, die mir Herz und Verdauung ruiniert haben. Dick, diese Fabrik gehört mir. Ich habe hier von illegalen Chilis Billigklamotten nähen lassen, bis die Einwanderungsbehörde mich hochgenommen hat, weil ich den Illegalen Unterschlupf gewährt und sie gegen Abzug der Hälfte ihres bescheidenen Lohns hier in der Firma habe schlafen lassen. Nachdem die Einwanderungsbehörde mich zu einer Geldstrafe verknackt und die meisten meiner Sklaven, äh, Arbeiter nach Mexiko zurückbefördert hatte, habe ich bei einer Bullenauktion für 'n Appel und 'n Ei zwei Grenzstreifenwagen ersteigert und beschlossen, *Bitterer Schweiß!* zu drehen, als Buße für meine Sünden als skrupelloser Ausbeuter und um meine Geldstrafe abdrücken zu können. Jetzt drangsaliert mich das FBI wegen meines sozialen Engagements, damit ich *Bitterer Schweiß!* nicht machen kann. Ich habe ein paar mexikanische Amateurboxer an der Hand, die Illegale spielen sollen, das Problem ist nur, sie sind *tatsächlich* Illegale, und wenn ich den Streifen drehe, kassiert die Einwanderungsbehörde sie auf der Stelle ein und setzt sie in den Nachtbus nach Tijuana. Ach, Dick, ich will doch nur ernstzunehmende sozialkritische Filme machen, die ein paar Dollar abwerfen, und Jane DePugh die Büchse polieren. Ach, Dick, mir fehlen die Worte. Was würden *Sie* mir raten?«

Mir schwirrte der Kopf. Ich aß einen Kräcker, damit sich mein Blutzuckerspiegel normalisierte. Sol Slotnick starrte mich an.

»Wenn ich mich heute abend mit Jane treffe«, sagte ich, »lege ich ein gutes Wort für Sie ein. Außerdem habe ich einen Bekannten beim FBI. Ich werde ihm sagen, daß Sie darauf verzichten, *Bitterer Schweiß!* zu drehen, und ihn bitten, das weiterzuleiten.«

»*Sie* sind mit einem Lakaien von J. Edgar Hoover befreundet?«

»Ja, Special Agent Pete Van Obst. Seine Frau ist die Landesvorsitzende meines Fanclubs.«

»Aha. Und wie viele Mitglieder hat Ihr Fanclub? Mit solchen Zahlen läßt sich bei Geldgebern immer Eindruck schinden, nur falls wir mal einen Film zusammen drehen.«

»Im Augenblick so um die sechzig.«

»Da hängen wir einfach ein paar Nullen dran, das prüft sowieso keiner nach. Dick, bitte seien Sie heute abend nett zu Jane. Sagen Sie ihr, ich wäre davon überzeugt, daß sie das Zeug zum Filmstar hat. Sagen Sie ihr, ich hätte ein Ding wie Roy Rogers' Mähre Trigger.«

Nichts wie weg – Sol sah fix und fertig aus. Zum Abschied schnappte ich mir eine Handvoll Kräcker.

Kay Van Obst schleppte drei 45er Automatikknarren aus FBI-Beständen an, die sie sich bei ihrem Mann Pete »geliehen« hatte. Nancy Ankrum eine abgesägte Schrotflinte mit Rattengift als Munition – Caryl Chessman hatte ihr den Tip gegeben. Plus die beiden 12er Pumpguns meines Vaters: machte »Fort Contino« – L.A.s Alamo für Arme.

Patronenschachteln auf dem Couchtisch.

An den Fenstern Wache schieben – vier Frauen in Wechselschicht.

Vier Frauen mit Küchenmessern in Plastikscheiden – Kay hatte unterwegs ein Spielwarengeschäft geplündert.

Bis zu meinem »Rendezvous« war noch ein bißchen Zeit – ich haute mich aufs Ohr.

Druckerschwarze Träume:

VOM »FEIGLING« ZUM HELDEN – ENTFÜHRER NACH WIE VOR AUF FREIEM FUSS!

CONTINO NARRT VERBRECHER – BEWAHRT BAR-CHANTEUSE VOR FOLTER UND VERGEWALTIGUNG!

LAPD ZERSTREUT ZWEIFEL: »KIDNAPPING KEIN RE-KLAMEGAG!«

Chris wand sich in den Klauen sabbernder Psychopathen.

Cops stürmten die Hütte.

Chief William H. Parker hielt die erbeuteten Skalps in die Kamera.

CONTINO-KIDNAPPING: BIZARRE VERBINDUNG ZU MYSTERIÖSEN MORDEN!!!

SUCHE NACH ENTFÜHRERN – RAZZIA IN ROTHAUT-RESERVAT!!!

APACHEN-HÄUPTLING SPRICHT: »VIEL BÖSE SACHE!
ICH SENDEN RAUCHSIGNALE ZU FANGEN SKALP-
KILLER!«
Chris weckte mich. »Mach dich fertig. Ich hab Leigh erzählt, du
jamst mit Studiomusikern, also nimm dein Akkordeon mit.«
Eine letzte Schlagzeile verblaßte:
CONTINO WEITER AUF ERFOLGSKURS! KIDNAPPING
IN UMFRAGEN NOCH VOR LINDBERGH-ENTFÜH-
RUNG!

»Sie halten mich bestimmt für ein naives junges Ding. Sie halten
mich bestimmt für dumm, weil ich nichts Besseres im Kopf habe,
als Ärztin, Anwältin, Schauspielerin oder Schlagerstar zu wer-
den.«
Jane hatte das Restaurant ausgesucht: ein Italoschuppen am Sunset
Ecke Normandie. Schräg gegenüber: das Hi-Hat-Motel – »Zimmer frei« in pulsierendem Neon trieb mir die Suppe aus den
Poren.
Ich trank Wein. Jane trank Ginger Ale, unter Protest – die Abgabe
von Alkohol an Minderjährige war strafbar.
»Ganz und gar nicht. Mit neunzehn war ich längst ein Schlagerstar, obwohl ich es eigentlich gar nicht wollte. Sie sollten erst mal
Ihr Studium beenden und Erfahrungen sammeln.«
»Sie reden wie mein Dad. Nur vom Erfahrungsammeln hält er
nicht besonders viel, weil er weiß, daß ich dieselben Gelüste
verspüre wie meine Mom, als sie in meinem Alter war. Ich sehe
aus wie meine Mom, ich verhalte mich wie meine Mom, und
ich rede wie meine Mom. Allerdings hat meine Mom einen
Jungbullen aus Sioux City, South Dakota, geheiratet, der ihr mit
achtzehn ein Kind gemacht hat, und so was kann mir nicht
passieren.«
Blitz/blitz/klimper – ihre grünen Augen glänzten im Schein der
Kerzen in Chiantiflaschen. »Sol Slotnick beispielsweise könnte
dafür sorgen, daß Sie Erfahrungen sammeln. Erstens kann er Sie

gut leiden, und zweitens ist er ein richtiger Hollywood-Produzent, der Sie beim Film unterbringen könnte.«

Jane hantierte umständlich mit ihrem Brotteller. »Er ist ein fetter, alter Lustmolch. Er ist mir zu meiner ersten Kollektivsitzung gefolgt, mit anderen Worten, er ist ein besserer Schwanzwedler. Früher, als mein Dad noch bei der Polizei von Sioux City war, hat er mich oft mit auf Streife genommen. Er wollte mir zeigen, worauf ich mich in Sachen Männer so gefaßt machen durfte. Er zeigte mir die ganzen Zuhälter und Schlüpferfetischisten, Penner, Bindenschnüffler und Gigolos, mit denen er tagtäglich zu tun hatte, und Sol Slotnick paßt genau ins Bild. Außerdem hat er kleine Hände, und was *das* heißt, weiß ich von meiner Mom.«

Ich schlürfte roten Italiener. »Sie haben *große* Hände«, sagte Jane.

»Zimmer frei« pulsierte.

Fragen pulsierten: Wer könnte es erfahren? Wen könnte es interessieren? Wer könnte es verraten?

Klare Sache – ich/du/er/sie/es.

»Jane, Sol könnte Ihre kühnsten Träume wahr werden lassen.«

»Ach was, Sol Slotnick ist ein Blindgänger. Meine Mom liest *Variety* und hat gesagt, *Streikposten!* war der größte Reinfall des Jahres 1951. Sol Slotnick, igittigitt.«

Ich tunkte ein Stück Brot in meinen Wein und biß die Kruste ab. Jane sagte: »In Ihrer rauhen Schale steckt ein weicher Kern. Sie sind politisch interessiert, aber kein Fanatiker. Man hat Ihnen unrecht getan, aber Sie spielen nicht den Märtyrer. Meine Mom sagt, Männer mit ambivalenten Eigenschaften wären die besten Liebhaber, weil man bei ihnen nie genau weiß, woran man ist, und dadurch verliert man nicht so schnell die Lust am Sex.«

»Ihr Vater muß ja ein toller Bursche sein.«

Jane kicherte. »Sie meinen wohl, sein Bruder Phil. Das weiß ich, weil Onkel Phil uns erstaunlich oft besuchen kam, wenn mein Vater außerhalb zu tun hatte, und ich dauernd ins Kino geschickt wurde. *Außerdem* habe ich ab und zu nach Moms Pessar geguckt, und das war erstaunlich oft verschwunden, wenn mein Onkel zu

Besuch war. Und wissen Sie, was? Onkel Phil hatte *viel* größere Hände als mein Dad.«

Ich inspizierte meine Pranken. Riesig – vom vielen Akkordeon-knautschen.

Ein Kellner schlich um unseren Tisch – ich verscheuchte ihn. Jane schob ihre Finger zwischen meine. »Haben Sie mich etwa nur zum Essen eingeladen, um für Sol Slotnick gut Wetter zu machen?«

»Sind Sie dem Sozialistischen Studienkollektiv Westwood etwa nur beigetreten, um sich einen Mann zu angeln?«

»Das gilt nicht. Ich habe zuerst gefragt.«

Ich zog meine Hand zurück. »Ich bin nur zu dem Treffen gegangen, weil ich Langeweile hatte und mich ein bißchen vergnügen wollte. Mit Ihnen hätte ich mich gern vergnügt, aber ich möchte meine Ehe nicht aufs Spiel setzen.«

O Schreck, o Graus – Jane fuhr zusammen. »Na schön, ich habe mich der Gruppe aus denselben Gründen angeschlossen. Und Sie können Sol Slotnick ausrichten, wenn er mit mir ins Bett will, kann er warten, bis er schwarz wird, aber für Probeaufnahmen stehe ich jederzeit zur Verfügung, sogar im Bikini, aber nur mit Ihnen als Begleitschutz.«

»Ich richte es ihm aus, und ich begleite Sie auch. Aber ich warne Sie: Gehen Sie lieber nicht mehr zu diesen Treffen, sonst landet Ihr Name noch auf einer schwarzen Liste, und dann ist Schluß mit lustig.«

Jane lächelte. Ich schmolz dahin – halbwegs.

»Aber das Treffen morgen abend darf ich auf *keinen* Fall versäumen, Mort will nämlich über die Machenschaften des FBI reden, und ich brauche dringend ein paar Sprüche, mit denen ich meinen Dad auf die Palme bringen kann. Außerdem finde ich den Typen mit dem Beethoven-T-Shirt wahnsinnig süß.«

»Das ist ein FBI-Spitzel.«

»Was soll's? Dann hat mein Dad wenigstens keinen Grund, ihn schlechtzumachen. Mein Dad ist ja *so* was von reaktionär. Er würde am liebsten die Sklaverei wieder einführen und sämtliche Straßen privatisieren, damit die Besitzer Durchfahrtgebühren kassieren können. Meine Mom ist eine Liberale, sie hatte nämlich mal einen brasilianischen Liebhaber. Der hatte zwar irre große Hände, wollte sie aber auf den Strich schicken, damit er seine Wettschulden begleichen konnte, und da hat meine Mom gesagt: ›Nicht mit mir‹, und einen Cop geholt.«

»Was hat der Cop getan?«

»Der Cop war mein Dad. Er hat ihr ein Kind gemacht.«

Ich verlangte die Rechnung. »Kommen Sie, ich fahre Sie nach Hause.«


Im Auto schmiegte Jane sich an mich. Chanel N°. 5 kitzelte mich in der Nase – um Abhilfe zu schaffen, kurbelte ich das Fenster runter. Im Radio: die McGuire Sisters – Jane und ich schwelgten in »Sincerely«, als wären wir ein Paar.

Es fing an zu nieseln. Ich warf die Scheibenwischer an und justierte den Rückspiegel – ein Wagen roch uns an der Hose.

Gespenstisch.

Ich stieg aufs Gas; der Wagen hinter uns beschleunigte.

Jane ließ den Kopf von meiner Schulter in meinen Schoß gleiten.

Ich bog ab: scharf links, scharf rechts, scharf links – die Karre klebte uns am Arsch.

Jane vergrub den Kopf in meinem Schoß.

Ich kriegte eine Erektion.

Links, rechts – das Steuer streifte Janes Haar. Ihre Hände an meinem Reißverschluß – instinktiv trat ich auf die Bremse.

BAMM! Zwei ineinander verkeilte Stoßstangen – in einer mickrigen Seitenstraße mitten in L.A.

Meine Erektion war dahin. »Scheiße«, sagte Jane, »ich glaube, ich habe mir einen Zahn ausgeschlagen.«

Ich stieg aus. Im Clinch: mein Continental Kit und der Kühlergrill eines 56er De Soto.

??? – kein weißer Sportwagen – ???

Ich ging nach hinten und sah nach.

Der De-Soto-Fahrer stieg aus, mit weichen Knien. Im Schein der Straßenlampen war er deutlich zu erkennen: Danny Getchell, *Hush-Hush Magazine.*

»Nicht schlagen, Dick, ich habe Fotos!«

Ich stürzte mich auf ihn. Ein Blitzlicht explodierte und blendete mich – Getchell gewann ein paar Sekunden.

»Der Kellner im Restaurant hat dich erkannt und mich angerufen!«

Langsam, undeutlich kehrte mein Sehvermögen zurück – ich wollte mich auf ihn stürzen und rammte einen Baum.

»Dick, ich habe Bilder, auf der du mit der Rothaarigen Händchen hältst!«

Ein Blitzlicht explodierte – ich sah Sterne und rappelte mich hoch.

»Ich habe einen Schnappschuß von dir und der Braut vor dem Hi-Hat Motel!«

Ich stürzte mich auf die Stimme – »Dick, du kannst dich entweder mit Geld oder mit einer Story freikaufen! Du kennst nicht zufällig ein paar Schwuchteln, die du ans Messer liefern könntest?«

Ich stolperte über eine Radkappe und schlug der Länge nach hin. Jane schrie: »Mein Vater ist Polizist *und* Anwalt, du mieses Erpresserschwein!«

Blitzlichter: eins, zwei, drei – alles wurde gleißend hell.

»Dick, dein Reißverschluß ist offen!«

Ich schlug auf Knien um mich und erspähte Hosenbeine. Die Beine fingen konvulsivisch an zu zucken – undeutlich sah ich, wie das Mädchen Getchell einen Stoß versetzte.

Grauer Flanell, in Großaufnahme – ich griff zu und zog daran. Getchell klatschte aufs Pflaster; Jane zerschlug seine Kamera auf der Bordsteinkante.

»Du dämlicher Spaghettifresser, ich hab den Film längst abgeliefert!«

Meine Hände/sein Hals – füreinander bestimmt. *Meine* Stimme, seltsam in *meinen* Ohren: »Ein Wort zu Leigh, und ich bring dich um. Ich hab kein Geld, und die einzige Story, die ich habe, ist zu gut für dich.«

Krächzend, heiser: »Ich nehm dich beim Wort.«

Ich packte fester zu. Krächzend, knochentrocken: »Ich nehm dich beim Wort.«

Türenschlagen, Stimmengewirr. »Dick, es gibt Zeugen«, warnte Jane. »Mein Dad sagt immer, Augenzeugen bringen Mörder auf den elektrischen Stuhl.«

Getchell, staubkörnchentrocken: »Ich nehm dich beim Wort.«

Ich ließ los. Getchell setzte sich auf und wollte ärschlings die Kurve kratzen. Ich packte ihn bei den Haaren und flüsterte: »Ich arbeite mit Profis an einer getürkten Entführungssache. Die Exklusivrechte kannst du vergessen, aber wenn ich was zu sagen habe, bist du der erste, der es erfährt.«

»Gebongt«, krächzte Getchell.

Jane half mir hoch. Fräulein fatale fehlte ein Zahn.

# 8.

Fort Contino, Ruhe vor dem Sturm.

Leigh und Chris übten Messerwerfen; der an einem Korkbrett befestigte »Ich-fick-dich«-Wisch diente als Zielscheibe. Nancy Ankrum steckte den Rüssel in den *Herald*: Der Würger von West Hollywood hatte wieder zugeschlagen. Kay Van Obst schob Wartungsdienst, ölte Pistolen und Gewehre.

Die Mädels hatten in der »Contino-Kaserne« ihr Lager aufgeschlagen. Bob Yeakel hatte uns mit Proviant versorgt: ein halbes Dutzend Pizzas de Luxe. Anbei ein Brief: »Chrissy-Schätzchen, halt die Ohren steif! Mein Kumpel bei der Kfz-Zulassung kommt nächste Woche aus dem Urlaub und geht die Überführungskennzeichen dann durch. Wollen wir nicht mal ein Häppchen essen gehen? Romanoff's oder Perino's?«

Leigh ließ mich nicht aus den Augen: Am Vorabend war ich mit zerrissenen Hosen und demoliertem Wagen nach Hause gekommen. Meine Ausrede: ein paar Penner hätten versucht, sich mein Akkordeon unter den Nagel zu reißen. Leigh war skeptisch. Ich hatte noch immer den Duft von Janes Shampoo in der Nase – entweder Breck oder Alberto VO5.

Ich erwischte Kay allein. »Kannst du Pete anrufen und ihm eine, äh, etwas kryptische Nachricht übermitteln?«

»Ja ... klar.«

»Sag ihm, er soll mit dem Agenten sprechen, der auf das Sozialistische Studienkollektiv Westwood angesetzt ist. Sag ihm, ich lege meine Hand dafür ins Feuer, daß Sol Slotnick den Film *Bitterer Schweiß!* nicht dreht. Sag Pete, er soll dem Agenten bestellen, daß

Slotnick *kein Roter* ist, sondern bloß ein jämmerlicher Filmtrottel, dem es einzig und allein um Geld und Sex geht.«

Kay prägte sich alles genau ein und schnappte sich den Apparat im Flur; ich stand Schmiere, damit Leigh nichts mitbekam. Flüster, flüster – ein Knuff in den Rücken.

»Pete hat versprochen, es auszurichten, und dir eine gewisse Glaubwürdigkeit bescheinigt. Er meinte, wenn sich der Agent bei dem Treffen heute abend nicht blicken läßt, kannst du davon ausgehen, daß er deine Geschichte geschluckt hat.«

Gut – die erste Hürde war genommen. Es klingelte an der Tür – Nancy linste durch den Spion und machte lächelnd auf.

Pizza De-Luxe mit drei dampfend heißen Teigfladen. Brutzelnder Käse und Anchovis – unnachahmlich. »Buon appetito!« flötete Ramon von »Ramon und Johnny«.

Ich war völlig durch den Wind: Mittagessen solo, ein Abstecher zum Strand, Abendbrot allein. Ich kochte vor Wut – Danny Getchell im Nacken, Karre im Eimer. Dave DePugh und Janie, Sol Slotnick, die Entführung – in meinem Brummschädel schlugen die Gedanken drei-, vier-, fünf-, sechsfache Salti. Plötzlich machte es klick, und der Groschen war gefallen – ich fuhr schnurstracks zum Westwood-Kollektiv, parkte und behielt die Tür im Auge.

19:58 – Sol Slotnick ging hinein.

20:01 bis 20:06 – diverse Beatniks gingen hinein.

20:09 – Jane DePugh ging hinein.

20:09 bis 21:02 – kein FBI-Spitzel in Sicht: Pete Van Obst hatte vermutlich seine Beziehungen spielen lassen.

21:04 – ich postierte mich vor der Tür.

Jane und Sol kamen als erste heraus; ich empfing sie mit offenen Armen. »Nicht *Bitterer Schweiß!*, sondern *Grenzpatrouille!*. Die Wagen haben Sie schon, Sie müßten die Illegalen bloß von Legalen spielen lassen! Janie und ich übernehmen die Hauptrollen, und wir können uns gleich heute abend ans Drehbuch machen! Ich habe

Ihnen das FBI vom Hals geschafft, Sol, jetzt pfuscht uns niemand mehr dazwischen!«
Jane sagte: »Ich rufe meinen Dad an und sage ihm, daß es heute etwas später wird.«
Sol sagte: »*Grenzpatrouille!* ... Jawoll ...«

Ich schaute auf einen Sprung ins Googie's und deckte mich bei Gene the Queen, der Transe, die auf dem Männerlokus Dope verdealte, mit Bennis ein. Lecker – ich spülte eine Handvoll mit Kaffee runter und lief leicht bedröhnt in Sols Lagerhaus ein.
Sol und Janie tankten auf: Maxwell House mit einer Extraportion Benzedrin. Bleistifte, Notizbücher, das Skript von *Bitterer Schweiß!* als Vorlage, und los ...
Aus dem heldenhaften Obstpflücker Pedro wurde Big Pete – ein Grenzbulle/Akkordeonspieler, der gegen eine Bande von Kommunisten kämpft, die illegale Mexikaner in ein geheimes Arbeitslager in den Hollywood Hills verschleppen. Big Pete ist in die Diseuse/rötlich angehauchte Erdmutter Maria Martinez alias Maggie Martell verliebt. Maggie wird von dem finsteren Wissenschaftler Dr. Bob Kruschev hofiert, der die Illegalen einer Gehirnwäsche unterzieht und ihnen Propaganda-Implantate einpflanzt. Big Pete/Maggie/Kruschev – eine heiße Ménage à trois!!! Big Pete lockt eine Fuhre Illegale mit einem Ständchen von der Ladefläche eines Lasters; mit Hilfe seines Akkordeons bewegt er sie zur Aufgabe und Rückkehr. Währenddessen schickt Kruschev seine Propaganda-Roboter in die Saisonarbeitersiedlung, wo sie linke Parolen verbreiten und eine Gruppe von Jugendlichen verführen, die Big Pete zum Amerikanismus bekehrt hat. Die Roboter und die verführten Jugendlichen rücken auf eine Grenzpatrouillenstation vor; Big Pete hält eine flammende antikommunistische Rede, die jungen Pachucos sind auf der Stelle kuriert und greifen ihre Verführer an. Die Roboter werden vernichtet; Dr. Bob Kruschev unternimmt einen letzten verzweifelten Versuch, Maggie mit einem roten Liebestrank zu verführen, der Kommunisten

und ihre Sympathisanten in Null Komma nichts unwiderstehlich macht! Maggie trinkt versehentlich von dem Gebräu des Bösen und flirtet mit einem Haufen hochrangiger Sowjetspione auf der Durchreise! Big Pete kreuzt auf, lockt die Spione mit Akkordeonmusik ins Freie und mäht sie nieder! Der Film endet mit einer Einbürgerungszeremonie: Alle Illegalen, die erfolgreich gegen die Roten gekämpft haben, erhalten Arbeits- und Aufenthaltsgenehmigungen!

Um sechs Uhr morgens waren wir mit dem Drehbuch fertig – in Hochstimmung, im Benzedrinrausch. Jane rief ihren Vater an, um ihm mitzuteilen, daß sie jetzt Filmstar sei – Sol hatte ihr für die Rolle der Maggie Martell fünfhundert Mäuse geboten.

Ich fragte mich, wie »Dad« wohl reagieren würde.

Jane flüsterte hinter vorgehaltener Hand. »Dick, Dad möchte Sie sprechen.«

Ich ging an einen Nebenanschluß; Jane legte auf. DePugh war an der Strippe. »Ich bin einverstanden, Contino. Aber nur unter folgenden Bedingungen. Erstens: dieser komische Slotnick erhöht ihre Gage auf *sechs*hundert. Zweitens: nicht zuviel nackte Haut in den Nachtclub-Szenen. Drittens: keine stürmischen Liebesszenen zwischen Jane und Ihnen. Viertens: Ich schlage vor, wir nutzen die Entführung als flankierende Werbemaßnahme für den Film. Ich schlage vor, wir lassen sie gleich zu Beginn der Dreharbeiten steigen. Ich habe ein paar Gewerkschaftsheinis als Kidnapper engagiert, und ich bin dafür, daß Sie die ganze Sache Punkt für Punkt mit ihnen durchspielen. Es darf auf keinen Fall etwas schiefgehen, schließlich hängt jetzt Janies Zukunft davon ab. Wir brauchen eine realistische Entführung vor Augenzeugen. Wir brauchen ...«

Wildgewordener Karrieredaddy – Wahnsinn!

»Wir brauchen ...«

Ich sagte: »Dave, ich rufe Sie zurück«, und legte auf. Sol fühlte sich den benzedrinbetriebenen Puls – er lag bei 209.

»Können Sie noch mehr Aufregung vertragen?«

»Ich glaube kaum. So wie Jane die Liebesszene umgeschrieben hat, verfrachtet uns die Aktion Saubere Leinwand im Handumdrehen nach Auschwitz.«

Ich flüsterte. »Kurz vor Drehbeginn werde ich entführt. Das Ganze ist eine reine Theaternummer mit Profischlägern als Statisten.«

Sol flüsterte. »Nicht schlecht, und keine Angst, ich halte dicht. Wie wär's, wenn Jane das zweite Opfer mimt? Pralle Möpse, pralle Muckis, da läuft den Pressefritzen doch das Wasser im Mund zusammen.«

»Die Rolle ist leider schon vergeben.«

»Scheiße. Warum flüstern wir eigentlich?«

»Weil Amphetamine zu Paranoia führen.«

Die Tür des Lagerhauses glitt auf; zwei Pachucos warfen sich keck in Pose. Geschlitzte Khakis, Sir-Guy-Hemden – umherstrolchende Hänflinge.

»He, Mr. Sol. Habe trabajo?«

»Wann fange an mit Film? He, Mr. Sol, habe Arbeit für uns?«

Sol verlor die Beherrschung. »Ich drehe einen anderen Film! Nix trabajo! Besorgt euch eine Arbeitsgenehmigung, dann könnt ihr in *Grenzpatrouille!* Roboter spielen! Zieht Leine! Haut ab, ich hab ein schwaches Herz!«

Zum Abschied zeigten die Strolche uns den Stinkefinger; Sol kramte die Kräcker hervor und fühlte sich futternd den Puls. Meine blonde Partnerin döste in einem der Streifenwagen.

Ich ging frische Luft schnappen. Am Straßenrand ein Zeitungskasten mit dem *Herald* – »Neue Würger-Morde!« auf der Titelseite. Fotos des toten Pärchens – die Frau sah Chrissy Staples täuschend ähnlich.

Mein Benni-Flash ließ langsam nach – ich unterdrückte ein Gähnen. Eine Wagenladung Chilis gondelte vorbei; einer der Pachucos funkelte mich böse an. Ich ging wieder rein, um einen letzten Blick in unser Buch zu werfen. Sol verschnabulierte einen Kräcker-Doppeldecker: Erdnußbutter, Lachspaste, Sardinen. Jane beäugte ihre Zahnlücke in einem Schminkspiegel. Ich sagte: »Ihr Vater kennt sicher einen guten Zahnarzt.«

»Nein. Ich habe beschlossen, sie zu meinem Markenzeichen zu machen. Ach, Dick, wir waren uns so nahe, als der Wagen uns gerammt hat. Wir waren uns so nahe, daß Sie mich unmöglich zurückweisen konnten.«

Sol spuckte Kräckerkrümel. »Ich hör wohl nicht recht!«

Lärm: Türenquietschen, Flaschenklirren. Dann KAAA-WUUUUUUSCH – die Flammen verschlangen Nähmaschinen, Kleiderständer, Luft.

Sie brausten auf uns zu, sauerstoffgespeist . . .

Sol schnappte sich sein Cheez Whiz und nahm die Beine in die Hand. Jane ging in die Knie; ich fing sie auf und taumelte zum Hinterausgang. Die Affenhitze versengte mir fast den Rücken – ich schaute kurz über die Schulter und sah Schaufensterpuppen schmoren.

Sol stieß die Tür auf – Sonne, kühle Luft. Jane stöhnte in meinen Armen und lächelte sogar. Ich riskierte einen Blick zurück – die Flammen verwandelten die Streifenwagen in Fackeln.

BUMM – die Druckwelle haute mich um. Jane und ich segelten in hohem Bogen durch die Luft.


Eine leise Stimme:

». . . ja, aber das haben wir vorerst nicht an die Presse gegeben. Genau . . . wir haben einen Augenzeugen für die beiden letzten Würger-Morde. Nein, er hat nur den Wagen des Killers gesehen. Nein, die Nummer leider nicht, aber der Bursche fährt einen hellen Buick Skylark, Baujahr 53. Ja, die sprichwörtliche Nadel im Heuhaufen . . . in Kalifornien sind wahrscheinlich sechstausend von diesen Scheißdingern registriert. Ja, ist gut, ich melde mich dann . . .«

Die harten Latten einer Bank bohrten sich in meinen Rücken. Nicht ganz so leise: Ein Hörer knallte auf die Gabel. Obwohl mir der Schädel brummte, schlug ich blinzelnd die Augen auf – und erkannte den Mannschaftsraum eines Polizeireviers.

Ein Bulle sagte: »Jetzt müßten Sie eigentlich ›Wo bin ich?‹ fragen.«
Heller 53er Skylark/Würgerkutsche/Chrissy.

Ich sagte: »Hat der Augenzeuge gesehen, ob der Wagen ein *Über-führungs*kennzeichen hatte?«

Schwer auf Draht: »Nein, aber da nur etwa acht Prozent aller registrierten Fahrzeuge mit Überführungskennzeichen unterwegs sind, ist das erstens äußerst unwahrscheinlich und zweitens nicht Ihr Problem. So, und *jetzt* müßten Sie eigentlich fragen: ›Wie bin ich hierhergekommen?‹ und ›Wo ist die Rothaarige, mit der ich aus den Latschen gekippt bin?‹«

Mein Schädel pochte. Meine Knochen taten mir weh. Meine Lunge hustete kalten Rauch. »Na schön, meinetwegen.«

Der fette Zivilbulle grinste. »Sie befinden sich in einer Außenstelle des West Hollywood Sheriff's Office. Sie erinnern sich vermutlich nicht daran, aber Sie haben am Tatort jegliche medizinische Hilfe verweigert und den Sanitätern statt dessen Autogramme gegeben. Der Fahrer des Krankenwagens hat sie gebeten, ›Lady of Spain‹ zu spielen, und als Sie Ihr Akkordeon aus dem Wagen holen wollten, sind Sie ein zweites Mal umgekippt. Sol Slotnick liegt in der kardiologischen Abteilung des Queen of Angels – sein Zustand ist stabil –, und der Vater der Rothaarigen hat sie abgeholt und mit nach Hause genommen. Die Fahndung nach den Mexen, die den Molotow-Cocktail geworfen haben, läuft, und Mr. DePugh hat eine Nachricht für Sie hinterlassen.«

Benommen streckte ich die Hand aus; der Cop schob einen Notizzettel über den Tisch.

»Dick – heute abend um acht in der Bar im Luau. Ich möchte Ihnen ein paar Bekannte vorstellen. P.S.: Slotnick hat das Buch in Sicherheit gebracht, d. h. es läuft alles nach Plan. P.P.S.: Wo ist Janies Zahn geblieben?«

Benommen – weiche Knie, Tatterich. Der Bulle sagte: »Ihr Wagen steht auf dem Parkplatz. Der Schlüssel liegt unter der Matte. Fahren Sie nach Hause.«

Benommen torkelte ich nach draußen. Der Himmel klar und

ungetrübt, die Sonne so grell, daß sie mir in den Augen brannte. Im Osten hing eine Rußwolke über der Stadt – ruhet in Frieden, Sol Slotnick Productions.

Leigh erwartete mich auf der Veranda von Fort Contino. Bis an die Zähne bewaffnet: eine 45er im Hosenbund, in der Hand ein schwarzweißes Hochglanzfoto.

Jane DePugh und ich – ohnmächtig und engumschlungen hinter Sol Slotnicks Klitsche.

»Das hat Marty Bendish von der *Times* vorbeigebracht. Sie drukken es nur nicht, weil er Bob Yeakel noch einen Gefallen schuldet. Könntest du mir jetzt vielleicht erklären, weshalb du dich seit über einer Woche so merkwürdig benimmst?«

Ich konnte.

Chrissy, Bud Brown, Skalps und Häuptling Sündenbock – tolldreistes Reklame-Kidnapping. Dave DePugh und die Heimholung seiner geilen Tochter; das Studienkollektiv/Sol Slotnick/ *Grenzpatrouille!*. Die entfernte Möglichkeit, daß Chrissys Verfolger und der Würger identisch waren; Dave DePugh als Drahtzieher der Entführung.

»Ich warte auf dich, bis du aus dem Knast kommst«, sagte Leigh.

»Das wirst du nicht erleben.«

»Meine Mutter hat immer gesagt, die Italiener hätten eine Schwäche für große Gesten, deshalb schrieben sie auch so herrlichen Opern.«

»Ach ja?«

»Tu nicht so scheinheilig und spar dir diesen treuen Dackelblick, das zieht bei mir nicht. Und wehe, die Mieze mit der Zahnlücke schiebt dir bei den Liebesszenen die Zunge in den Hals! Dann mache ich euch *beide* alle.«

Leigh roch nach Anchovipizza – trotzdem küßte ich sie lang und leidenschaftlich.

# 9.

»Da es sich um das Filmdebüt meiner Tochter handelt, müssen
wir der Presse ein gefundenes Fressen liefern. Die Kidnapper
dürfen unter keinen Umständen vorbestraft sein, damit eventuel-
le Augenzeugen sie nicht identifizieren können, falls die Polizei
ihnen Verbrecherfotos vorlegt, aber sie müssen aussehen wie richtig schwere Jungs und ihre Rollen überzeugend spielen. Und nun
schauen Sie sich diese beiden Burschen an. Ist das nicht der Stoff,
aus dem die Alpträume sind?«
Auftritt:
Fritz Shoftel – ein baumstarker Teamster-Schläger mit blondem
Bürstenschnitt. Nickelbrille, Aknenarben und an jeder Hand
mindestens sechs gebrochene Knöchel. Knack/knack/knack – er
streckte die Finger, um mir zu demonstrieren, daß sie durchaus
noch zu gebrauchen waren. Laut – ein Mann am Nebentisch
zuckte zusammen.
Pat Marichal – ein dunkelhäutiger Hüne aus Paraguay, der dem
Foto des toten Häuptlings Joe Laufender Motor verblüffend ähnlich sah. Strahlemann und Söhne – seine blendend weißen Bei-
ßerchen schimmerten im Schein des Windlichts auf dem Tisch.
»Ich bin beeindruckt«, sagte ich. »Aber Slotnicks Streifenwagen
sind verbrannt, und ich weiß gar nicht, ob der Film überhaupt
gedreht wird.«
DePugh nippte an seinem Mai-Tai. »Ich vertraue Sol. Wer selbst
bei einem Herzanfall noch Unmengen von Käse-Dip wegfuttert,
kann kein schlechter Mensch sein.«
Shoftel streckte die Finger. »Ich habe bei Stella Adler Schauspiel-

unterricht gehabt. Ich dachte, ich lege meinen Entführer als Vergewaltiger an. Zuerst betatsche ich die kleine Staples ein bißchen, und dann verpasse ich ihr ein paar, um das Ganze etwas realistischer aussehen zu lassen.«

Marichal mampfte die Früchte aus seinem Zombie. Diese Zähne – als hätte er Glühbirnen im Mund. »Ich war bei der Universal als Indianer unter Vertrag, bis ich in die Gewerkschaft aufgenommen wurde. Mein Motiv ist der blanke Haß auf Bleichgesichter. Erst texte ich Sie und Chris mit Rothautgequatsche zu, und wenn ich Sie dann zu skalpieren versuche, schnappen Sie sich meinen Tomahawk, schlitzen mich auf und hauen ab. Wenn die Bullen die Hütte stürmen, finden sie die Skalps von den ungelösten Morden vor zwölf Jahren. Verstehen Sie? Fritzie mimt den perversen Lösegelderpresser, und ich spiele den Irren, der ihm einen Strich durch die Rechnung macht.«

Ich: »Und wer soll das Lösegeld bezahlen?«

DePugh: »Sol und Charlie Morrison, der Besitzer des Mocambo. Wissen Sie, Dick, ich bin ein Cop, und wie jeder Cop weiß auch ich, daß Kidnapper hirnlose Penner sind, die von Tuten und Blasen keine Ahnung haben. Sie und Chris sind alles andere als lukrative Entführungsopfer, und Morrison und Sol würden keinen Finger krummachen, um Sie zu retten. Die ganze Chose muß förmlich nach Stümpern *stinken*, und Fritz und Pat wissen genau, wie sie diese Rolle zu spielen haben.«

Shoftel: »Ich bin zum Vergewaltiger geworden, weil meine Eltern mich als Kind mißbraucht haben.«

Marichal: »Die Weißen haben meinem Volk das Land weggenommen und mich mit Feuerwasser abgefüllt. Ich brauche die Skalps, um meinen unbändigen Blutdurst zu stillen, und das Lösegeld, um in Bisbee, Arizona, einen Andenkenladen zu eröffnen.«

DePugh gab seiner Zigarre mit dem Windlicht Zunder. »Die Sache steigt am hellichten Tag, vor Ihrem Haus. Pat und Fritz verfrachten Chris und Sie in einen verdreckten Chevy, laden Sie in einen anderen Wagen um und fahren mit Ihnen nach Griffith

Park. Fritz ruft Sol an und fordert Lösegeld, worauf Sol schnurstracks das Polizeirevier in Hollywood ansteuert. Warum Hollywood? Weil dieser Getchell immer da rumschnüffelt und er die Story als erster kriegen soll. Also, Getchell ist da und bekommt ›zufällig‹ mit, wie Sol den Bullen von der Lösegeldforderung erzählt. So weit, so gut. Zum Glück haben wir genügend Zeit, alles sorgfältig vorzubereiten, wir können nämlich erst loslegen, wenn Sols Finanzierung steht und die Dreharbeiten beginnen.«

Schwere Jungs bei Kerzenlicht: Rothaut/Vergewaltiger/Kulissendaddy/halbseidener Quetschkomödiant. Wir schüttelten uns reihum die Hand – Shoftels Knöchel knackten laut wie Kastagnetten.

Ich schaute im Queen of Angels vorbei, um Sol zu besuchen.

Vom Pförtner erfuhr ich, daß er das Krankenhaus gegen ärztlichen Rat verlassen hatte. Seine Nachsendeadresse: Pink's Hot Dogs, Melrose Ecke La Brea.

Also wieder Richtung Westen. Pink's war eine einzige Bruchbude – eine Futterkrippe direkt am Straßenrand. Sol hatte das Münztelefon und einen Tisch im hinteren Teil des Ladens mit Beschlag belegt – beim Sprechen glotzte er gierig auf ein Paar angebissene Wiener.

Er sprach: »Ich hänge nicht an *Grenzpatrouille!*. Meinetwegen können wir auch Ihr Buch verfilmen, und für einen schlappen Tausender bekommen Sie Contino noch dazu!«

Er spuckte: Sauerkraut und Frittenreste.

Er wurde abwechselnd leichenblaß und puterrot; sein Krankenarmband klimperte. »Na gut, Elmer, Ihre Kleine kriegt die Hauptrolle. Ja, Elmer, zugunsten einer angemessenen Gewinnbeteiligung verzichte ich sogar auf meine Nennung als Produzent! Passen Sie auf, was Continos Mitwirkung angeht, planen wir einen groß angelegten Reklamefeldzug. Die Einzelheiten müssen vorerst geheim bleiben, aber ich garantiere Ihnen, die Sache wird 'ne Wucht.«

Ein Wurstzipfel flog durch die Luft.

Ein Gurkenscheibchen landete im tiefen Rückenausschnitt einer Braut; ein Volltreffer ins Kreuz – sie kreischte: »IIIH!«

Als Sol mich sah, preßte er sich den Hörer an die Brust. »Aus *Grenzpatrouille!* wird *Daddy-O.*«

# 10.

Stammbäume:

Von *Bitterer Schweiß!* zu *Grenzpatrouille!* zu *Daddy-O.* Von Big Pete zu Phil »Daddy-O« Sandifer: Fernfahrer/Sänger/Liebhaber. Von Maria Martinez zu Maggie Martell zu Jana Ryan; von Jane De-Pugh zu Sandra Giles – Reklamegirl für Mark-C.-Bloome-Reifen, Dauergast in Tom Duggans Fernseh-Plauderrunde.

Jane stellte ihre Filmkarriere hintan und verlegte sich aufs Jurastudium – »wie mein Dad.« Sie schickte mir ein Abschiedsgeschenk: ihren ausgeschlagenen Zahn in einem goldenen Medaillon.

Dave DePugh fungierte weiterhin als Organisator der Entführung – »vielleicht hätte ich Hollywood-Presseagent werden sollen.«

Auch Fritz Shoftel und Pat Marichal blieben an Bord – Sol Slotnick versprach ihnen Mitgliedsausweise der Schauspielergewerkschaft, wenn die Sache klappte.

Zehn Tage vergingen wie im Flug.

Chris, Kay und Nancy kampierten nach wie vor in Fort Contino. Bob Yeakel versorgte uns per Pizza De-Luxe mit unserer täglichen Dosis Fett.

Chrissy verführte Ramon, den Pizzajungen.

Ramon entsagte feierlich der Homosexualität.

Ramon erzählte Kay, daß er sich Chris als Mann vorstellen müsse.

Yeakel lieferte gleich doppelt: Ein Lakai der Kfz-Behörde überprüfte sämtliche Zulassungen. Leigh half ihm dabei – sie wollte Chrissys Problem so schnell wie möglich aus der Welt schaffen, damit in Fort Contino wieder Ruhe einkehrte.

Es kamen keine weiteren »Ich-fick-dich«-Briefe.

Niemand folgte Chris bei ihren Ausflügen in feindliches Gebiet. Niemand folgte mir – keine verdächtigen Fahrzeuge, punktum.

Ich verriet Nancy und Chris, was ich bei den Bullen erfahren hatte: Der Würger von West Hollywood fahre einen hellen Skylark, Baujahr 53. Verbrecherliebchen Nancy fiel mir ins Wort: Der Würger meuchele ausschließlich Pärchen; alleinstehende Frauen und Haßbriefe seien nicht sein Stil.

»Triebtäter gehen immer nach demselben Muster vor. Ich muß es wissen, schließlich bin ich mit vielen von ihnen intim gewesen.«

Sol nahm sich eine Bude gegenüber von Pink's Hot Dogs und finanzierte *Daddy-O* mit einem Wucherkredit von Johnny Stompanato. Die Zinsen wollte Stomp in die Vermarktung eines neuartigen Frauentonikums stecken – eine Art Spanische Fliege, die ein weibliches Wesen auf der Stelle zur männermordenden Nymphomanin werden ließ.

Chris und ich probten mit Pat und Fritz. Die beiden waren geradezu besessen von den »Motiven« jeder Geste und Bewegung. Fritz entwickelte eine leichte Paranoia – manchmal bildete er sich ein, daß ihn ein mattgrauer Sportwagen verfolgte. Szenen- und Kostümproben – warten, bis bei *Daddy-O* die erste Klappe fiel.

Wilde Tage.

Ich probte mit der Rothaut und dem Vergewaltiger; ich probte mit Lou Place, dem Regisseur von *Daddy-O*. David Moessingers Skript war zwar etwas kompakter als *Grenzpatrouille!*, aber dafür fehlte ihm der politische Biß. Sol barg die Nachtclub-Kulisse aus den Trümmern seiner Klitsche – sie sollte sowohl das »Rainbow Gardens« als auch »Sidney Chillis' Hi-Note«, wichtige *Daddy-O*-Schauplätze, darstellen. Laut dem neuen Drehbuch mußte ich singen – ich lernte »Rock Candy Baby«, »Angel Act« und »Wait'll I Get You Home« im Handumdrehen. Meine *Daddy-O*-Partner – Sandra Giles, Bruno VeSota, Ron McNeil, Jack McClure und

Sonia Torgesen – waren prima, aber die Rothaut und der Vergewaltiger machten mich fertig.

Wir gingen in den Griffith Park Hills spazieren und alberten
herum. Pat Marichal hatte Feuerwasser dabei – er erarbeitete sich
seine Rolle als Häuptling Laufender Motor nach der »Method«-
Masche. Ein paar Kurze, ein paar Scherze. Dann das unvermeid-
liche Thema – Mut.

Meine Devise: Wenn du Eindruck schinden willst und es geschickt anstellst, merkt keine Sau, was echt ist und was nicht.

Pats Devise: Augen zu und durch, auch wenn dir der Arsch auf
Grundeis geht – es merkt sowieso keiner.

Fritzies Devise: Was du nicht willst, das man dir tu, das füg auch
keinem anderen zu – und paß auf, daß dir von hinten niemand
an die Eier packt.

Die Zeit raste – der milde Winter gab eine windige Abschieds-
vorstellung.

Sol rief an und holte uns wieder auf den Teppich: In vier Tagen
sollten die Dreharbeiten zu *Daddy-O* beginnen.

Wortgeflimmer:

Drahtzieher/Rothaut/Vergewaltiger/Opfer – noch achtundvierzig Stunden bis Ultimo.

# 11.

Tick tick tick tick tick tick tick tick tick.

Am frühen Morgen fuhr Leigh zur Kfz-Zulassungsstelle.

Nancy und Kay kamen mit – ebenso die kleine Merri.

Tick tick tick tick tick.

Chris und ich behielten die Tür im Auge.

Tick tick tick – meine Pulsfrequenz bewegte sich im oberen dreistelligen Bereich. Chrissys Halsschlagader pop-pop-pochte – sie schwoll jedesmal, wenn sie an ihrer Zigarette zog.

Punkt 8 Uhr – es klingelte.

»Hallo? Jemand zu Hause? Ich habe eine Panne und müßte mal eben den Automobilclub anrufen.«

Der nette Nachbar Dick macht auf.

Zwei Männer mit Strumpfmasken strecken ihn mit einem Knüppel nieder. Sie packen erst ihn, dann die nette Nachbarin Chris und zerren die beiden nach draußen – Chrissys erstickter Schrei kommt auf Kommando.

Sie schleiften uns über die Straße – Stanislawski ließ grüßen.

Komisch: kein verdreckter Chevy weit und breit.

Noch komischer:

Ich erkannte Pat Marichal durch seine Maske. Den anderen Mann sah ich zum ersten Mal – er war knapp einen Kopf größer als Fritz Shoftel.

Sie stießen uns in ein kupferfarbenes Sportcoupé. Aus den Augenwinkeln: »Skylark« in verchromten Lettern, ein nigelnagelneues Nummernschild. Meine Schulter scheuerte die Farbe von der Tür – mattgrauer Grundierlack kam zum Vorschein.

Der Wagen fuhr LOS – Chris und ich verschlungen auf dem Rücksitz, Pat am Steuer.

Der andere Mann hielt unauffällig eine gespannte Wumme auf uns gerichtet.

Durch Hollywood, nicht schneller als erlaubt. Pats Stimme klang irgendwie falsch. »Das ist Duane. Fritz hat Blinddarmentzündung gekriegt und ihn als Ersatz geschickt. Er ist in Ordnung.«

Klick: Fritz hatte gesagt, auch *er* sei von einem mattgrauen Wagen verfolgt worden.

Klick: Skylark/frisch lackiert/neues Nummernschild.

Klick: Chrissys Verfolger.

Klick: hell = mattgrau.

Chris zitterte vor Anspannung – noch schöpfte sie keinerlei Verdacht. Die Stimme des anderen Mannes klang echt. »O Baby, du siehst ja so guuuuuuuuuuut aus. O Baby, das wird guuuuuuuuuuut.«

Beim Sprechen spannte seine Maske. Ich erkannte ihn wieder: der Tuchdompteur, der für die *Rakete* vorgesprochen hatte.

Seidenschals – zu Henkersknoten geschlungen.

Klick: DER WÜRGER.

Fountain Ecke Virgil – Wagentausch –, unsere einzige Chance.

Chris, das Improvisationstalent: »Du miese, verkommene Drecksau!«

Der Würger/Knotenkünstler: »Baby, ich fick dich tot.«

Gewißheit, neongrell – Chrissys Augen morsten VERFLUCHTE SCHEISSE!

Nach Plan – Pat hielt vor der stillgelegten Richfield-Tanke.

Nach Schnauze – ich trat gegen den Beifahrersitz, und der Würger knallte mit dem Kopf aufs Armaturenbrett.

Los …

Der Würger – platt. Pat, geplättet – das stand nicht im Drehbuch.

An den Tanksäulen ein 51er Ford – der Fluchtwagen.

Blitzschnell:

Ein zweiter Tritt gegen den Sitz.

Chris torkelte durch die Beifahrertür ins Freie. Ich streckte einen Fuß nach draußen – und trat den Würger mit dem anderen.
Chrissy strauchelte und stürzte.
Der Würger schoß Pat mitten ins Gesicht – Hirnmasse spritzte an die Windschutzscheibe.
Ich blieb mit dem Fuß irgendwo hängen und fiel aus dem Wagen. Der Würger gab mir einen Tritt – ich rollte mich zusammen und wirbelte wie ein Derwisch auf Chrissy zu. Pistolenkugeln bohrten sich ins Pflaster – Asphaltschrapnelle prasselten zu Boden.
Chrissy rappelte sich hoch.
Der Würger packte sie.
Ich stand auf, wollte mich auf ihn stürzen – und stolperte über einen Tankschlauch. Der Würger zog Chris seine Kanone über den Schädel, stieß sie in den Ford und raste Richtung Osten.
»Ich fick dich …«
TOT.
Ich zerrte Pat aus dem Wagen und wischte mit dem Zipfel meines Sportsakkos das Hirn von der Windschutzscheibe. Schlüssel, Zündung – *ich* raste Richtung Osten.
25, 40, 60, 70 – doppelt so schnell wie erlaubt. Blutschlieren an der Windschutzscheibe – ich warf die Scheibenwischer an, und aus Rot wurde Rosé. Von dem Ford keine Spur; hinter mir Sirenen.
Klebrige Hände – ich wischte sie am Sitz ab, damit ich das Lenkrad besser halten konnte. Sirenen vor mir, Sirenen rechts und links, ohrenbetäubend.
Bullenkutschen nahmen mich von allen Seiten in die Mangel. Lautsprecher quäkten so etwas wie: »Buick Skylark, rechts ran!« Ich gehorchte – im Schneckentempo.
Ich stieg aus und hob meine hirnverkrusteten Hände.
Bremsen quietschten, Reifen qualmten – ich war von Polizeiautos umzingelt. Irgend jemand brüllte: »Das ist Contino, nicht der Würger!« Die reinste Bullenstampede – schießwütige Polypen überall.

Ein Zivilbeamter baute sich vor mir auf. »Ihre Frau hat uns von der Kfz-Zulassungsstelle aus angerufen. Sie konnte das Überführungskennzeichen mit der Nr. 1116 zu dem Skylark zurückverfolgen, der vor kurzem frisch lackiert wurde und neue Nummernschilder bekommen hat. Sie hat uns erzählt, daß der Wagen Ihre Freundin Miss Staples verfolgt hat, und die Mordkomission hat gerade einen zweiten Zeugen aufgetan, der dieses Fahrzeug zweifelsfrei als das des Würgers von West Hollywood identifiziert . . .«

Ich fiel ihm ins Wort. »Ich erkläre Ihnen das alles später, aber der Würger ist in einen hellblauen Ford, Baujahr 51, umgestiegen. Er hat Chris Staples und fährt mit ihr nach Osten.«

Der Cop bellte Befehle; die Streifenwagen jaulten mit Karacho Richtung Osten; mir dröhnte der Schädel . . .

Sollte ich die Entführungsnummer beichten? Nein, ich durfte Chrissy auf keinen Fall belasten. Todsicher: Der Würger hatte Fritzie umgebracht – aber auch darüber kein Wort. Ob er mit Chrissy nach Griffith Park in unsere Hütte fuhr? NEIN – er würde sich nicht mal in ihre Nähe wagen.

»Ich fick dich tot« hieß Folterqualen, hieß Chris hatte eine reelle Überlebenschance.

Der Zivilbulle sagte: »Der Würger wohnt ganz in der Nähe. Setzen Sie sich in den Skylark und fahren Sie mir hinterher, vielleicht sehen Sie etwas, das uns weiterhilft.«

Ich sah:

Mit Seidentüchern erwürgte Plastikpuppen, über und über mit blutrotem Nagellack beschmiert.

Aufgeschlitzte Stoffpuppen, denen der Kapok aus dem Bauch quoll.

Polaroids von mit Wagenhebern erschlagenen Liebespärchen.

Tausende von Seidenschals, in wildem Durcheinander.

Pressefotos von Chris Staples, voller Spermaflecken.

Chrissys *Nugget*-Centerfold, mit Hakenkreuzen veschandelt.

Barbie und Ken in 69er-Stellung. Schlampig aufgeklebte Foto-
gesichter: Chris Staples, Dick Contino.
Eine aus Nadelkissen zusammengeflickte Voodoo-Puppe: Dick
Contino mit einer Hutnadel zwischen den Beinen.
Der Groschen fiel:
Er denkt, Chris und ich wären ein Paar. Er will uns beide um-
bringen. Diese fixe Idee stürzt ihn in ein Dilemma – er wird
Chris noch eine Weile leben lassen.
Der Zivilbulle sagte: »Er heißt Duane Frank Yarnell, und ich habe
das ungute Gefühl, daß er für Sie und Miss Staples nicht allzuviel
übrig hat.«
Diese Puppen – meine Fresse. »Kann ich jetzt gehen? Kann ich
den Skylark nehmen? Ich bringe ihn später wieder.«
»Ja, meinetwegen. Der Wagen steht zwar nicht mehr auf der
Fahnungsliste, aber das Sheriff's Department ist ganz wild darauf,
also bringen Sie ihn nachher dort vorbei. Außerdem will *ich* Sie
spätestens um sechs in meimem Büro im LAPD-Morddezernat
sehen. Ich bin gespannt, was Sie zu dem Toten mit der Strumpf-
maske und der Kugel im Kopf zu sagen haben.«
Ich sagte: »Finden Sie Chris und retten Sie sie.«
Er sagte: »Wir werden uns bemühen. Können Sie uns denn *wirklich* nicht weiterhelfen?«
»Nein«, log ich.


Tränen in den Augen, Blut an der Windschutzscheibe – ich hatte
Glück und kam mit heilen Knochen bei Fritzie an. Ich spendete
seiner Wirtin ein paar warme Worte und einen Zehner – sie ließ
mich in seine Bude und schob ab.
In Wohnzimmer und Küche – alles picobello. Im Schlafzimmer . . .
Fritzie baumelte mit mindestens fünfzig Krawatten um den Hals
von einem Deckenbalken. Ausgeweidet: Seine Innereien quollen
aus tiefen Schnitten in Bauch und Unterleib. Auch auf dem Fußboden Gedärme – zu einem Hakenkreuz drapiert.

Ich rannte ins Bad; kurz vor der Tür kam es mir hoch. Handtücher auf einem Wäschekorb – ich hielt eins unter kaltes Wasser und tupfte mir damit das Gesicht. Dann nahm ich meinen ganzen Mumm zusammen und machte mich an die Durchsuchung.

Schlafzimmer, erster Eindruck:

Ein mit Bühnenmanuskripten vollgestopftes Bücherregal. Schnittwunden an Fritzies Armen – der Würger hatte ihn vermutlich gefoltert, um Genaueres über die Entführung zu erfahren. Wandschrank und Kommode – jetzt bloß nichts übersehen. Arbeitsklamotten. Teamster-T-Shirts. Ein Foto von Fritz und Jimmy Hoffa – irgend jemand hatte dem Großen Vorsitzenden Hörner aufgemalt. Gummis, Damenunterwäsche – Fritz hatte für sein Leben gern an Frauenschlüpfern geschnüffelt. Ein paar Rollen Zehn-Cent-Stücke, ein Stapel *Playboy*, ein Playboy-Bunny-Schlüsselanhänger. Ein Gruppenbild: Fritzies Einheit aus dem Zweiten Weltkrieg. Noch mehr Schlüpfer, noch mehr Gummis, noch mehr *Playboys*, ein Führer für die Parks und Grünanlagen von L.A., bei *Griffith Park* mit einem Eselsohr versehen.

Ich nahm die Karte in Augenschein. Der Standort der Hütte war mit einem Kreuz markiert, von dem Drucklinien ausgingen, die offenbar von einem Bleistift stammten. Ich suchte eine Lupe und verfolgte sie bis zu ihrem Endpunkt: einer Reihe von Höhlen eine halbe Meile südwestlich der Hütte.

Ich sah mir die Skizze genauer an. Treffer: Feldwege und Trampelpfade – vom Observatorium bis zum Höhleneingang.

Jemand hatte die Karte abgepaust und Fluchtrouten und Notverstecke eingezeichnet. Sie standen mit dem eigentlichen Entführungsplan in keinerlei Zusammenhang – das hätte ich gewußt. Treffer, versenkt: Der Würger bringt uns zur Hütte und schafft sich Marichal vom Hals. Von dort aus ist es nur ein Katzensprung bis zu den Höhlen – wo er Contino und Staples in Ruhe umbringen kann.

Ruhe = Zeit = LOS, und laß die Bullen aus dem Spiel.

Ich fuhr auf schnellstem Weg nach Griffith Park. Danny Getchell

lauerte mit einem Kameraaffen im Schlepptau vor dem Amphitheater. Ahnungsloser Trottel – er hatte keinen Schimmer, daß
die ganze Chose in die Hose gegangen war.

Ich ließ den Skylark auf dem Observatoriumsparkplatz stehen.
Zwar gab es eine Zufahrtsstraße, die direkt zu den Höhlen führte
– aber ich konnte es auf keinen Fall riskieren, mich durch Motorengeräusche zu verraten. Also nahm ich die Beine in die Hand
und rannte schnurstracks zur Hütte.

Leer – Skalps auf dem Tisch, alles wie gehabt. Ich folgte den
Pauslinien in südwestlicher Richtung; ein Adrenalinstoß jagte mir
das Herz bis unter die Tolle.

Da – eine Lichtung, umgeben von höhlenreichen Hügeln. Rei-
fenspuren im Sand; ein mit Zweigen und Gestrüpp getarnter 51er
Ford.

Vier Höhleneingänge.

Ich schlich mich mit gespitzten Ohren an und lauschte, auf alles
gefaßt. Eins, zwei – nichts. Drei – erstickte Schreie und wirres
Geschwätz.

»Seit Jahr und Tag bete ich zum Großen Feuergott und befolge
die Lehren seines einzigen Sohnes Adolf Hitler. Er hat ein Sei-
denschalopfer von mir gefordert, und ich habe es ihm darge-
bracht. Jetzt hat mir der Große Feuergott befohlen, mir eine
Frau zu nehmen und sie mit dem Zeichen seines Sohnes zu
weihen.«

Ich schlich hinein. Stockfinster, verwinkelt, feucht – ich tastete
mich an der Höhlenwand entlang. Das Brummen eines Gene-
rators, dann Licht – der Würger hatte eine Bogenlampe aufge-
baut.

Schatten, schemenhafte Silhouetten. Schattenspiele, grelles Licht
auf blasser Haut: Chrissys Rücken, mit eingeritztem roten Hakenkreuz.

Wenig Blut nur, keine tiefen Wunden – noch war ZEIT.

Auf Zehenspitzen zurück zum Ford. Adrenalin: Mit einem kräftigen Ruck riß ich die Rückbank aus dem Wagen. Im Kofferraum

fand ich ein Stück Schlauch, schraubte den Tankdeckel ab und saugte.

Benzin marsch – ich tränkte das Sitzpolster mit Äthyl. Sprungfedern und Fußleiste boten Halt – mühelos stemmte ich das zentnerschwere Trumm aus Schaumstoff und Vinyl.

Unhandlich – trotzdem gelang es mir, ein Streichholz anzuzünden. WUUUUUUUUUSCH – der Feuergott stürmte die Höhle.

Qualm, gellende Schreie. Züngelnde Flammen versengten den Haarflaum an meinen Armen. Lodernde Hitze, Schüsse – ich spürte, wie der Schaumstoff in Herznähe platzte.

Chris schrie.

Der Würger brüllte wie am Spieß. Pistolenkugeln zerfetzten meinen Feuerschild und explodierten.

Hitze, Qualm – ein steifer Rückenwind hielt mir die Flammen vom Leib.

Der Würger feuerte noch immer – zwei Kanonen, aus nächster Nähe. Das Sitzpolster ging stiften – ich umklammerte die rotglühenden Sprungfedern und lief weiter.

Ein blauer Glorienschein hinter dem Würger: klarer Himmel.

Ich rannte ihn über den Haufen.

Seine Haare fingen Feuer.

Ich hielt stur auf das Blau zu.

Der Würger stolperte schreiend rückwärts.

Ich hinterher.

Er taumelte ins Freie – ich schleuderte ihm die Sitzbank ins Gesicht.

Flammende Feuerräder stürzten von einer dreißig Meter hohen Klippe.

Ich schnappte mir Chris, brachte sie zum Ford und verfrachtete sie auf den Beifahrersitz. Pfeilschnell wie der Feuergott: über Feldwege zum Parkplatz, dann die Vermont Richtung Süden. Vor dem Amphitheater Straßensperren; Danny Getchell, mit der Filmkamera im Anschlag. Die Bullen riefen »Halt!« – und plötzlich wußte ich, daß dieser Götterwagen fliegen konnte. Ich ließ die Kupplung kommen, trat aufs Gas – die Scheißkarre hob ab. Hinter mir Schüsse, verklingende Schreie – wie durch ein Wunder drangen sie an mein Ohr. Ich hörte nur »CONTINO«; »FEIGLING« brüllte niemand.

Das war vor fünfunddreißig Jahren.

Geschichte in Ellipsen: Die Bullen haben alles vertuscht.

Ich kam um einen Prozeß herum – eine für den Ford bestimmte Kugel der Polizei hatte eine alte Dame getroffen. Der Würger, Shoftel, Marichal – totgeschwiegen.

Chris Staples' Wunden sind gut verheilt – sie trägt keine tief ausgeschnittenen Kleider mehr, damit man ihre Narben nicht sieht. Sie hat einen rechtsradikalen Spinner geheiratet, der auf Hakenkreuze fliegt – die beiden ziehen den Leuten als windige Fernsehprediger die schwerverdienten Kohlen aus der Tasche.

Sol Slotnick hat neunzehn Herzattacken überlebt, obwohl er sich ausschließlich von Junk food ernährt.

Spade Cooley hat Ella Mae 1961 erschlagen.

Jane DePugh hatte eine Affäre mit Präsident John F. Kennedy.

Dave DePugh steht unter dringendem Verdacht, JFK ermordet zu haben.

Leigh starb 1982 an Krebs. Unsere drei Kinder sind inzwischen erwachsen.

*Daddy-O* fiel bei der Kritik durch und floppte an der Kinokasse. Meine vielversprechende Karriere war damit zu Ende. Hier eine Hotelbar, da ein großes Italo-Fressen – ich spiele die Musik, die mir gefällt, und komme damit ganz gut über die Runden.

»Drückeberger«, »Feigling« – ab und zu kriege ich das immer noch zu hören.

Aber deswegen lasse ich mir keine grauen Haare wachsen.

Das LAPD hetzte Danny Getchell wegen des Flugschaummaterials seine Gorillas auf den Hals.

Aber das lag längst beim Kameramann von *Daddy-O*. Es wurde

schließlich in den Film geschnitten – nicht besonders überzeugend.

Wer die Originalaufnahmen gesehen hat, hält meine Flugnummer noch heute für ein Wunder. Es hat sich halbwegs herumgesprochen: Eines schönen Tages im Jahre 1958 habe ich Gott oder etwas ähnlich Großes geschaut. Ich glaube daran – wenn auch nur bis zu einem gewissen Grad. Fest steht, daß jederzeit *alles* passieren kann.

Dies ist eine wahre Geschichte.

# High Darktown

Vor meinem Bürofenster feierte L.A. das Ende des Zweiten Weltkriegs. Da die Central Division Warrants die gesamte Nordseite der zehnten Rathausetage einnahm, hatte ich praktisch freie Sicht. Ich sah, wie die Bürohengste des Stadtarchivs auf dem Parkplatz gegenüber die Flasche kreisen ließen und wie ein Zug Uniformierter eine Eingreiftruppe bildete und in Richtung Little Tokyo vorrückte, um eine wilde Horde von mit Holzlatten bewaffneten Halbstarken zurückzuschlagen, denen Hiroshima und Nagasaki allem Anschein nach noch nicht genügten. Ich reckte den Hals und erspähte eine schwarze Rauchsäule über Bunker Hill – ein sicheres Zeichen dafür, daß die patriotisch gesinnten Eleven der Belmont High Autos auseinandernahmen und die Reifen in Brand steckten. Auf der Kreuzung Sunset/Figueroa rotteten sich trotz Versammlungsverbots Pulks von Zoot-Suitern zusammen, die vermutlich glaubten, heute sei alles erlaubt.

Durch das winzige Ostfenster über meinem Schreibtisch war nichts weiter zu sehen als Smog und ein gigantischer Verkehrsstau, der sich langsam auf Boyle Heights zuwälzte. Ich starrte in den braunen Dunst hinaus und stellte mir vor, wie giftige Abgaswolken und Autokorsos jeden Polizeieinsatz unmöglich machten. Meine Tagträume wurden immer lebhafter, und als ich den Himmel schließlich voller A-Bomben hängen sah, die auf das Dach des LAPD Detective Bureau zu prasseln drohten, schlug ich mit der Faust auf meinen Schreibtisch und schnappte mir die beiden Papiere, deren Lektüre ich seit Schichtbeginn vor mir herschob. Das erste Blatt war eine handschriftliche Notiz vom Leiter des

Raubdezernats ein paar Türen weiter: »Lee – nur zu deiner Information: Wallace Simpson ist vorige Woche auf Bewährung aus Quentin entlassen worden – in unseren Zuständigkeitsbereich. Nimm dich in acht. G.C.«

Frohe V-J-Day-Kunde.

Der zweite Zettel war ein Fernschreiben der University Division an alle Abteilungen, das – in Verbindung mit Georgie Caulkins' Warnung – den Ausbruch eines neuen Einfrontenkrieges ankündigte.

In den vergangenen fünf Tagen hatte ein Verbrecherduo – ein Weißer und ein Neger – im West Adams District vier bewaffnete Raubüberfälle verübt. Die Vorgehensweise war in allen vier Fällen die gleiche: Schnapsläden, die vorwiegend neureiche Neger bedienten, wurden spätabends, eine halbe Stunde vor Geschäftsschluß, wenn die Kassen prall gefüllt waren, ausgenommen. Ein gut angezogener Weißer kam herein und schlug den Verkäufer mit einer 45er Automatik nieder, während der Neger die Tageseinnahmen in eine Papiertüte stopfte. Zweimal waren bei den Überfällen Kunden zugegen gewesen; die Täter hatten auch sie bewußtlos geschlagen – eine alte Dame lag noch immer auf der Intensivstation des Queen of Angels.

Die Masche war so subtil und elegant wie ein Hieb mit dem Schmiedehammer. Ich griff zum Telefon und wählte die Nummer von Al Van Patten bei der Bezirksbewährungshilfe.

»Schießen Sie los, es ist Ihr Geld.«

»Lee Blanchard, Al.«

»Big Lee! Du arbeitest heute? Der Krieg ist aus.«

»Denkste. Paß auf, ich brauche die Akte eines eurer Kunden. Er ist vorige Woche aus Quentin entlassen worden. Falls er sich gemeldet hat, brauche ich seine Adresse; wenn nicht, sag mir Bescheid.«

»Name? Vergehen?«

»Wallace Simpkins, bewaffneter Raubüberfall. Ich hab ihn 39 eigenhändig eingebuchtet.«

Al stieß einen Pfiff aus. »Kurzes Gastspiel. Hat wohl Beziehungen, der Bursche?«

»Wahrscheinlich hat er im Knast den Musterknaben rausgekehrt und für die Kriegsanstrengungen geschuftet; sein Partner ist nach Pearl Harbor in die Army entlassen worden. Mach voran, es ist dringend.«

»Schon unterwegs.«

Al legte den Hörer auf seinen Schreibtisch, und ich durchlitt endlose Minuten verrauschten Partylärms – kichernde Männer und Frauen, Gläserklirren: fröhliche Sesselfurzer, die im Radio nach Tanzmusik suchten, aber nur Jubelarien fanden. Bei Edward R. Murrows ungewohnt gutgelauntem Geschwafel mußte ich unwillkürlich an Wild Wally Simpkins denken, der, die Taschen voller Geld und bis an die Kiemen bewaffnet, nach *mir* suchte. Ich schauderte, als Al zurückkam und sagte: »Der Junge ist heiß, Lee.«

»Ist die Zwangsvorladung schon raus?«

»Noch nicht.«

»Dann beeil dich.«

»Worum geht es eigentlich?«

»Kleine Fische. Ruf Lieutenant Holland von den University Detectives an und sag ihm, Simpkins ist die eine Hälfte des Gangsterduos, das er sucht. Sag ihm, er soll eine Personenbeschreibung rausgeben, mit dem Vermerk ›bewaffnet und äußerst gefährlich‹ und ›Festnahme unter Einsatz aller erforderlichen Mittel‹.«

Al pfiff ein zweites Mal. »So schlimm?«

Ich sagte: »Ja«, und legte auf. »Festnahme unter Einsatz aller erforderlichen Mittel« war die gängige LAPD-Umschreibung für »sofort scharf schießen«. Meine Angst ließ nach. Flüchtige Verbrecher aufzuspüren war schließlich mein Beruf. Ich steckte mir eine Zweitwaffe hinten in den Hosenbund und machte mich auf die Suche nach dem Mann, der gelobt hatte, mich umzubringen.

Nachdem ich mir bei Georgie Culkins Ganzaufnahmen von Simpkins und einen Durchschlag des Berichts besorgt hatte, fuhr ich zum West Adams District. Draußen war es heiß und stickig, und der Pöbel strömte von den Gehsteigen auf die Straße und reichte hupenden Autofahrern zur Feier des Sieges Flaschen in den Wagen. An den Ampeln stockte der Verkehr, und aus den Bürofenstern flatterten Papierabfälle – eine halbgare Konfettiparade. Da mich der Anblick nervös machte, befestigte ich das Signallicht auf dem Dach, warf die Sirene an und schlängelte mich im Slalom zwischen stehenden Autos hindurch, bis die City nur noch als verschwommene Silhouette im Rückspiegel zu sehen war. Ich gab Vollgas, bis ich in die Alvarado einbog und die Stadt, die zu schützen ich geschworen hatte, endlich wieder normal aussah. Während ich den Wagen auf der Kriechspur ausrollen ließ, dachte ich an Wallace Simpkins und wußte, daß sich meine Nervosität erst wieder legen würde, wenn das Dreckschwein hinter Schloß und Riegel saß.

Wir waren uns sechs Jahre zuvor das erste Mal begegnet, im Herbst 39, als ich noch bei der Sitte in der University Division Dienst geschoben hatte und regelmäßig als Halbschwergewichtler im Hollywood-Legion Stadium angetreten war. Ein schwarzweißes Gangsterduo hatte in West Adams Tanzschuppen und Supermärkte überfallen; der Weiße gab sich als Mitglied von Mickey Cohens Mannschaft aus und zwang den Inhaber, den Safe aufzuschließen und das monatliche Schutzgeld rauszurücken, während der Neger erst das Unschuldslamm markierte und dann die Kasse plünderte. Wenn der Weiße den Safe geleert hatte, schlug er den Besitzer mit seiner Pistole k.o. Danach fuhren die Räuber langsam nach Norden in den nobleren Wilshire District – der Weiße am Steuer, der Neger zusammengekauert auf dem Rücksitz.

Ich kam zu dem Fall wie die Jungfrau zum Kind.

Nach ihrem fünften Fischzug stellte die Bande ihre Aktivitäten ein. Laut einem meiner Informanten hatte Mickey Cohen spitzgekriegt, daß es sich bei dem weißen Muskelprotz um einen seiner Ex-Gorillas handelte, und ihn kurzerhand kaltmachen lassen. Gerüchten zufolge suchte der Farbige – ein Cowboy, der im Milieu unter dem Spitznamen Wild Wallace lief – jetzt einen neuen Partner und ein neues Revier. Ich gab den Hinweis an die zuständige Abteilung weiter und vergaß die ganze Sache. Dann, eine Woche später, platzte die Bombe.

Als Belohnung für meinen Tip bekam ich einen begehrten Nebenjob: als Anstandswauwau bei einem Pokerspiel zwischen LAPD-Goldfasanen und Lamettahengsten der Marine aus San Diego, bei dem es um jede Menge Geld ging. Das Spiel fand im Hinterzimmer von Minnie Roberts' Casbah, dem edelsten von der Polizei geduldeten Bordell der South Side, statt. Ich hatte nichts weiter zu tun, als knallhart, skrupellos und unterwürfig auszusehen und bereitwillig Box-Anekdoten zu erzählen. Ein entscheidender Schritt in Richtung Beförderung zum Sergeant und Versetzung zur Detective Division.

Alles lief blendend – Lächeln, Schulterklopfen und immer wieder die Geschichte meiner Punktniederlage gegen Jimmy Bivins –, bis ein Neger in Chauffeurskluft und ein junger Südländer in Marineuniform zur Tür reinkamen. Ich sah, daß der Chauffeur eine Kanone unter seiner linken Achselhöhle versteckte, und als der Flackerschein der Kronleuchter über das Gesicht des tapferen Marinehelden glitt, entpuppte der sich als hellhäutiger Neger mit geglättetem Haar.

*Da wußte ich Bescheid.*

Ich ging mit ausgestreckter rechter Hand auf Wallace Simpkins zu. Als er sie ergriff, rammte ich ihm ein Knie in die Eier und schickte ihn mit einem massiven linken Haken zu Boden. Ich schob ihm einen Fuß unter die Achsel, zog meine Knarre, richtete sie auf seinen Partner und sagte: »Bon voyage, Admiral.«

Der Admiral und angehende Räuber hieß William Boyle und stammte aus einer schwarzen Mittelschichtfamilie, die auf den sprichwörtlichen Hund gekommen war. Er sagte als Kronzeuge gegen Wild Wallace aus, kassierte im Gegenzug schlappe drei bis fünf Jahre in Chino und wurde 42 auf Bewährung in den Kriegsdienst entlassen. Simpkins wurde des bewaffneten Raubüberfalls und der schweren Körperverletzung in fünf Fällen für schuldig befunden, bekam dafür fünf Jahre bis lebenslänglich in Big Q und belegte Billy Boyle und mich bei seinem Prozeß mit einem Voodoofluch: Er schwor bei der Seele von Baron Samedi, uns umzubringen, zu Hackfleisch zu verarbeiten und an seinen Köter zu verfüttern. Ich glaubte ihm jedes Wort, und noch Jahre nach seiner Verurteilung mußte ich immer, wenn es mich irgendwo zwickte oder zwackte, daran denken, wie er in seiner Zelle saß und eine blauuniformierte Lee-Blanchard-Voodoopuppe mit Nadeln spickte.

Ich überflog den Bericht, der neben mir auf der Sitzbank lag. Die Tatorte der vier neuen schwarzweißen Überfälle lagen zwischen der 26th Ecke Gramercy und der La Brea Ecke Adams. Kaum hatte ich die Demarkationslinie überquert, wechselte die Topographie unversehens von weißem Mittelmaß zu schwarzem Stolz. Die Häuser östlich von St. Andrews waren verwahrlost, mit blättrigem Anstrich und verwilderten Vorgärten. Die Domizile auf der Westseite wirkten wesentlich eleganter: gemütliche Eigenheime, umgeben von Mauern und gepflegtem Grün; die Villen, denen West Adams den Spitznamen High Darktown verdankte, stellten selbst Beverly-Hills-Paläste in den Schatten – sie waren älter, größer und architektonisch nicht annähernd so prätentiös, als hätten ihre Besitzer gewußt, daß man reich und schwarz nur dann sein konnte, wenn man sein Licht mit der großmütigen Bescheidenheit des alteingesessenen weißen Geldadels unter den Scheffel stellte.

Ich kannte High Darktown lediglich aus den Unmengen widersprüchlicher Legenden, die sich um das Viertel rankten. Damals bei der University Division hatte es nicht auf meiner Runde gelegen. Nirgendwo in L.A. war die Kriminalitätsrate so niedrig wie hier. Die Häuptlinge der University hielten sich an ein ungeschriebenes Gesetz und ließen die reichen Schwarzen selbst für ihre Sicherheit sorgen, als sprächen wir einfachen Indianer eine andere Sprache. Und die Bewohner von High Darktown machten ihre Sache gut. Einbrecher, die dumm genug waren, nachts durch riesige Vorgärten zu schleichen und Tiffanyfenster einzuschlagen, wurden in der Regel mit einer tödlichen Ladung Schrot aus einem Tausend-Dollar-Jagdgewehr in Empfang genommen, abgefeuert von schwarzen Finanziers mit einem aristokratischen Temperament, das dem eines beliebigen weißen Bonzen in nichts nachstand. High Darktown war eine uneinnehmbare Festung.

Aber die Legenden waren aus anderem Holz geschnitzt, und während meiner Zeit bei der University hatte ich mich oft gefragt, ob sie vielleicht nur deshalb in die Welt gesetzt und immer weiter ausgeschmückt worden waren, weil der kleine weiße Bulle von der Straße nicht wahrhaben wollte, daß es »Nigger«, »Schokos«, »Bimbos« und »Briketts« gab, verglichen mit denen sie selbst nur arme Schlucker waren. Manche Geschichten klangen relativ prosaisch – schwarze Alkoholschmuggler mit Verbindungen zur Mafia kauften sich von ihrem Zaster Schnapsläden in Watts und Textilfabriken in San Pedro, wo sie ausschließlich illegale Mexikaner für sich schuften ließen –, andere eher exotisch: Dieselben Ganoven überschwemmten die ärmeren Darktowns mit billigem Heroin und vermieteten ihre schärfsten hellhäutigen Bräute an die Großen und Mächtigen der Stadt, um die Schank- und Raumordnungsvorschriften zu umgehen, die strikte Rassentrennung garantierten. All diese Legenden hatten nur einen gemeinsamen Nenner: Obwohl das Geld, das in High Darktown kursierte, ursprünglich aus schmutzigen Geschäften stammte, war es jetzt blitzsauber und blütenrein.

Ich hielt vor dem Schnapsladen auf der Gramercy und warf einen letzten Blick in den Bericht des Überfalls, der hier stattgefunden hatte. Der Verkäufer war zur Tatzeit allein gewesen und hatte beide Räuber aus nächster Nähe sehen können, bevor der Weiße ihm seine Pistole über den Schädel gezogen hatte. Da ich einen Augenzeugen brauchte, der Lieutenant Hollands Personenbeschreibung bestätigte, betrat ich das aufgeräumte kleine Geschäft und ging zur Ladentheke.

Ein Neger mit bandagiertem Kopf kam aus dem Hinterzimmer. Er musterte mich von oben bis unten und sagte: »Ja, Officer?« Da mir seine Offenheit gefiel, kam auch ich ohne große Umschweife zur Sache, hielt ihm das Bild von Wallace Simpkins unter die Nase und fragte: »Ist das einer der beiden?«

Er schrak zurück und sagte: »Ja. Schnappen Sie ihn.«

»Gebongt.«

Eine Stunde später hatte ich drei weitere Augenzeugen und dachte über meine nächsten Schritte nach. Da Simpkins' Personenbeschreibung im Umlauf war, würde er sich vermutlich sofort eine Kugel einfangen, wenn er einem Uniformierten über den Weg lief, ein nicht allzu tröstlicher Gedanke. Wahrscheinlich hatte Artie Holland in den Hinterzimmern sämtlicher Schnapsläden der Gegend Überwachungseinheiten postiert, und als Weißer im Alleingang Simpkins' bekannte Schlupfwinkel zu observieren war ein absurdes Unterfangen. Ich parkte in einer von Ulmen gesäumten Straße; als ich sah, wie japanische Gärtner sich über Rasenflächen von der Größe eines Footballfeldes hermachten, kam mir die Erleuchtung: Wenn ich mir Wild Wallace kaufen wollte, mußte ich bei seiner Vorliebe für High Darktown und weiße Partner den Hebel ansetzen. Also machte ich mich auf die Suche nach Bleichgesichtern, die hier ebenso fehl am Platz waren wie ich.

Die La Brea in Richtung Süden bis zur Jefferson, dann rauf zur Western und wieder zurück zur Adams. Über die 1st, 2nd, 3rd, 4th und 5th Avenue. Die einzigen Weißen, die mir vor die Flinte liefen, waren Kollegen, Postboten, Lustmolche und Ladenhändler. Eine Runde durch die Bars auf dem Washington erbrachte weder weiße Gesichter noch notorische Kriminelle, die ich um einen Tip angehen konnte.

Als es dunkel wurde, war ich hungrig, wütend und immer noch nervös, weil ich ständig daran denken mußte, wie Simpkins eine nagelneue Blanchard-Puppe in Zivil mit Nadeln traktierte. Ich setzte mich in eine Imbißstube und verschlang ein Roastbeef-Sandwich mit Krautsalat und Fritten. Ich trank gerade meine zweite Tasse Kaffee, als das gemischtrassige Pärchen reinkam.

Das Mädchen war eine hübsche hellhäutige Schwarze – fließende Formen in einem rosa Sommerkleid, das vergeblich versuchte, ihre Kurven zu verhüllen. Der Mann war stämmig und muskulös – er trug ein zerknittertes Hawaiihemd und gebügelte Khakis, die aus Army-Beständen zu stammen schienen. Von meinem Tisch aus hörte ich, wie sie ihre Bestellung aufgaben: Grillhähnchen für sechs Personen mit Brötchen und einer Extraportion Soße. »Wer viel arbeitet, muß auch viel essen«, sagte der Bursche zu dem Mann hinter dem Tresen. Als der auf seinen Spruch nicht reagierte, schob er dem Mädchen von hinten das Knie zwischen die Beine. Sie wich zurück, ballte die Fäuste und verdrehte den Kopf, als wollte sie einem ungebetenen Kuß ausweichen. Abscheu und Ekel standen ihr ins Gesicht geschrieben.

Da mir die beiden nicht ganz koscher schienen, ging ich zu meinem Wagen, um mich an ihre Fersen zu heften, wenn sie das Restaurant verließen. Nach fünf Minuten tauchten sie auf; das Mädchen ging voran, der Bursche blieb ein paar Schritte zurück, zeichnete mit den Händen eine Sanduhr in die Luft und züngelte wie eine Eidechse. Sie stiegen in einen Packard-Kombi aus Vorkriegsproduktion, der direkt vor mir auf dem Parkplatz stand; die Eidechse setzte sich ans Steuer. Nachdem sie losgefahren waren, zählte ich bis zehn und nahm die Verfolgung auf.

Der Packard war nicht zu übersehen. Da ein Fuchsschwanz die lange Radioantenne zierte, konnte ich ohne weiteres ein paar Wagenlängen hinter ihm bleiben und mich an dem Schweif orientieren. Wir verließen High Darktown über die Western, und binnen Minuten wichen Villen und herausgeputzte Eigenheime Mietskasernen und armseligen Hütten aus Dachpappe und Maschendraht. Je weiter wir nach Süden vordrangen, desto schlimmer wurde es; als der Packard an der 94th links abbog und Kurs nach Osten nahm, vorbei an Autofriedhöfen, Frisiersalons und Voodoo-Ladenkirchen, hatte ich das Gefühl, in den schlimmsten Alptraum jedes Weißen geraten zu sein.

An der Kreuzung 94th/Normandie hielt der Packard; ich fuhr weiter bis zur nächsten Ecke. Im Rückspiegel sah ich, wie die Eidechse und das Mädchen die Fahrbahn überquerten und in dem einzigen halbwegs ansehnlichen Haus in dieser Gegend verschwanden, einem weißgetünchten Lehmziegelbau, der aussah wie eine Miniaturausgabe von Fort Alamo. Ich stellte den Motor ab, zerrte die Taschenlampe unter dem Sitz hervor und ging über die Straße.

Ich roch sofort, daß hier was faul war. Obwohl es weit und breit nur Wanzenburgen, Brachland und rostzerfressene Klapperkisten gab, standen sechs wunderschöne Luxusschlitten Baujahr 40–41 am Straßenrand. Ich hockte mich hin, ließ den Strahl der Taschenlampe über die Nummernschilder gleiten, merkte mir die Ziffernfolgen und rannte zu meinem Wagen zurück. Ich gab der Zentrale über Funk mit heiserer Stimme die Kennzeichen durch, ging auf Tauchstation und wartete auf das Ergebnis.

Als die Rückmeldung nach zehn Minuten schließlich kam, bestätigte sich mein Verdacht, daß hier was faul war, und zwar ober*ober*faul.

Ich preßte mir das Mikrofon ans Ohr, hielt die andere Hand davor und hörte mir an, was der Diensthabende zu sagen hatte. Der Packard war auf einen gewissen Leotis McCarver zugelassen, Hautfarbe: schwarz, Alter: 41, wohnhaft: 1348 West 94th Street, L.A. – das Alamo für Arme. Als Beruf stand Geschäftsführer der Schlafwagenschaffnergewerkschaft in seiner Akte. Die anderen Fahrzeuge waren auf schwarze und weiße Schläger zugelassen, deren Vorstrafen zum Teil bis 1922 zurückreichten. Als der Kollege mir den letzten Namen vorlas – Ralph »Big Tuna« De Santis, ein mutmaßlicher Killer in den Diensten Mickey Cohens –, beschloß ich, mir das Alamo etwas genauer anzusehen.

Bewaffnet mit der Taschenlampe und den zwei Kanonen lief ich quer über eine Brache und näherte mich meinem Zielobjekt von hinten. Während in der Ferne Feuerwerk den Himmel erhellte, war den Leuten hier anscheinend nicht nach Feiern zumute – ihr Krieg, der Kampf ums nackte Überleben, war noch lange nicht vorbei. Bei der Hofmauer des Alamo angekommen, nahm ich Anlauf, hievte mich an Ellbogen und Knien hinüber und landete in weichem Gras.

Da auf der Rückseite des Hauses alles ruhig und dunkel war, machte ich meine Lampe an. Eine nicht sonderlich stabil wirkende Holztür führte zum Dienstbotenaufgang; ich schlich mich auf Zehenspitzen an und drückte die Klinke – sie war unverschlossen.

Mit der Taschenlampe im Anschlag ging ich hinein. Der Lichtstrahl glitt über schmutzige Wände und Bodendielen, ausrangierte Clubsessel und einen Besenschrank mit angelehnter Tür. Als ich sie aufmachte, sah ich, daß Offiziersuniformen darinhingen, samt Ordensbändern und aufgestickten Abzeichen.

Gedämpfte Schreie schreckten mich auf. Ich spitzte die Ohren und konnte deutlich hören, wie Weiße und Schwarze sich gegenseitig beschimpften. Vor mir war eine Verbindungstür, dahinter alles dunkel. Da die Schreie aus einem zur Straße gelegenen Zimmer kommen mußten, stieß ich die Tür einen Spaltbreit auf, ging in die Hocke und lauschte.

».. und ich sage euch, wir brauchen ein Versteck«, krakeelte eine Negerstimme, »weil egal ob wir uns aufteilen in Schwarz und Schwarz und Weiß und Weiß, Straßensperren gibt's überall!«

Darauf erhob sich lauter Protest, den ein schriller Pfiff zum Verstummen brachte, dann verkündete eine weiße Stimme: »Wir stoppen den Zug auf freier Strecke. Mitten in der Botanik. Wir zerstören das Funkgerät, und wenn die Passagiere Hilfe holen wollen, sind es mindestens zehn Meilen bis zur nächsten Farm – und die Soldaten sind zu Fuß.«

Eine schwarze Stimme fuhr kichernd dazwischen: »Die tapferen Krieger werden im Dreieck springen.«

Eine zweite Negerstimme: »Da haben sie am Ende ganz umsonst die Rübe hingehalten.«

Gelächter, dann ein mächtiger schwarzer Bariton: »Schluß jetzt mit dem Unsinn, hier geht's um Geld, sonst nix.«

»Und um Rache, Mr. Gewerkschaftsboß. Vergiß nicht, ich hab in dem Zug noch was anderes zu erledigen.«

Ich erkannte die Stimme auf Anhieb – sie hatte mich vor Gericht mit einem Voodoofluch belegt. Ich wollte gerade den Rückzug nach draußen antreten, um Verstärkung anzufordern, als ich ins Leere trat und kopfüber in ein schwarzes Loch fiel.

Das Schwarz war weich und wogte, und ich hatte das Gefühl, in einem Meer aus Samt zu treiben. In der Ferne hallten wilde Schreie, doch ich wußte, daß sie mir nichts anhaben konnten; sie kamen aus einer anderen Welt. Manchmal stach mich etwas in den Arm, und ich sah winzige Lichter, die das Stimmengewirr noch verstärkten, aber dann wurde mit einem Mal alles ganz leise, die Samtwellen umspülten mich und dämpften meinen Schmerz. Bis sich der Samt in Eis verwandelte und aus den angenehmen kleinen Stichen schmerzhafte Schläge auf den Rücken wurden. Ich versuchte, mich zusammenzurollen, doch eine wütende Stimme von dieser Welt hielt mich davon ab. »Wach auf, du Wichser! Du hast uns schon genug wertvolles Morphium gekostet! Wach auf! Wach endlich auf, verdammt!«

Ich erinnerte mich dunkel, daß ich Polizeibeamter war, und griff nach der 38er an meiner Hüfte. Ich konnte weder Hände noch Arme bewegen, und als ich mich aufrichten wollte, stellte ich fest, daß sie gefesselt waren und es sich bei den Schlägen um Tritte gegen die Brust und zwischen die Beine handelte. Als ich auszuweichen versuchte und sich jeder Muskel meines Körpers verkrampfte, öffnete ich die Augen. Wände und eine Zimmerdecke zeichneten sich ab, und plötzlich fiel mir alles wieder ein. Höhnisches Gelächter übertönte meine Schreie; das Gesicht der Eidechse schwebte nur wenige Zentimeter über mir. »Lee Blanchard«, sagte er und hielt mir meine Dienstmarke und meinen Ausweis unter die Nase. »Und wieder gibt's was auf die Fresse,

Wichser. Ich war dabei, als Jimmy Bivins dich im Legion auf die Bretter geschickt hat. Ein blitzschneller linker Haken, du bist in die Knie, und dann hat dich der miese kleine Schokoschläger auf die Bretter geschickt. Ein Mann, der sich von einem Nigger die Fresse polieren läßt, ist in meinen Augen eine Null.«

Bei dem Wort »Nigger« hörte ich jemanden nach Luft schnappen, wandte den Kopf und sah, daß das Negermädchen mit dem rosa Kleid keine zwei Meter entfernt in einem Sessel saß. Da im Haus sonst kein Geräusch zu hören war, nahm ich an, daß wir allein waren. Als ich endlich wieder klar sehen konnte, stellte ich fest, daß es sich bei dem Meer aus Samt in Wirklichkeit um ein feudal eingerichtetes Wohnzimmer handelte. Nach und nach kehrte auch das Gefühl in meine Glieder zurück, heftige Schmerzen, die den Kopf freimachten. Plötzlich stach mich etwas in den Steiß, und ich zuckte zusammen; die 38er Stupsnase, die ich mir als Zweitwaffe in den Hosenbund geschoben hatte, war noch da, auch wenn sie inzwischen in der Unterhose steckte. Beruhigt hob ich den Blick, sah der Eidechse ins Gesicht und fragte: »Und? In letzter Zeit 'nen Schnapsladen ausgeraubt?«

Er lachte. »Nicht nur einen. Kleinkram gegen das große Ding heut nach-«

Das Mädchen kreischte: »Sag's ihm nicht!«

Die Eidechse züngelte. »Was soll's? Er ist so gut wie tot. Wir überfallen einen Zug, Champion. Ein paar Army-Generäle haben den Super Chief von L.A. nach Frisco gemietet. Pokerspiele, Nutten in den Kojen, Pornofilme im Salonwagen. Nicht gehört? Der Krieg ist aus, das muß gefeiert werden. Wir haben Leute an Bord – Schokos als Schaffner, Weiße in Uniform. Sie alle haben MGs, und Voodoo, der Stecher von der Kleinen hier, hat sich 'ne MP besorgt. Heute abend, bei Salinas, wenn die Generäle voll sind wie die Strandhaubitzen und ihre Abfindung auf den Kopp hauen, machen sie das Bähnchen klar. Danach kommt Voodoo zurück und probiert ein paar religiöse Rituale an dir aus. Er hat nämlich 'nen hundsgemeinen Pitbull, der auf den schönen Namen Rächer hört; hat er mir selbst erzählt. Ein Freund von ihm hat auf das Hündchen aufgepaßt, solange Voodoo in Quentin saß. Der Kumpel war weiß und hat das Vieh brutal gequält, seitdem haßt es Bleichgesichter wie die Pest. Der Köter wird höchstens zweimal die Woche gefüttert und hat bestimmt nichts gegen 'nen ordentlichen Napf Bullengulasch. Tja, du kleiner weißer Scheißer. Voodoo hackt dich bei lebendigem Leib in Stücke und verarbeitet dich zu Dosenfutter. Dreimal darfst du raten, was er dir zuerst abschneidet.«

»Das is nich wahr! Das hat er sich ...«

»Halt die Klappe, Cora!«

Ich verrenkte mir fast den Hals, damit ich das Mädchen besser sehen konnte, und setzte alles auf eine Karte. »Sind Sie Cora Downey?«

Cora klappte die Kinnlade herunter, und die Eidechse sagte: »Schlaues Kerlchen. Billy Boyles alte, Voodoos neue Flamme. Diese hellhäutigen Bräute kommen viel rum. Darf ich bekanntmachen, Schätzchen? Das ist der Champion, der deine beiden Stecher eingebuchtet hat, und wenn du schön brav bist, darfst du vielleicht auch mal mit dem Messer an ihn ran.«

Cora baute sich vor mir auf und spuckte mir ins Gesicht. Sie zischte »Du Schwein« und trat mich mit der Spitze ihres Stöckelschuhs. Als ich mich zur Seite wälzen wollte, verpaßte sie mir einen zweiten Tritt ins Kreuz.

Da plötzlich traf mich die Erkenntnis, härter als alle Schläge, die ich bislang hatte einstecken müssen. Am Vorabend hatte ich Wallace Simpkins' Stimme durch die Tür gehört: »Und um Rache, Mr. Gewerkschaftsboß. Ich hab in dem Zug noch was anderes zu erledigen.« Was er da zu »erledigen« hatte, konnte eigentlich nur Lieutenant Billy Boyle sein, und ich wettete fünf zu eins, daß Cora davon nicht allzu begeistert sein würde.

Die Eidechse nahm Cora am Arm und führte sie zur Couch. Dann hockte er sich neben mich und sagte: »Ein schiefer Blick, und du bist Fallobst.«

Ich lächelte. »Deine Mutter hält in 'nem Zwei-Dollar-Puff den Arsch hin.«

Er schlug mir ins Gesicht. Ich spuckte Blut und sagte: »Und du bist häßlich wie die Nacht.«

Er schlug mich ein zweites Mal; als er den Arm ausstreckte, sah ich, daß der Griff einer Automatik aus seiner rechten Hosentasche lugte. Mit vor Verachtung triefender Stimme sagte ich: »Du schlägst wie 'n Mädchen. Cora könnte dich spielend fertigmachen.«

Der nächste Fausthieb kam mit voller Wucht. Ich verzog die blutigen Lippen zu einem höhnischen Grinsen und sagte: »Bist wohl 'ne Tunte? So schlagen doch nur Schwuchteln.«

Eine Links-Rechts-Kombination traf mich an Kinn und Hals. Jetzt oder nie. Nuschelnd wie ein besoffener Mops stammelte ich: »Mach mich los. Mach mich los, und wir kämpfen Mann gegen Mann. Mach mich los.«

Die Eidechse holte ein Messer aus der Tasche und durchschnitt das Seil, mit dem er mir die Arme an den Körper gefesselt hatte. Ich versuchte die Hände zu bewegen, doch meine Finger waren wie Pudding. Nur in meinen lädierten Beinen hatte ich noch eine Spur Gefühl, deshalb wälzte ich mich auf die andere Seite und setzte mich auf. Die Eidechse mimte derweil den Profiboxer und schlug Löcher in die Luft. Cora saß auf der Couch und wischte sich wütende Tränen von den Wangen. Keuchend und schwankend wie ein Fixer versuchte ich ihn so lange hinzuhalten, bis ich wieder Gefühl in den Händen hatte.

»Hoch mit dir, du Wichser!«

Meine Finger wollten sich immer noch nicht rühren.

»Hoch mit dir, hab ich gesagt!«

Immer noch nichts.

Die Eidechse tänzelte schattenboxend und Finten schlagend auf mich zu. Als das Blut in meinen Knöcheln zu kribbeln begann, packte mich mit einem Mal der blinde Zorn, als wäre ich ein halbstarker Raufbold und kein einunddreißig Jahre alter Cop. Die

Eidechse verpaßte mir zwei Treffer, links, rechts, mit der flachen Hand. Im Bruchteil einer Sekunde verwandelte er sich in Jimmy Bivins, und ich stand wieder in der neunten Runde, 1937 im Legion Stadium. Ich duckte die linke Schulter, täuschte einen rechten Schwinger an und landete einen linken Haken in seiner Magengrube. Bivins beugte sich japsend vor; ich trat zurück, damit ich Platz zum Ausholen hatte. Aus Bivins wurde die Eidechse, die nach ihrer Kanone griff, und ich kehrte schlagartig in die Wirklichkeit zurück.

Wir zogen gleichzeitig. Der erste Schuß der Eidechse pfiff über meinen Kopf hinweg und zerschmetterte das Fenster hinter mir; da ich meine Waffe erst umständlich aus meinem Hosenbund befreien mußte, traf meine Kugel lediglich die Wand. Der Rückstoß warf uns aus dem Gleichgewicht, und bevor die Eidechse von neuem zielen konnte, hechtete ich aus der Schuß-bahn und rollte wie ein von der Tarantel gestochener Derwisch über den Boden. Drei Kugeln zersiebten die Luft an der Stelle, wo ich eben noch gestanden hatte; ich hob meinen Schußarm, versteifte das Handgelenk und feuerte. Die Eidechse taumelte rückwärts, und die Schüsse waren noch nicht verhallt, als Cora einen langen, schrillen Schrei ausstieß.

Ich schleppte mich zu der sterbenden Eidechse hinüber. Er hatte drei blutende Löcher in der Brust und war zu schwach, um den Abzug der 45er zu drücken. Statt dessen streckte er mir zum Abschied den Stinkefinger hin; kaum hatte er die Hand gehoben, trat ich auf sein Herz und quetschte ihm das letzte bißchen Leben aus dem Leib – eine kolossale Blutfontäne. Als er nicht mehr zuckte, wandte ich mich wieder Cora zu, die vor der Couch stand und erneut zu kreischen anfing.

Ich brachte sie zum Schweigen, indem ich ihren Kopf gegen die Wand drückte und zischte: »Wir spielen jetzt ein kleines Frage-Antwort-Spiel. Wenn du mir sagst, was ich wissen will, laß ich dich laufen, wenn du mich verarschst, finde ich Stoff in deiner Handtasche und verklickere dem Staatsanwalt, daß du ihn an

Schulkinder vertickst.« Ich ließ sie los. »Erste Frage. Wo ist mein Wagen?«

Cora massierte sich den Hals. Ich spürte förmlich, wie die Beschimpfungen, die ihr auf der Zunge lagen, über ihre Lippen drängten. Mit haßerfülltem Blick antwortete sie: »Hinterm Haus. In der Garage.«

»Haben Simpkins und der Tote die Schnapsläden in West Adams ausgenommen?«

Cora starrte zu Boden und nickte: »Ja.« Als sie den Kopf hob, stand ihr der Selbstekel des frischgebackenen Informanten ins Gesicht geschrieben. Ich fragte: »Und wer hat sich die Nummer mit dem Zug einfallen lassen? Dieser Gewerkschaftsheini, McCarver?«

Sie nickte erneut.

Ich beschloß, ihr fürs erste zu verheimlichen, daß wahrscheinlich auch Billy Boyle im Zug war, und fragte: »Und wer finanziert das Ganze? Zum Beispiel die Waffen und die Uniformen?«

»Die haben sie mit der Beute aus den Überfällen bezahlt. Den Rest hat irgend 'n Geldsack vorgeschossen.«

Jetzt die große Frage. »Wann verläßt der Zug die Union Station?«

Cora sah auf ihre Uhr. »In 'ner halben Stunde.«

In der Diele war ein Telefon. Ich wählte die Nummer der Central Division und wies Georgie Culkins an, sämtliche verfügbaren Streifen- und Zivilbeamten zur Union Station zu schicken, weil eine schwarzweiße Gangsterbande in Schaffner- und Soldatenkluft einen von der Army gemieteten Super Chief mit Fahrtziel Frisco überfallen wolle. Damit Cora mich nicht hören konnte, dämpfte ich die Stimme und bat ihn, einen schwarzen Quartermaster Lieutenant namens William Boyle als wichtigen Zeugen am Bahnhof festzuhalten. Kaum hatte er »Ach du Scheiße« gemurmelt, legte ich auf.

Als ich ins Wohnzimmer zurückkam, rauchte Cora eine Zigarette. Ich steckte meine Marke ein; in der Ferne jaulten Sirenen. »Kommen Sie«, sagte ich. »Sie müssen verschwinden, bevor es hier von Bullen wimmelt.«

Cora schnippte ihre Zigarettenkippe nach dem Toten und gab ihm einen letzten Tritt. Dann machten wir uns auf die Socken.

Ich raste mit Blaulicht und Sirene in die Stadt. Eine Flut von Adrenalin schwemmte den Rest des Morphiums aus meinem Körper, und blanker Zorn blockierte jeden Schmerz. Cora rückte so weit von mir ab, wie sie nur konnte, ohne sich aus dem Wagenfenster lehnen zu müssen, und ließ sich vom Sirenenlärm nicht aus der Ruhe bringen. Sie fing an, mir zu gefallen, und ich beschloß, meinen Bericht so zu frisieren, daß sie nicht in den Bau wanderte.

Auf halber Strecke zur Union Station fragte ich sie: »Wollen Sie schmollen oder am Leben bleiben?«

Cora spuckte aus dem Fenster und ballte die Fäuste.

»Wollen Sie sich im Knast von fetten Lesben filzen lassen oder mit heiler Haut davonkommen?«

Cora bohrte die Fingernägel in ihre Handflächen; ihre Knöchel waren so weiß wie meine Haut.

»Wollen Sie, daß Voodoo Billy Boyle umlegt?«

Da wurde sie hellhörig. »Was?«

Aus den Augenwinkeln sah ich, wie die Farbe aus Coras Gesicht wich. »Er ist auch im Zug. Denken Sie daran, wenn wir am Bahnhof sind und jede Menge Bullen Sie beknien, Ihre Kumpels anzuschwärzen.«

Cora rückte ein Stückchen näher und stellte mir die Frage, die seit der Steinzeit jeder Gangster jedem Bullen stellt: »Warum machen Sie diesen Scheißjob eigentlich?«

Ich ließ mich davon nicht beirren und sagte: »Packen Sie aus. Es ist nur zu Ihrem Besten.«

»Das is meine Sache. Nun sagen Sie schon.«

»Was?«

»Warum Sie diesen ...«

Ich fiel ihr ins Wort. »Wenn Sie so gut Bescheid wissen, klären Sie mich doch auf.«

Cora zählte einen Punkt nach dem anderen an den Fingern ab und beugte sich zu mir herüber, damit ich sie trotz der Sirene verstehen konnte. »Erstens ham Sie sich gedacht, mit dreißig muß ich die Boxhandschuhe so oder so an 'n Nagel hängen, da kann ich mir auch gleich 'nen gemütlichen Beamtenposten mit Pensionsberechtigung besorgen; zweitens fliegen die Oberbullen auf Footballspieler oder Boxer, die ihnen in 'n Arsch kriechen – mit andern Worten, Sie können 'ne ruhige Kugel schieben. Drittens prügeln Sie sich gern, und da sind Sie bei der Polente an der richtigen Adresse; viertens steht auf Ihrem Dienstausweis groß und deutlich Warrants Divison, das heißt Sie stellen Vorladungen und Haftbefehle zu und verdienen sich nebenbei als Repofritze 'ne goldene Nase. Fünftens ...«

Ich hob die Hände, als wollte ich mich ergeben, denn ich kam mir vor, als hätte Billy Conn mir soeben vier harte Treffer verpaßt – und ich hatte nicht die geringste Lust auf einen Nachschlag. »Kluges Mädchen, aber Sie haben vergessen, daß ich auch noch als Gorilla für Firestone-Reifen arbeite und Schmiergelder dafür kassiere, daß ich illegale Mexikaner an die Grenzpatrouille verpfeife.«

Cora rückte meine schäbige Krawatte zurecht. »He, Baby, Job is Job, und jeder is sich selbst der Nächste. Ich hab Sachen gemacht, auf die ich nich besonders stolz bin, und ich ...«

»Darum geht's nicht!« brüllte ich.

Cora zog sich wieder ans Fenster zurück und grinste. »O doch, Herr Kommissar.«

Aus lauter Wut über meine Niederlage tat ich, was ich immer tue, wenn ich mich in die Enge getrieben fühle: zum Angriff übergehen. »Schluß damit. Schluß jetzt, bevor ich mich vergesse.«

Cora krallte sich mit beiden Händen ans Armaturenbrett und starrte durch die Windschutzscheibe. Die Union Station kam in Sicht, und als wir auf den Parkplatz bogen, sah ich ein gutes Dutzend Streifenwagen und Zivilkutschen vor dem Haupteingang stehen. Wirres Lautsprechergebell verhallte, als ich meine

Sirene abstellte; hinter den Polizeifahrzeugen lauerten schwerbe-
waffnete Zivilbeamten.

Ich heftete mir meine Marke ans Revers und sagte: »Raus.« Cora
stolperte aus dem Auto und stand mit weichen Knien auf dem
Gehsteig. Ich stieg aus, nahm ihren Arm und schleifte sie mit mir
ins Auge des Orkans. Als wir näherkamen, richtete ein Uniformierter seine 38er auf uns, dann zögerte er und fragte: »Sergeant
Blanchard?«

Ich bejahte und übergab ihm Cora mit den Worten: »Sie ist eine
wichtige Zeugin, seien Sie nett zu ihr.« Der Junge nickte; ich ging
an zwei Stoßstange an Stoßstange geparkten Streifenwagen vorbei und wurde Zeuge der unglaublichsten Durchsuchungsaktion,
die ich je gesehen hatte:

Neger in Schaffneruniformen und Weiße in khakifarbener Mili-
tärkluft lagen bäuchlings auf dem Pflaster; Jacken und Hemden
hatte man ihnen über den Kopf gezerrt, Hosen und Unterhosen
bis zu den Knien heruntergezogen. Uniformierte filzten sie, während Zivilbeamte ihnen 12er Pumpguns an den Schädel hielten.
In sicherer Entfernung lag ein Haufen konfiszierter Pistolen und
abgesägter Schrotflinten. Die Männer auf dem Boden beteuerten
entweder kleinlaut ihre Unschuld oder brüllten Flüche und Ver-
wünschungen; die Cops juckte es sichtlich in den Fingern.

Voodoo Simpkins und Billy Boyle waren nicht unter den sechs
Verdächtigen. Ich hielt nach bekannten Gesichtern Ausschau und
entdeckte Georgie Caulkins am Haupteingang des Bahnhofs neben einer Trage mit einem Tuch darüber. Ich lief zu ihm und
fragte: »Was gibt's, Skipper?«

Caulkins schob das Tuch mit der Schuhspitze beiseite, und die
Leiche eines etwa vierzig Jahre alten Negers kam zum Vorschein.
»Der Bimbo nennt sich Leotis McCarver«, sagte Georgie. »Auf-
rechter schwarzer Mitbürger, hohes Tier bei der Schlafwagenschaffnergewerkschaft, hat seiner Rasse alle Ehre gemacht. Als die
Streifenwagen aufgekreuzt sind, hat er sich eine 38er an die Schlä-
fe gesetzt und sich das Hirn aus dem Schädel gepustet.«

Ich bemerkte ein Funkeln in den Augen des altgedienten Lieutenants und fragte: »Im Ernst?«

Georgie grinste. »Dir kann man aber auch wirklich nichts vormachen. McCarver kam raus und wedelte mit einer weißen Rotzfahne, da hat ihm irgend so ein dämlicher Frischling das Licht ausgeblasen.«

Ich sah auf den Kadaver hinunter und stellte fest, daß die Einschußwunde haargenau zwischen den Augen saß. »Gebt ihm einen Scharfschützenpokal und einen Schreibtischjob, bevor er unschuldige Zivilisten abknallt. Wo sind Simpkins und Boyle?«

»Auf und davon«, sagte Georgie. »Am Anfang konnten wir die echten Schaffner und Soldaten nicht von den Gangstern unterscheiden, deshalb haben wir erst mal alles abgeriegelt und durchsucht. Unter den Kriegern waren nur zwei koschere Schokos, keiner von beiden unser Mann. Simpkins und Boyle sind vermutlich im Gedränge untergetaucht. Da drüben auf dem Parkplatz ist ein Wagen abhanden gekommen – eine Zeugin hat gesehen, wie ein Nigger in Schaffneruniform das Fenster eingeschlagen hat. Das kann eigentlich nur Simpkins gewesen sein. Kennzeichen und Personenbeschreibung sind raus. Der Bimbo ist so gut wie tot.«

Ich stellte mir vor, wie Simpkins seine Voodoogötter um Beistand anrief, und sagte: »Den Knaben kaufe ich mir höchstpersönlich.«

»Du schuldest mir einen Bericht!«

»Später.«

»*Jetzt.*«

Ich sagte: »Später, *Sir*«, und rannte zu Cora zurück, während Georgies »Jetzt« hinter mir verhallte. Als ich dort ankam, wo ich sie zurückgelassen hatte, war sie nicht mehr da. Ich blickte mich um und entdeckte sie ein paar Meter entfernt auf den Knien kauernd, mit Handschellen an die Stoßstange eines Streifenwagens gefesselt. Als ich sah, wie eine Gruppe Uniformierter sich über sie lustig machte, wurde ich fuchsteufelswild.

Ich ging auf sie zu. Ein besonders grün wirkender Frischling unterhielt die anderen gerade mit seiner Geschichte von Leotis McCarvers Ableben. Als die vier mich kommen sahen, nahmen sie unverzüglich Haltung an. Ich packte den Märchenonkel am Schlafittchen, zerrte ihn an seiner Krawatte um den Wagen herum und sagte: »Lassen Sie das Mädchen frei.«

Der Frischling versuchte, sich loszureißen. Ich zog an seinem Schlips, bis ich ihm in die Augen sehen und seinen Pfefferminzatem riechen konnte. »Und entschuldigen Sie sich gefälligst bei ihr.«

Der Junge wurde rot, und ich ging, von leisem Gemurmel begleitet, zu meinem Dienstwagen zurück. Plötzlich tippte mir jemand auf die Schulter. Cora stand lächelnd hinter mir. »Ich schulde Ihnen was«, sagte sie.

Ich zeigte auf den Beifahrersitz. »Steigen Sie ein. Dann sind wir quitt.«

Die Rückfahrt nach West Adams zehrte einerseits von meiner nervösen Energie, andererseits von Coras pausenlosem Geschwätz über ihre Liebschaften und kriminellen Eskapaden. Ich hatte das schon hundertmal erlebt. Ein Cop setzt sich bei einem anderen Cop für einen Gefangenen ein, entweder aus Prinzip oder weil der andere Cop ein Arschloch ist, und der Gefangene begreift das als ein Zeichen von Zuneigung und Respekt, schildert seinen gesamten Lebensweg und verteidigt noch den schlimmsten Fehltritt, weil er dem Cop beweisen will, daß er ihm moralisch ebenbürtig ist. Coras Geschichte von ihrer Liebe zu dem kleinen Gangster Billy Boyle, die mit dessen Inhaftierung endete, ihrem anschließenden Abgleiten ins Callgirlmilieu und ihrer hemmungslosen Schwärmerei für Wallace Simpkins, war erstens rührselig und zweitens ganz und gar vorhersehbar. Mit ihrem ewigen »Alles klar?« und ihrem gräßlichen Getatsche ging sie mir zunehmend auf die Nerven, und hätte ich sie nicht noch als Fremdenführerin gebraucht, hätte ich sie mit einem kräftigen Fußtritt auf die Straße und in ihr jämmerliches Leben zurück befördert. Da plötzlich wurde es interessant.

Nach seiner Entlassung aus Chino hatte Billy Boy eine Woche freigehabt, bevor er zum Kommiß einrücken mußte, und ganz L.A. nach Cora durchkämmt. Er fand sie in Minnie Roberts' Casbah, wo sie im Ätherrausch Voodoo-Visionen nachhing und als »Coreola, die afrikanische Sklavenkönigin« Freier bediente. Er holte sie da raus, kurierte sie mit Dampfbädern und Vitamin-B-12-Spritzen von ihrer Drogensucht und ließ sie dann sitzen, um für Uncle Sam in den Krieg zu ziehen. Als Billy sie verließ, brannte bei ihr eine Sicherung durch, und sie schrieb ihrer alten Flamme Wallace Simpkins in San Quentin. Da sie von seinem Voodoo-Fimmel wußte, schmuggelte sie schweinische Fotos, die sie als Coreola in der Casbah zeigten, in den Knast, und sie begannen einen heißen Briefwechsel. Inzwischen arbeitete Cora in Mickey Cohens illegalem Wettbüro auf der Southside, und alles schien in Butter. Doch dann kam Simpkins aus Big Q, ihre Voodoo-Sexphantasien wurden schnöde Realität, und der Voodoomann ging wieder auf Beutetour, wobei er sich ihre Beziehungen zur weißen Unterwelt zunutze machte.

Als Cora mit ihrer Geschichte fertig war, hatten wir High Darktown fast erreicht. Es dämmerte, die Temperatur ließ langsam nach, und die Neonreklamen der Tanzschuppen entlang der Western Avenue hatten zu leuchten begonnen. Cora zündete sich eine Zigarette an und sagte: »Billy seine ganze Verwandtschaft kommt hier aus der Gegend. Immer wenn er 'n Versteck oder 'n bißchen Reisekasse brauchte, isser durch die Clubs in der West Jeff gezogen. Wallace würde sich hier ums Verrecken nich blicken lassen, außer er sucht, wie jetzt, nach Billy. Ich ...«

Ich fiel ihr ins Wort. »Ich dachte, Billy käme aus einer stinknormalen Familie? Warum wendet er sich nicht einfach an die?«

Coras Blick ließ keinen Zweifel daran, daß sie mich für einen naiven Trottel hielt. »Hier gibt's keine stinknormalen Familien, außer sie sind in Stellung. Der Alkoholschmuggel hat West Adams großgemacht, Herzchen. Schwarze ham billigen Fusel an Schwarze verramscht, sich damit dumm und dämlich verdient und ihre Kohlen dann weiß investiert. Billys Leute ham schon Schwarzgebrannten verschoben, als ich noch Zöpfe hatte. Jetzt ham sie 'ne blütenweiße Weste und nehmen's ihm krumm, daß er im Bau gewesen is. Keine Sorge, der klappert garantiert die Clubs ab.«

An der Western bog ich links ab und fuhr in Richtung Jefferson Boulevard. »Und woher wissen Sie das alles?«

»Ich komm aus *High* High Darktown, Herzblatt.«

»Und warum sprechen Sie dann diesen Aunt-Jemima-Akzent?«

Cora lachte. »Und ich dachte, ich klinge wie Lena Horne. Das kann ich Ihnen sagen, Herzchen. Eine schwarze Frau mit Juradiplom nennt man ›Nigger‹. Ein schwarzes Mädchen mit Zehn-Zentimeter-Absätzen und 'nem Messer in der Handtasche nennt man ›Baby‹. Alles klar?«

»Alles klar.«

»Von wegen. Halten Sie an, Tommy Tuckers Club ist an der nächsten Ecke.«

Ich sagte: »Sehr wohl, Ma'am«, und fuhr rechts ran. Cora stieg vor mir aus, rief noch: »Ich geh mal eben rein«, und stakste dann auf ihren Zehn-Zentimeter-Absätzen um die Ecke. Ich wartete unter einem lila Neonschild, das für »Tommy Tucker's Playroom« warb. Nach fünf Minuten kam Cora wieder raus und sagte: »Billy ist vor 'ner knappen halben Stunde hiergewesen und hat den Barmann um 'nen Zwanni angehauen.«

»Und von Simpkins?«

Cora schüttelte den Kopf. »Keine Spur.«

Ich wies mit gekrümmtem Zeigefinger zum Wagen. »Schnappen wir ihn uns.«

Zwei Stunden lang folgten wir Billy Boyles Fährte durch die Nachtlokale von High Darktown. Cora ging hinein und hörte sich um, während ich wie ein weißes Mauerblümchen vor der Tür stand und mir unauffällig die entsicherte Waffe gegen den Oberschenkel preßte, falls ein wildgewordener Voodookiller mit Maschinenpistole im Vorbeifahren das Feuer auf mich eröffnete.

Die Auskunft war überall dieselbe: Boyle sei dagewesen, habe mit seinen Army-Abzeichen geprotzt, auf Grund seiner Beziehungen ein paar Dollar zugesteckt bekommen und sei wieder zur Tür hinausgestürzt. Wallace Simpkins habe niemand gesehen.

Gegen elf Uhr abends stand ich unter der Markise von Hanks' Swank Spot, und vor Erschöpfung taten mir sämtliche Knochen weh. Stinknormale junge Neger gondelten vorbei und ließen im Siegestaumel kleine Sternenbanner aus den Seitenfenstern ihrer Autos flattern. Ob Männlein oder Weiblein, sie alle hatten Verbrechervisagen, und obwohl ich genau wußte, daß *er* unmöglich dabei sein konnte, hatte ich die ganze Zeit den Finger am Abzug. Cora ließ sich mit ihrem Ausflug in die Bar inzwischen dreimal soviel Zeit wie sonst, und als ich einen Auspuff knallen hörte und auf die alte Dame hinterm Steuer des Wagens zielte, wurde mir klar, daß die Straßen von High Darktown ohne mich bedeutend sicherer waren, deshalb ging ich hinein, um nachzusehen, was Cora so lange aufhielt.

Der Swank Spot war auf ägyptisch getrimmt: Seidentapete mit geprägten Mumien und Pharaonen, Pappmachépyramiden rings um die Tanzfläche sowie ein langer Tresen in der Form eines umgestürzten Sarkophages. Die Gäste wirkten wesentlich moderner: schwarze Männer und Frauen in Zweireihern und Abendkleidern, die meine zerknitterten Klamotten und meinen Zweieinhalbtagebart abschätzig musterten.

Ich ignorierte sie und hielt vergeblich nach Cora Ausschau. Ihr fleckiges rosa Kleid hätte in diesem edlen Ambiente wie ein Leuchtturm in der Wüste ausgesehen, doch sämtliche Frauen trugen entweder strahlendweiße oder paillettenbesetzte schwarze Kleider. Als ich jenseits der Tanzfläche ihre flehende, von Bebop verzerrte Stimme hörte, geriet ich in Panik.

Ich drängelte mich zwischen Zaungästen, Tänzern und drei Pyramiden zu ihr durch. Sie stand neben dem Plattenspieler und redete wild gestikulierend auf einen Schwarzen in Slacks und Kamelhaarsakko ein. Der Mann saß in einem Klappsessel und sah

Cora angewidert an, wenn er nicht gerade seine frisch manikür-
ten Fingernägel bewunderte.

Die Musik erreichte ein Crescendo. Der Mann lächelte mir zu;
Coras Bitten gingen in einer Kakophonie aus Schlagzeug und
Gebläse unter. Ich fühlte mich in meine Legion-Zeit zurückver-
setzt – Nackenschläge, Schieben und Hakeln im Clinch. Die
letzten beiden Tage versanken im Chaos, und ich trat den Plattenspieler um. Das Benny Goodman Sextet hinterließ dröhnen-
de Stille, ich richtete meine Kanone auf den Mann und sagte:
»*Raus mit der Sprache.*«

Auf der Tanzfläche erhob sich wütender Protest, und Cora preßte sich gegen eine umgestoßene Pyramide. Der Mann strich die
Bügelfalten seiner Hose glatt und sagte: »Coras alte Flamme war
vor einer knappen halben Stunde hier und hat um Geld gebettelt.
Ich hab ihn rausgeworfen, weil ich mir auf meine Herkunft was
zugute halte und für Spitzel wenig übrig habe. Aber ich hab ihn
an einen gemeinsamen Freund verwiesen – man ist ja kein Un-
mensch. Vor zehn Minuten ist Coras zweite Flamme reinge-
schneit und hat sich nach Flamme Nummer eins erkundigt. Sah
aus, als hätte er was gegen ihn. Ich hab ihn zu derselben Adresse
geschickt.«

»Wohin?« krächzte ich, und meine Stimme klang selbst in meinen
Ohren geisterhaft und hohl. »Nein«, sagte der Mann, »und wenn
Sie sich nicht auf der Stelle entschuldigen, Officer, sehe ich mich
gezwungen, meinen guten Freunden Mickey Cohen und Inspec-
tor Waters von Ihrem Auftritt zu berichten.«

Ich schob mir die Kanone wieder in den Hosenbund und holte
ein altes Zippo aus der Tasche, mit dem ich sonst Verdächtigen
Feuer gab. Ich warf es an und hielt es an einen schweren Brokat-
vorhang. »Erinnerst du dich an das Cocoanut Grove?«

Der Mann sagte: »Das wagen Sie nicht«, und ich sezte den Vorhang in Brand. Er ging sofort in Flammen auf, und Rauch stieg
zur Decke. Die ersten Gäste schrien »Feuer!« Der Brokat ver-
kohlte schon, als der Mann »John Downey« kreischte, sich sein

Kamelhaarjackett vom Leib riß und damit auf die Flammen einschlug. Ich packte Cora und bahnte uns schiebend, hakelnd und Nackenschläge austeilend einen Weg quer durch den Club. Als wir endlich auf dem Gehsteig standen, sah ich, daß Cora schluchzte. Ich strich ihr übers Haar und flüsterte: »Was denn, Kleine, was?«

Es dauerte einen Moment, bis Cora ihre Stimme wiedergefunden hatte, und als sie schließlich zu sprechen anfing, klang sie wie ein Universitätsprofessor. »John Downey ist mein Vater. Er ist in dieser Gegend eine große Nummer und haßt Billy, weil er davon überzeugt ist, daß Billy eine Hure aus mir gemacht hat.«

»Wo wohnt ...«

»Arlington Ecke Country Club.«

Nach fünf Minuten waren wir da. In *High* High Darktown – Tudor-Paläste, französische Châteaus und maurische Villen mit terrassierten Vorgärten. Cora zeigte auf ein Herrenhaus im Plantagenstil und sagte: »Gehen Sie zum Seiteneingang. Donnerstag abends hat das Mädchen frei, und wenn Sie an die Haustür klopfen, hört Sie keiner.«

Ich parkte den Wagen auf der anderen Straßenseite und hielt nach weiteren Autos Ausschau, die nicht hierher zu gehören schienen, sah jedoch nichts als Packards, Caddys und Lincolns in den umliegenden Auffahrten stehen. Ich sagte: »Sie bleiben hier und rühren sich nicht vom Fleck, egal was Sie hören oder sehen.« Cora nickte stumm. Ich stieg aus und lief zur Plantage hinüber, sprang über einen niedrigen, von der meterhohen Statue eines weißen Jockeys bewachten Eisenzaun und ging die lange Auffahrt hinauf. Vom Nachbargrundstück, das eine hohe Hecke vom Anwesen der Downeys trennte, drangen Gelächter und Applaus herüber. Dank des lauten Trubels konnte ich mich ungehindert anschleichen und einen Blick durchs Fenster riskieren.

Ich arbeitete mich langsam, auf Zehenspitzen um das Haus herum und sah in mit bestickten Wandbehängen und Jagdszenen geschmückte Zimmer. Ich spähte mit offenen Augen und langen

Ohren über den Sims und fragte mich, weshalb kurz vor Mitternacht sämtliche Lichter brannten.

Da plötzlich schlugen mir Stimmen entgegen. Ich preßte mich gegen die Mauer und sah, daß das nächste Fenster einen Spaltbreit offenstand. Ich spitzte die Löffel und lauschte.

»... da habe ich nun schon so viel Geld in die Sache gesteckt, und ihr zieht los und nehmt Schnapsläden aus?«

Der Tonfall erinnerte mich an einen leicht gereizten Negerpfaffen, der seinen Schäfchen die Leviten liest, und ich wappnete mich innerlich gegen die Stimme, die ich gleich zu hören bekommen würde.

»In meinen Adern fließt Cowboyblut, Mister Downey, genau wie bei Ihnen damals, wie Sie mit Schnaps geschmuggelt haben. Der Bulle hat sich wohl irgendwie befreit und Cora und Whitey ausgequetscht. Schade drum, aber kein Beinbruch. Außer mir wußte nämlich nur McCarver, daß das Geld von Ihnen kam, und der ist tot. Billy dagegen will *Ihnen* ans Leder und kann jeden Augenblick hier aufkreuzen. Dann stech ich ihn ab, beseitige die Leiche, und kein Mensch erfährt, daß er je hiergewesen ist.«

»Dann wollen Sie also Geld?«

»Fünf Mille, und ich mach die Fliege, und wenn der Polyp sich wieder sicher fühlt, komm ich zurück und stech ihn ab. Was halten Sie ...«

Simpkins' Worte gingen im Applaus der Nachbarn unter. Ich zog meine Waffe und machte mir Mut; ich wußte, daß meine einzige Chance darin bestand, die Drecksau auf der Stelle umzulegen. Erneut Beifall und Jubelrufe – »Bürgermeister Bowrons Tage sind endgültig gezählt!« –, dann war John Downeys Pfaffenstimme wieder da. »Er muß sterben. Meine Tochter ist eine Hure und treibt sich mit weißem Gesindel herum, und er ist ...«

Hinter mir ertönte ein Schrei, ich warf mich zu Boden, und MP-Feuer zertrümmerte die Fensterscheibe. Eine zweite Salve zerstörte die Hecke und das Nachbarfenster. Ich drückte mich gegen die Mauer und schob mich daran hoch, während nur wenige Zentimeter von mir entfernt die Spitze einer Maschinenpistole auf dem Sims erschien. Als ich den Mündungsblitz sah und eine dritte Salve explodierte, steckte ich meine 38er blind durchs Fenster und gab sechs Schüsse in Bauchhöhe ab. Die Maschinenpistole feuerte eine letzte Garbe in den Himmel, und als ich endlich wieder auf der Erde lag, hörte ich nur noch die panischen Schreie aus dem Nachbarhaus.

Ich ging in die Hocke und lud nach, dann stand ich auf und blickte durchs Fenster, um mir das Schlachtfeld aus der Nähe anzusehen. Wallace Simpkins lag tot auf John Downeys Perserteppich, hinter ihm hing die blutverschmierte Fahne des West Adams Democratic Club. Als ich eine tote Frau auf einem antiken Tisch liegen sah, schrie ich vor Schreck laut auf, zwängte mich durchs Fenster und schnappte mir die Maschinenpistole. Ich verbrannte mir die Hände an den Griffen, aber das war mir egal; ich sah die Gesichter sämtlicher Boxer, die mich je k.o. geschlagen hatten, aber auch das war mir egal; in meinem Kopf barsten Granaten und machten dem Chaos ein Ende. Mit vorgehaltener Waffe streifte ich durchs Haus.

Meine ganze Aufmerksamkeit konzentrierte sich auf meine Augen und den Zeigefinger, der sich um den Abzug krümmte. Eine Gardine bauschte sich im Wind, und ich durchsiebte die Wand mit Blei; ich sah mein Bild in einem goldumrahmten Spiegel und zerlegte es in tausend Splitter. Da hörte ich eine Frau »Daddy, Daddy, Daddy« stöhnen, ließ die Waffe fallen und lief zu ihr.

Cora kniete in der Eingangshalle auf dem Fußboden und stieß einem Mann, der eigentlich nur ihr Vater sein konnte, immer wieder eine Klinge in den Leib. Der Mann stöhnte kaum hörbar und versuchte die Hände nach ihr auszustrecken, fast so als wollte er sie umarmen. Coras »Daddy« wurde immer leiser, bis ihre beiden Stimmen nahezu eins waren. Als sie dem Sterbenden um den Hals fiel, wartete ich einen Augenblick, dann zerrte ich Cora von ihm herunter und schleifte sie nach draußen. Sie sackte in meinen Armen zusammen, und während in der ganzen Nachbarschaft die Lichter angingen und sich von allen Seiten Sirenen näherten, trug ich sie zu meinem Wagen.

# Telefon Axminster 6–400

Ellis Loew pochte an die ornamentverglaste Tür, die LAPD Warrants von der Staatsanwaltschaft trennte. Davis Evans, der hinter seinem Schreibtisch vor sich hin döste, brummte: »Scheiß mich an.« Ich sagte: »Wenn er mit seinem College-Ring anklopft, sollen wir ihm entweder einen Gefallen tun, oder er will uns zusammenstauchen.«

Davis nickte und stand langsam auf, wie es einem Mann gebührte, der zwanzig Jahre und zwei Tage Polizeidienst auf dem Buckel hatte – und damit eine bombensichere Beamtenpension in der Tasche, sobald er die goldenen Worte sprach: »Leck mich, Ellis. Ich geh in Rente.« Er strich sein kariertes Hemd glatt, rückte seine hawaiianische Krawatte zurecht, zog sich die glänzende schwarze Hose hoch und zupfte an den Aufschlägen des Kamelhaarsakkos, das er einem Negerluden in der Ausnüchterungszelle des Lincoln-Heights-Reviers gestohlen hatte. »Scheiß mich an. Wenn der Alte 'nen Gefallen will, muß er bluten wie 'ne abgestochene Sau.«

»Blanchard! Evans! Ich warte!«

Als wir in sein Büro kamen, lächelte Ellis. Entweder er übte für die Presse, oder er wollte uns in den Hintern kriechen. Als wir Platz nahmen, knuffte mich Evans in die Seite und sagte: »He, Mr. Loew. Was ist blau und steht am Straßenrand?«

Loews Lächeln war wie festgefroren; er wollte uns offenbar um einen ziemlich großen Gefallen bitten. »Keine Ahnung, Sergeant. Klären Sie mich auf.«

»Ne Frostituierte. Scheiß mich an, das ist 'n Brüller, was?«

Loew stieß ein kumpelhaftes Kichern hervor. »Ja, der ist so schlecht, daß er schon wieder gut ist. Also, die Sache ist …«

»Was ist ein Mathematiker?«

Loews Lächeln wurde zu einem nervösen Zucken. »Keine … Ahnung. Klären Sie mich auf.«

»Jemand, der morgens die Wurzel aus 'ner Unbekannten zieht. Huuuuuh! Scheiß mich an! 'N Brüller, was?«

Der Nachwuchs hatte seine Chance bekommen. Ich sagte: »Wollten Sie was von uns, Chef?«

Davis brach in schallendes Gelächter aus, als sei meine Frage die eigentliche Pointe; Loew wischte sich die Reste seines Lächelns mit einem Taschentuch aus dem Gesicht. »Ja. Wußten Sie, daß in L.A. vor vier Tagen jemand gekidnappt worden ist? Montag nachmittag auf dem Campus der USC?«

Davis stellte sein gekünsteltes Gekicher ab; Entführungsfälle waren sein ein und alles – dafür hätte er sogar seine Großmutter verkauft. Ich sagte: »Fred Allen ist ganz Ohr. Schießen Sie los.«

Beim Sprechen spielte Loew mit seinem Phi-Beta-Kappa-Schlüssel. »Das Opfer heißt Jane Mackenzie Viertel. Sie ist neunzehn, ein echter USC-Frischling. Ihr Vater ist Redmond Viertel, ein Ölhändler mit einer Reihe von Quellen drüben in Signal Hill. Drei Männer in USC-Jacken haben sie sich am Montag gegen vierzehn Uhr geschnappt. Da sämtliche Studentenverbindungen im Augenblick neue Mitglieder keilen, hielten die umstehenden Zeugen die Sache für einen Ulk. Am späten Abend riefen die Männer den Vater des Mädchens an und forderten ein Lösegeld: hunderttausend Dollar in Fünfzigern. Nachdem er das Geld zusammengekratzt hatte, bekam Viertel es mit der Angst und verständigte das FBI. Die Kidnapper riefen zurück und vereinbarten einen Übergabetermin für den nächsten Tag, auf einem Rieselfeld bei Ventura.

Zwei Agenten aus der FBI-Zweigstelle in Ventura stellten den Entführern eine Falle, einer versteckte sich, der andere gab sich als Viertel aus. Die Kidnapper kreuzten auf, und dann ging alles schief.«

Davis machte »Huuuuuh« und knackte mit den Knöcheln; Loew verzog angewidert das Gesicht und fuhr fort. »Einer der Entführer bemerkte den versteckten Agenten. Da beide Angst hatten, die Übergabe durch Schüsse zu gefährden, kam es zu einem Handgemenge, in dessen Verlauf der Kidnapper den Agenten mit einem Spaten zusammenschlug und ihm mit dem Schaufelblatt sechs Finger abhackte. Der andere Agent witterte, daß etwas faul war, und wurde nervös. Er packte einen der Männer und hielt ihm seine Waffe an den Schädel, der andere Mann machte dasselbe mit dem Mädchen. Eine klassische Pattsituation also, bis der FBIler sich die Geldtasche griff und ein Windstoß den Zaster in alle Himmelsrichtungen verwehte. Der Mann mit dem Mädchen schnappte sich die Tasche und machte sich aus dem Staub, und der Agent nahm den Gefangenen mit.«

»Dann sind zwei der Entführer und das Mädchen also nach wie vor flüchtig?« fragte ich.

»Ja. Der dritte Mann sitzt in Ventura in Haft, und der andere Agent ist stocksauer. Verstehen Sie jetzt, was ich mit ›schiefgehen‹ meinte?«

Davis verschränkte die Finger und ließ insgesamt acht Knöchel knacken. »Huuuuuh. Haben die Jungs auch Namen, Mr. Loew? Und was hat das alles mit Lee und mir zu tun?«

Jetzt war Loews Lächeln echt – das eines Freundes, für den es nichts Schöneres gibt als seine Arbeit. Er blätterte in der Akte auf seinem Schreibtisch und sagte: »Der Mann in Polizeigewahrsam heißt Harwell Jackson Treadwell, Hautfarbe: weiß, Alter: einunddreißig. Er kommt aus Gila Bend, Oklahoma; Ihre kalte Heimat, Evans. Er stand seit 1934 dreimal wegen Körperverletzung vor Gericht und wird hier in L.A. wegen zwei Raubüberfällen aus den Jahren 44 und 45 gesucht. Treadwell hat außerdem zwei reizende Brüder, Miller und Leroy. Beide sind als Sexualstraftäter aktenkundig und scheren sich offensichtlich einen Dreck um das Geschlecht ihrer Eroberungen. Leroy schreckt nicht einmal vor Vierbeinern zurück. Er wurde 42 wegen Unzucht mit Tieren festgenommen und wanderte dafür dreißig Tage in den Bau.«

Davis stocherte sich mit seiner Krawattennadel in den Zähnen. »In der Not frißt der Teufel Fliegen. Miller und Leroy haben also das Mädchen und einen Teil des Geldes?«

»Genau.«

»Und Lee und ich sollen jetzt ...?«

Da ich meinen Freitagabend in die Binsen gehen sah, fuhr ich dazwischen. »Dafür ist das Ventura County zuständig. Nicht wir.« Loew hielt einen Auslieferungsbefehl und die Durchschläge zweier Haftbefehle in die Höhe. »Die Entführung hat in Los Angeles stattgefunden, in meinem Gerichtsbezirk. Wenn sie gefaßt sind, würde ich Mr. Treadwell liebend gern zusammen mit seinen Brüdern auf die Anklagebank bringen. Und deshalb werden Sie beide jetzt nach Ventura rausfahren und Mr. Treadwell nach Los Angeles überführen, bevor die für ihre rüden Umgangsformen berühmten Sheriffs von Ventura ihn zu Tode prügeln.«

Ich stöhnte; Davis Evans stand betont umständlich auf und strich die unzähligen Kniffe und Falten seines Anzugs glatt. »Scheiß mich an, aber eigentlich wollte ich heute nachmittag in Rente gehen.«

Loew zwinkerte mir zu und sagte: »Das werden Sie sich zweimal überlegen, wenn ich Ihnen verrate, worin die beiden entkommen sind.«

»Huuuuuh. Erzählen Sie mir mehr.«

»In einem Auburn Speedster, Baujahr 36. Zweifarbig, kastanienbraun und dunkelgrün. Wenn wir die Brüder schnappen, und davon gehe ich aus, wird der Wagen so lange in Verwahrung genommen, bis ihn jemand auslöst oder ersteigert. Davis, diese Okie-Trottel wandern mit an Sicherheit grenzender Wahrscheinlichkeit in die Gaskammer. Wenn man in der Todeszelle sitzt, ist es nicht ganz leicht, ein Fahrzeug auszulösen, und der zuständige Kollege ist ein guter Freund von mir. Wollen Sie jetzt immer noch in Rente gehen?«

Davis rief: »Huuuuuh!«, schnappte sich die Haftbefehle und tänzelte trotz seiner 110 Kilo Lebendgewicht leichtfüßig zur Tür. Ich – ganz der Junior – trottete zögernd hinterdrein. Er hatte die Hand schon auf der Klinke, da drehte sich der Alte noch einmal um und gab einen letzten Kalauer zum besten: »Wie nennt man 'ne Braut mit Tripper, Syphilis und Filzläusen? 'Ne rettungslose Romantikerin! Huuuuh! Scheiß mich an! 'N Brüller, was?«

Wir nahmen die Ridge Road Richtung Norden. Davis saß am Steuer seines nagelneuen 47er Buick-Cabrios, ich starrte aus dem Fenster und sah zu, wie die Vororte von Los Angeles erst felsigen Hügeln, dann Feldern wichen, die einst von zwangsinternierten Japsen und Umsiedlern aus Oklahoma bestellt worden waren. Der Okie neben mir sprach wie immer, wenn er fuhr, kein Wort und gab sich statt dessen Tagträumen von Männern und Motoren hin. Ich dachte über unsere Zusammenarbeit nach, die nur deshalb funktionierte, weil wir grundverschieden waren.

Ich war der Prototyp des Sportlercops, auf den die Goldfasane flogen, der Ex-Boxer, den ein Schmierfink aus L.A. einmal als »Southlands gute, aber keineswegs große weiße Hoffnung« bezeichnet hatte. Über das kleine Wörtchen »aber« hätte ich einen Roman schreiben können, und »gut« hieß Wein, Weib und Gesang – bis dreißig, dann: Pudding im Hirn. Da mir mein Kampfgeist nur im Department Sicherheit – und nicht zuletzt bescheidenen Ruhm – bescherte, kniete ich mich in die Arbeit und hielt mir die richtigen Leute warm, allen voran den Boxfan Ellis Loew.

Davis Evans hingegen war ein rigoroser Opportunist, der groß abzusahnen versuchte, um Norman, Oklahoma, vierzehn Geschwister, Inzucht und die zum Greifen nahen, doch so fernen Ölmillionen ein für allemal vergessen zu können. Er hielt die Hand auf und genoß es; dafür konnte er wie niemand sonst in die verschiedensten Polizistenrollen schlüpfen – bei den Guten machte er auf höflich, bei den Bösen mimte er den Rüpel, und bei allen anderen kehrte er den braven Beamten raus. Wie man so eigennützig und anständig zugleich sein konnte, wollte mir nicht in den Kopf, und im Dienst spielte ich freiwillig die zweite Geige, nicht weil er einen höheren Rang bekleidete, sondern weil ich wußte, daß ich ein doppelt so großer Egoist war wie er. Mir wurde klar, daß dieser abgebrühte Clown vermutlich bald in Rente gehen und ich einen Ersatzmann würde einarbeiten müssen, der aus demselben Holz geschnitzt war wie ich: jung, nervös und heiß auf den Ruhm, den die Polizeiarbeit versprach. Und das stimmte mich traurig.

LAPD Warrants war eine Unterabteilung der Criminal Division, die im Auftrag der Staatsanwaltschaft ermittelte. Auf jeden Bundesrichter kamen zwei Detectives. Wir jagten die Ganoven, nach denen die Staatsanwälte sich die Finger leckten. Wenn Flaute herrschte, verdienten wir uns mit Botengängen für die Winkeladvokaten aus der City oder – Davis Evans' Daseinszweck – Repo-Jobs etwas dazu.

Davis lebte, aß, trank, schwärmte und atmete für schöne Autos. Seine Büronische war mit Bildern von Pierce Arrows und Duesenbergs, Cords und Caddys, Packards und ausländischen Nobelschlitten tapeziert. Da seine Klamotten samt und sonders aus der Asservatenkammer stammten, er bei Nutten Gratisnummern schnorrte, umsonst aß und im Gästezimmer eines Wohnheims für vorzeitig entlassene Strafgefangene hauste, blieb ihm genügend Geld zur Finanzierung seines Steckenpferdes. In seiner angemieteten Garage standen eine 39er Packard-Limousine, ein Mercedes, den einst angeblich Hitler höchstpersönlich gefahren hatte, ein lila Lincoln-Cabrio, das Davis zärtlich seine »Schokoschleuder« nannte, und ein saphirblaues Model T, das auf den Namen »Kleiner Stinker« hörte.

Er hatte sie allesamt bei Repos abgestaubt. In L.A. gab es eine Telefonnummer, unter der man rund um die Uhr ein Band mit sämtlichen nötigen Informationen zu unbezahlten Fahrzeugen abrufen konnte und die jeder habgierige Cop auswendig wußte.

Wenn man Axminster 6–400 wählte, erfuhr man alles über die gesuchten Wagen – wem sie gehörten, welcher Händler oder Kredithai wie viel Geld für ihre Wiederbeschaffung locker machte. Davis wurde nur bei Autos, die er haben wollte, aktiv, und auch das nur, wenn gegen die säumigen Zahler etwas vorlag. Und es gab jede Menge Strolche, die dafür berühmt waren, ihre Monatsraten nicht zu zahlen. Wenn er den Gesuchten verhaftet hatte, riß Davis sich den Wagen unter den Nagel, ließ ihn in seiner Garage vor sich hin gammeln, demolierte ihn ein bißchen und meldete dem Händler dann, daß die Karre leiderleider in desolatem Zustand sei. Der Händler glaubte ihm; als weichherziger Misanthrop machte Davis ihm ein großzügiges Angebot für den Wagen. Der Händler willigte ein, im festen Glauben, ein Landei mit Wasserkopf über den Tisch gezogen zu haben – und Sergeant Davis Evans hatte eine neue Eroberung gemacht.

Die Straße führte durch Gemüsefelder – umgepflügte Äcker, so weit das Auge reichte, ausgelaugt, verdorrt, als hätten wir Mitte August und nicht Ende Oktober. Die Farmer waren von der Sonne gegerbte weiße Hungerleider, ein Leben, dem Davis nur mit Müh und Not entronnen war. Rechts, am Rande eines Felsentales, lag die Wayside Honor Rancho – eine Besserungsanstalt für Kleinkriminelle. Im Krieg waren hier Japaner interniert gewesen, bewacht von Okie-Farmern im Dienst des War Relocation Board. Aber jetzt war der Krieg vorbei – und das Land lag wieder brach.

Ich stieß Davis in die Seite und deutete auf eine Gruppe von Farmern bei der Kohlernte. »Tja, Kollege, so hätte es dir auch ergehen können.«

Davis entbot den Bauern einen Gruß und zeigte ihnen dann den Stinkefinger. »Man kann niemand zu seinem Glück zwingen.«

Kurz nach zwölf hielten wir vor dem Gerichtsgebäude in Ventura. Der Architekt dieses Provinzpalastes war bei seinen stilistischen Höhenflügen gehörig auf die Schnauze gefallen – griechische Säulen, ein Tudor-Dach und Hazienda-Markisen summierten sich zu einem Gebäude, dessen Anblick einem, auch wenn man keinen Tropfen Alkohol getrunken hatte, einen massiven Kater bescherte. Davis stöhnte, als wir die mit ägyptischen Hieroglyphen verunzierte Tür aufstießen; ich sagte: »Sei froh, daß es wenigstens zu deinen Klamotten paßt.«

Das Haus war in zwei Flügel unterteilt; Gitterstäbe am Ende des linken Korridors wiesen uns den Weg. Vor der Tür saß ein Deputy, ein halbwüchsiger Fettsack in khakifarbener Kluft, die seinen Wanst wie ein Wurstpelle umhüllte. Er blickte von seinem Comic-Heft auf und sagte: »Äh ... ja, bitte?«

Davis zückte die drei Papiere und hielt sie dem Knaben unter die Nase. »LAPD. Wir haben einen Auslieferungsbefehl für Harwell Treadwell und zwei Haftbefehle wegen früherer Delikte. Gehen Sie ihn mal eben holen?«

Der Junge blätterte in den Unterlagen, wahrscheinlich auf der Suche nach Bildern. Da er offenbar nicht lesen konnte, schloß er uns die Gittertür auf und führte uns in einen langen Zellengang. Nach ein paar Schritten hörte ich gedämpfte Schimpfworte und dumpfe Schläge. Der Deputy kündigte uns an, indem er sich räusperte und sagte: »Äh ... Sheriff? Hier sind zwei Männer, die Sie sprechen möchten.«

Ich trat vor die offene Zellentür und schaute hinein. Ein muskelbepackter Hüne in lamettastrotzender Paradeuniform stand neben einem noch größeren Mann, der wie der Inbegriff eines G-Man aussah: grauer Anzug, grauer Schlips, graues Haar, graues Gesicht. Unser Klient saß mit Handschellen gefesselt auf einem Stuhl – ein trotziger weißer Prolet mit Entenschwanzfrisur; sein Gesicht war mit violetten und kotzgrünen Blutergüssen übersät, sein nackter Oberkörper von Schlagringspuren gezeichnet.

Der Junge suchte das Weite, bevor die beiden Schläger ihn zur Schnecke machen konnten, weil er ihre Prügelorgie gestört hatte; Davis zeigte ihnen kurz unsere Papiere. Der Sheriff sah sie sich schweigend an, während der FBIler sein Jackett über dem

Schlagring schloß, der aus seinem Hosenbund ragte. »Ich bin Special Agent Stensland«, sagte er. »FBI, Zweigstelle Ventura. Was . . .?«

Harwell Teadwell spuckte lachend Blut. Ich sagte: »Wir nehmen ihn mit nach L.A. Hat er über die anderen beiden was verlauten lassen?«

Der Sheriff drückte Davis die Papiere in die Hand. »Wenn Sie uns nicht in die Parade gefahren wären, hätte er womöglich ausgepackt.«

»Sie haben ihn geschlagene drei Tage verhört«, sagte ich. »Da hätte er längst singen müssen.«

Treadwell bespuckte die auf Hochglanz polierten Cowboystiefel des Sheriffs mit Blut; als der sich mit geballten Fäusten auf ihn stürzen wollte, ging Davis dazwischen. »Das ist jetzt mein Gefangener. Ende der Durchsage.«

Stensland sagte: »So läuft das nicht. Treadwell ist ein Gefangener des FBI.«

Ich schüttelte den Kopf. »In L.A. liegen zwei Haftbefehle gegen ihn vor, und der Auslieferungsbefehl ist von einem Bundesrichter gegengezeichnet. Er gehört uns.«

Stensland funkelte mich aus grauen Knopfaugen an. Als ich keine Miene verzog, versuchte er es mit einem Lächeln und der kumpelhaften Masche. »Passen Sie auf, Officer . . .«

»Sergeant.«

»Meinetwegen, *Sergeant*, passen Sie auf: Die kleine Viertel und die beiden anderen sind nach wie vor flüchtig, und dieses Stück Scheiße ist dafür verantwortlich, daß einer meiner Männer sechs Finger verloren hat. Wollen Sie etwa nicht mit einem Geständnis nach Los Angeles zurückkommen? Wollen Sie etwa nicht, daß seine verschissenen Brüder gefaßt werden? Wollen Sie es uns nicht noch eine Weile nach unserer Methode probieren lassen?«

Davis sagte: »Da es mit Ihrer Methode offensichtlich nicht weit her ist, machen wir's nach meiner«, trat neben Harwell Treadwell und befreite ihn von seinen Handschellen. Als er aufstehen wollte, wäre der Okie-Entführer beinahe umgekippt; aus seinen Mundwinkeln rann Galle. Davis schob ihn auf den Gang hinaus, und ich sagte zu Stensland: »Der Auslieferungsbefehl gilt auch für das Beweismaterial. Ich brauche alles, was Sie am Tatort gefunden haben, inklusive Lösegeld.«

Der FBIler zuckte zusammen und schüttelte den Kopf. »Nicht vor Montag. Es liegt im Safe der Asservatenkammer, und das Gerichtsgebäude ist übers Wochenende geschlossen.«

»Um wieviel geht es?«

»Zweitausendeinhundertsoundsoviel.«

Ich sagte: »Schicken Sie mir alles nach, mit einer detaillierten Liste«, und marschierte aus der Zelle, während die beiden Gesetzeshüter mich mit Blicken meuchelten. An der Gittertür holte ich Davis und Treadwell ein; der Deputy kicherte über den sich krümmenden Gefangenen. Treadwell rotzte dem kleinen Fettsack erst einen Blutcocktail aufs Hemd und rammte ihm dann, als er aufspringen wollte, seine Stiefelspitze in die Eier. Davis wieherte: »Scheiß mich an!«, und der Deputy knallte mit der Nase auf den Tisch und sein zerlesenes *Batman*-Heft.

Davis' »Methode« bestand darin, mit Harwell Treadwell in eine Niggerklitsche auf der Southside von Ventura zu fahren und ihn mit Grillhähnchen, soßengetränkten Brötchen und Süßkartoffeln vollzustopfen, während ich ihm meine Kanone an den Schädel hielt und mein autobesessener Partner ihn mit Fragen zu dem 36er Auburn Speedster löcherte. Harwell schlang den Fraß gierig hinunter und stand brav Rede und Antwort; Davis machte sich Sorgen, daß der Wagen bei der Festnahme der beiden anderen Treadwell-Brüder in die Schußlinie geraten könnte. »Ich tät mir eher um das Mädel Sorgen machen«, erklärte Harwell immer wieder. »Meine Kumpels sind brandgefährlich.« Ich fuhr dazwischen: »Du meinst deine Brüder?«, und Treadwell konterte jedesmal mit: »Dazu sag ich gar nix.«

Es war bereits Nachmittag, als wir endlich auf dem Pacific Coast

Highway nach Süden fuhren: ich am Steuer, Davis und unser Kunde auf dem Rücksitz. Treadwells Hände waren hinter dem Rücken gefesselt, seine Füße an den Rahmen des Vordersitzes gekettet. Das Verdeck war unten, die Sonne schien, und eine laue Meeresbrise wehte – im Grunde war dieser Job gar nicht so schlecht. Hinter mir quatschten, zankten und frotzelten die beiden Okies.

»Sag mal, Jungchen, wem gehört der Speedster eigentlich?«

»Und wo kaufen Sie Ihre Klamotten? Die Plünnen passen ja hinten und vorne nicht zusammen.«

»Das ist der Hollywood-Star in mir.«

»Wohl eher der Nigger. Aus welcher Gegend in Oklahoma kommen Sie?«

»Aus einem Kaff bei Norman. Und du bist aus Gila Bend?«

»Ja.«

»Was treibt man denn da so?«

»Hundeschwänze abflämmen, den Fliegen beim Ficken zugucken, saufen, randalieren und der Schwester an die Wäsche gehen.«

»Ich hab gehört, deine Brüder vögeln alles, was weiß ist und Hufe hat.«

»Worauf Sie einen lassen können, Chef. Die nehmen, was kommt.«

»Meinst du, sie tun der kleinen Viertel was?«

»Das Mädel kann ganz gut auf sich selbst achtgeben, außerdem: Wer hat gesagt, daß sie bei meinen Brüdern ist?«

»Wie seid ihr überhaupt auf sie gekommen?«

»Miller hat die Klatschspalten gelesen und sich in sie verliebt.«

»Hast du nicht gerade gesagt, deine Brüder hätten mit der Sache nichts zu tun?«

»Weder noch.«

»Kidnapping hat in Oklahoma 'ne lange Tradition. Die Barkers, Pretty Boy. Wie erklärst du dir das?«

»Tja ... ich nehm an, wer nix zu beißen hat, will wissen, was den

Bonzen das Leben ihrer Lieben wert ist. Wie hoch man gehen muß, bis sie sagen: ›Leck mich und behalt das Blag.‹«

»Gut, Jungchen, reden wir noch mal über den Auburn.«

»Nix. Ich will Sie noch 'n Weilchen zappeln lassen.«

»Paß auf, daß ich dich nicht gleich zappeln lasse.«

»Na schön. Was halten Sie davon: braune Lederpolster, die Miller mit Schnaps bekleckert hat, und 'n Radio, mit dem man sämtliche San-Dago-Sender reinkriegt, bloß das Getriebe knirscht 'n bißchen, wenn man in 'n dritten schaltet. He!«

Da sah ich es auch: Auf dem Highway lag ein brennendes Motorrad. Obwohl weit und breit kein Bulle zu sehen war, stand auf dem Mittelstreifen ein Sägebock mit einem Schild, das den Südverkehr von der Küstenstraße landeinwärts lenkte. Ich bog instinktiv links auf die Umleitungsstrecke ab, und die Flammen leckten am Wagenheck.

Davis schrie aufgeregt: »Huuuuh! Scheiß mich an!«, und Harwell Treadwell wieherte wie eine schwachsinnige Hyäne. Das zweispurige Asphaltband führte erst bergauf, über eine Reihe kleinerer Anhöhen, und dann hinab in einen schmalen Canyon, der von felsigen Hügeln umschlossen war, die bis an den Straßenrand heranreichten. Ich fluchte, weil uns die Umleitung mindestens eine Stunde kosten würde, als mit einem Mal ein lautes »Karaack« ertönte und die Windschutzscheibe explodierte.

Glasschrappnelle flogen durch die Luft; ich machte die Augen zu und spürte, wie die Splitter mir die Wangen und die Hände zerschnitten, mit denen ich das Steuer umklammerte. Davis kreischte: »VERFLUCHTE SCHEISSE!« und ballerte auf den Hügel zu unserer Linken. Als ich die Augen wieder aufschlug und hinüberschielte, sah ich nichts als Grün, dann trafen drei weitere Kugeln die Fahrerseite, wo sie – ding-ding-ding – abprallten.

Ich trat aufs Gas; Davis schoß auf die Mündungsblitze am Hang; Harwell Treadwell machte komische Geräusche – als wüßte er nicht, ob er lachen oder weinen sollte. Ich schloß die Finger fester um das Lenkrad und warf einen Blick in den Rückspiegel: Davis wuchtete Treadwell vom Sitz, um ihn als kugelsichere Weste zu mißbrauchen, und schob ihm als zusätzliche Schutzmaßnahme seine 38er in den Mund.

Ka-raack! Ka-raack! Ka-raack!

Die letzte Kugel traf den Kühler; Dampf nahm mir die Sicht. Ich fuhr blind und gewann bergab etwas an Fahrt, als ich von neuem Schüsse hörte; der linke Vorderreifen ging stiften, und der Wagen scherte aus. Ich stieg vom Gas und steuerte, immer noch blind, den rechten Seitenstreifen an, um uns vor dem Kugelhagel in Sicherheit zu bringen. Urplötzlich, wie aus dem Nichts, wuchsen riesige, grüne Büsche vor uns aus dem Boden, die ganze Welt stand kopf – und ich schmeckte Dampf und fraß Asphalt.

Bei jedem neuen »Ka-raack!« ging ein Zucken durch meinen Körper – ich hatte keine Ahnung, ob es Schüsse waren oder ob mein Verstand den Geist aufgab. In einen Nebel aus Staub und Dampf gehüllt, hörte ich: »Los! Hoch mit dir, Jungchen! Lauf!« Ich gehorchte und stolperte volle Kraft voraus.

Als sich der Nebel lichtete, sah ich, daß ich auf ein umgepflügtes Feld zuhielt. Davis rannte vor mir her und zog und zerrte Harwell Treadwell mit sich, den er mit seiner Kanone in Schach hielt. Erst als ich sie eingeholt hatte, merkte ich, daß nicht mehr geschossen wurde – und daß jenseits des Feldes Bäume und Häuser standen, vermutlich irgendein Kleinbauernkaff.

Wir liefen darauf zu: zwei Cops und ein mit Handschellen gefesselter Entführer – kugelsichere Weste, Lebensversicherung und Joker in einem –, die auf der Suche nach einem sicheren Zufluchtsort vertrocknete Kohlköpfe, Karotten und Bohnenstengel zertrampelten. Als wir näher kamen, sah ich, daß es sich um eine Ansammlung klappriger Holzhütten handelte, die einen staubigen Feldweg säumten. Wir verlangsamten unsere Schritte, und ich packte Davis am Arm und keuchte: »Ein Auto klauen ist zu gefährlich. Wir müssen die Bullen in Ventura verständigen.«

Davis zog an Treadwells Handschellen, so daß der auf die Fresse fiel. Er hielt den Atem an und trat ihm kräftig in den Arsch. »Das ist für meinen Wagen und den Fall, daß ich draufgehe.« Er wischte sich staubigen Schweiß von der Stirn und wies mit seiner 38er auf das Straßenkaff, als wollte er mich auffordern, mich an dem überwältigenden Anblick zu erfreuen. Erst auf den zweiten Blick erkannte ich, worauf er hinauswollte: den wirren Haufen von Telefonkabeln am Fuß des letzten Telegrafenmasten vor dem Ortsausgang.

Ich warf einen Blick über die Schulter. Hinter mir lagen karge Felder und die Straße mit dem Wrack des Wagens meines Kollegen; vor mir lag das kalifornische Tobbaco Road. »Na, dann los.«

Wir gingen ins Dorf, und ich sah mich neugierig um, während Davis im Gleichschritt neben unserem Gefangenen her marschierte; der Lauf der 38er Stupsnase, die locker in seiner Hand lag, zeigte auf Treadwells Klöten. Auf der linken Straßenseite gab es einen Getreidehandel, einen Lebensmittelladen, in dessen Schaufenster sich billige Tokajer- und Muskatellerpullen stapelten, sowie eine schindelgedeckte Landmaschinenwerkstatt, vor der rostige Ersatzteile verstreut lagen. Obwohl die Fassaden auf der rechten Seite allesamt mit Brettern vernagelt waren, stand eine Reihe schrottreifer Vorkriegskisten am Straßenrand, darunter auch ein bizarrer Model-T-Hybride, den der Besitzer offenbar aus den Überresten anderer Autos zusammengeflickt hatte. Die einzigen Passanten waren zwei grauhaarige Männer in ausgebleichten War-Relocation-Khakis – sie musterten uns flüchtig und gingen weiter.

Am Ende der Straße entdeckte Davis eine nicht allzu stabil wirkende Brettertür, trat sie ein und stieß Treadwell hindurch. Dann drehte er sich zu mir um und sagte: »Wir haben, was die Knaben wollen. Falls du ihnen übern Weg läufst, sag ihnen, daß Harwell am Rohr meiner 38er nuckelt und ich ihm einen heißen Bleicocktail serviere, wenn ich auch nur einen Schuß höre. *Und besorg uns 'ne Karre, Jungchen.*«

Ich nickte und trottete auf der Suche nach einem fahrbaren Untersatz zu den Rostlauben zurück. Alle sechs hatten mindestens einen Platten, und ich fragte mich verwundert, warum der ganze Ort wie ausgestorben war und weshalb der Anblick dreier zerlumpter und noch dazu bewaffneter Fremder die beiden einzigen Menschen, die ich bislang zu Gesicht bekommen hatte, völlig kalt ließ. An der Außenwand der Getreidehandlung war eine Feuerleiter angebracht; und ich lief über die Straße und zog mich an den Sprossen hoch.

Von oben konnte man die ganze Umgebung überblicken. Hütten duckten sich in grüne Nischen am Rande der umzäunten Äcker; Sandpisten verbanden sie untereinander und mit dem Dorf. Die Erntehelfer schufteten jedoch nicht etwa auf den Feldern, sondern aalten sich vor ihren Buden in der Sonne, und das kam mir spanisch vor.

Als ich die Leiter wieder hinunterstieg, sah ich einen alten Mann, der auf einer der Zufahrtstraßen stand und mich beobachtete. Ich tat, als hätte ich ihn nicht bemerkt, und er machte auf dem Absatz kehrt und lief, so schnell er konnte, auf die größte Hütte der gesamten Siedlung zu, eine Wellblechbaracke mit weißgetünchtem Holzvorbau, allem Anschein nach ein Schuppen.

Ich sprang von der Leiter und nahm die Verfolgung auf. Ein Trampelpfad führte mich etwa eine Achtelmeile aus dem Ort hinaus zu einer Gruppe von Platanen, die sich im Halbkreis um die Hütte schlossen. Obwohl der Mann nirgends zu sehen war, stand die Schiebetür des Schuppens einen Spaltbreit offen. Ich zog meine 38er und stahl mich hinein.

Die Sonne fiel durch ein Seitenfenster und erhellte einen großen leeren Raum, und der Geruch von Heu und Chemikalien stach mir in die Nase. Zur Schuppenmitte hin wurde der Säuregestank immer stärker und vertrauter. In einer Ecke neben der Verbindungstür zur Hütte stand ein mit einer Persenning abgedeckter Tisch; weißer Trockeneisnebel strömte zischend aus kleinen Rissen in der Leinwand. Als mir klar wurde, was sich darunter verbarg, riß ich die Plane weg.

Eine splitternackte, mit formaldehydgefüllten Beuteln bedeckte

Leiche lag auf Trockeneisblöcken aufgebahrt. Der Mann glich Harwell Treadwell wie ein Ei dem anderen, und man brauchte weiß Gott nicht Medizin studiert zu haben, um die Todesursache zu bestimmen – zwischen seinen Beinen klaffte eine tiefe, ausgefranste Wunde, zerfetztes, blutiges, mit Schrot gespicktes Fleisch. Ich deckte den Toten wieder zu und drückte versuchsweise die Klinke der Verbindungstür herunter. Als sie nachgab, öffnete ich sie vorsichtig einen Fingerbreit, um einen Blick dahinter zu werfen. Da plötzlich flog sie auf, eine riesige doppelläufige Schrotflinte wurde auf mich gerichtet, und ich schloß beide Hände um den Schaft und drückte ihn nach oben.

Ein markerschütterndes »Ka-bumm!« ertönte; das Blechdach vibrierte von der Wucht der Explosion; Querschläger jaulten. Als der Schütze mir den Gewehrkolben vor den Latz knallen wollte, stürzte ich mich auf ihn, entwand ihm seine Waffe und zog ihm die flache Seite meiner 38er über den Schädel – einmal, zweimal, dreimal. Endlich sackte er zusammen. Ich beförderte die Flinte mit einem Tritt aus der Gefahrenzone und stand torkelnd und mit butterweichen Knien auf.

Es war der alte Mann, der verduftet war, als er mich auf der Leiter hatte stehen sehen. Ich blickte mich um, entdeckte einen Eimer Wasser neben dem Eingang, schnappte ihn mir und goß ihn meinem Angreifer über den Kopf. Er bewegte sich, fing an zu spotzen, und ich kniete mich neben ihn und hielt ihm meine Kanone unter die Nase, damit er sah, welcher Film hier gespielt wurde. »Wenn du gestehst, daß du den Mann da drüben erschossen hast oder mich vom Gegenteil überzeugen kannst, laß ich dich leben. Wenn du mir sagst, wo der andere Treadwell-Bruder steckt, nehm ich dich noch nicht mal wegen tätlichen Angriffs gegen einen Polizeibeamten fest. Aber wenn du mich verarschst, leg ich dich um.«

Der Alte hörte sich das alles an – sein Blick wurde von Sekunde zu Sekunde klarer – und demonstrierte das bemerkenswerte Stehvermögen des altgedienten Prügelknaben. Als er den Mund aufmachte, um mich mit Beschimpfungen zu überschütten, sagte ich: »Keine Sprüche, keine Witze, keine Tricks«, und spannte den Hahn.

*Jetzt* sah Pops, *welcher* Film hier gespielt wurde, und zwar in Breitwand und Technicolor. »Ich bin kein Killer«, sagte er mit dem unverkennbaren Akzent eines Hinterwäldlers aus dem Mittleren Westen. »Ich bin nur ein kleiner Gemüsefarmer, der ab und zu ein bißchen in der Arzneikunst dilettiert, aber um Gottes willen kein Killer.«

»Ich schon. Also mach voran und quatsch keine Opern, ich werde nämlich sehr schnell ungeduldig, und wenn ich ungeduldig werde, werde ich sauer.«

Pops schluckte und fing an zu reden wie ein Wasserfall. »Die Leute hier haben Miller, Leroy und das Mädchen bei sich einquartiert, nachdem die Sache in Ventura schiefgelaufen war. Sie ...«

Ich fiel ihm ins Wort. »Haben sie euch dafür bezahlt?«

Pops lachte meckernd. »Was glauben Sie denn, wo die alle sind? Miller und Leroys ganze Familie wohnt hier in der Gegend, die beiden haben das Geld verteilt, und dann sind alle Mann nach Oxnard und Big V gefahren, um es zu verjubeln. Danach waren Miller und Leroy fast pleite, so viel haben sie ver-«

»Was?«

»Vor seinem Tod hat Leroy mir erzählt, sie hätten acht- oder neuntausend Dollar unter die Leute gebracht. Er meinte, wir hätten ihnen gehörig das Hemd über den Kopf gezogen.«

Ich sagte: »Mister, das Lösegeld belief sich auf hunderttausend Dollar.«

Pops schnaubte verächtlich. »Schön wär's. Den größten Teil der Kohlen hat die Polizei kassiert, Miller und Leroy mußten sich mit Kleingeld zufriedengeben.«

Die Ventura-Sheriffs hatten offenbar *groß* abgesahnt. »Weiter.«

»Tja, alle waren glücklich und zufrieden, Miller, Leroy und die Braut hatten ein Dach über dem Kopf und planten die zweite Übergabe. Auf einmal kriegten sich Miller und Leroy wegen dem

Mädel in die Haare, und sie hat sich Miller an den Hals geworfen, weil Leroy sie wie den letzten Dreck behandelt hat. Dann, als Leroy versucht hat, es ihr, sagen wir mal, gegen ihren Willen zu besorgen, hat sie Miller überredet, ihre Unschuld zu rächen.«

»Miller hat seinen eigenen Bruder umgebracht?«

»Genau. Und hinterher hat es ihm so leid getan, daß er mir seine letzten zweihundert Dollar in die Hand gedrückt hat, damit ich den Jungen zur Beerdigung herrichte und ihn zur letzten Ruhe bette, wenn die bucklige Verwandtschaft wieder im Lande ist.«

»Und dann hat Miller sich mit dem Mädchen aus dem Staub gemacht?«

»Genau. Richtung Süden, mit Harwells frischlackierter schwarzer Luxuslimousine.«

»Wann?«

»Gestern. Gegen Mittag.«

»Und vorher haben sie die Telefonleitungen gekappt?«

Pops zuckte die Achseln. »Nicht daß ich wüßte. Heute morgen waren sie noch dran.«

Wie immer, wenn ich auf der falschen Fährte war, lief mir ein eisiger Schauer über den Rücken. Stensland vom FBI hatte gesagt, im Safe der Asservatenkammer lagerten »zweitausendeinhundertsoundsoviel«, und Miller und Leroy hatten für Kost und Logis »acht oder neun« Riesen auf den Kopf gehauen. Demnach fehlten fast neunzigtausend Dollar. Ein paar Mille hatte der Wind verweht – den Rest hatten das FBI und/oder die Ventura-Sheriffs eingesackt. Das Unheimliche daran: Wenn Miller Treadwell und Jane Viertel tatsächlich schon am Vortag abgehauen waren, hatten uns die *Bullen* in den Hinterhalt gelockt – damit Harwell Treadwell nicht ausplauderte, wo seine Brüder steckten, und *die* uns nicht verraten konnten, daß sie vom großen Lösegeldkuchen bloß ein paar lächerliche Krümel abbekommen hatten.

Ich verstaute meine Kanone, sagte: »Besorg dem Arsch 'nen Sarg«, und stampfte wutentbrannt zur Tür hinaus – als hätte mir jemand eins mit dem nassen Handtuch übergezogen.

Als ich wieder zu der Bruchbude kam, wo ich Davis und unseren Freund zurückgelassen hatte, waren die beiden verschwunden. Ich geriet erneut in Panik; da hörte ich Ächzlaute und metallisches Klirren und ging um das Haus herum. Harwell Treadwell saß an einen Gartenzaun gekettet, während mein sechsundvierzig Jahre alter Partner erste Gehversuche als professioneller Autobastler unternahm.

Er schraubte gerade an der Klapperkiste herum, die mir zuvor schon aufgefallen war und jetzt einer Kreuzung aus Buck Rogers' Raumschiff und einem Sammelsurium von Ersatzteilen glich, die ein Straßenköter aus dem Müll gezogen hatte. Es handelte sich um ein Model-T-Chassis mit zwei Motorradreifen vorn, zwei Traktorreifen hinten, einem halben Dutzend zusammengeschalteter Rasenmähermotoren und einem Fahrwerk aus Maschendraht und Isolierband. Davis lag unter dem Wagen und werkelte an der Antriebswelle herum, und als ich über den Beifahrersitz griff und auf die Hupe drückte, tauchte er mit der Waffe im Anschlag auf und lachte, als er sah, daß ich es war.

»Huuuuh, Junge! Fast hätte ich dich abgeknallt!«

Ich ging um den Wagen herum und flüsterte Davis ins Ohr: »Miller hat Leroy umgebracht und sich gestern mit dem Mädchen und dem Auburn abgesetzt. Die Ventura-Bullen halten das Lösegeld zurück, und ich glaube, deshalb haben sie auf uns geschossen. Wir müssen *sofort* abdampfen. Zur Not auch zu Fuß, falls die Karre nicht läuft.«

Davis lächelte. »Die Karre hat 'nen Namen, Jungchen. Sie heißt ›Kleiner Lahmarsch‹. Und kann *fliegen*.«

Ich hörte Motorengeräusche in der Ferne und stieg aufs Trittbrett des Vehikels, damit ich besser sehen konnte. Drei Autos rumpelten wie eine Karawane über die kargen Felder am Ortseingang und zogen riesige Staubwolken hinter sich her. Als ich die Augen zusammenkniff, erkannte ich, daß einer der Wagen schwarzweiß lackiert, ein zweiter mit Signalleuchten ausgerüstet war.

Davis fragte: »Sind sie das?« Ich nickte. Mit einem Schlag verwandelte er sich in einen irrsinnigen Derwisch, der im Rekordtempo Muttern montierte, Schrauben festzog, Kabel anschloß. Währenddessen brüllte Harwell Treadwell: »Kommt zu eurem großen Bruder! Ich koch euch auch was Schönes! Holt mich hier raus!« Ich lief zu ihm und fummelte mit meinem Schlüssel an Treadwells Handschellen herum. Kaum hatte ich die linke aufgeschlossen, versetzte er mir auch schon einen kurzen rechten Aufwärtshaken. Ich war benommen und wollte gerade in eine sichere Hocke abtauchen, da knallte er mir die lose Schelle ins Gesicht und riß mir mit der offenen Ratsche ein Stück aus meiner Braue. Das Blut lief in Strömen und raubte mir die Sicht.

Ich hörte, wie die Streifenwagen näher kamen und Davis verzweifelt versuchte, den Kleinen Lahmarsch anzuwerfen. Ich wischte mir das Blut aus den Augen und rappelte mich mühsam hoch, als ich Harwell Treadwell um die Ecke verschwinden sah. Ich wollte eben die Verfolgung aufnehmen, da machte die Okie-Schaukel einen Satz nach vorn, und Davis rief: »Die Bremse funktioniert nicht richtig! Spring rein!«

Ich gehorchte. Davis ließ beide Pedale gleichzeitig kommen, und die Karre setzte sich in Gang. Ich versuchte den Motorenlärm zu übertönen und schrie: »Treadwell!« Davis schrie, doppelt so laut: »Der kommt nicht weit!« Auf der Straße drehte ich mich um; unser Freund lief blindlings johlend und fuchtelnd auf den Sandsturm zu, den die drei Wagen entfachten. Gleich darauf hörte ich Schüsse und MG-Salven und sah Treadwell im Kugelhagel zucken, bis ihn die Staubwolken verschlangen. Ich klammerte mich fest.

Wir holperten und polterten dahin und hoben bei jedem Schlagloch ab. Wir quälten uns durch knietiefen Morast und schlitterten über die Verbindungsstraßen zum Ortsausgang. Auf Kies scherte das Heck aus, in Pfützen geriet die ganze Schaluppe ins Schwimmen. Davis gab Vollgas, kuppelte wie ein Verrückter und verscheuchte streunende Hunde durch lautes Hupen, kurz: tat alles, nur nicht bremsen. Als es langsam dunkel wurde, fuhren wir auf

der großen breiten Ridge Road Richtung Süden; unsere unglei-
chen Räder rollten über schwarzen Asphalt, und nur eine dünne
gelbe Linie bewahrte uns vor dem Zusammenstoß mit echten,
leibhaftigen Autos. Davis brüllte: »Wir fahren ohne Licht!«, als ich
das Ausfahrtschild zur Wayside Honor Rancho sah. Davis hatte es
auch gesehen, ging vom Gas, stieg in die Pedale und brüllte: »Wir
fahren ohne Bremse!« Ich schloß die Augen und spürte, wie der
Kleine Lahmarsch aus dem Leim ging. Dann vollführten wir einen dreifachen Rittberger mit Doppelaxel, kamen auf der Gegen-
fahrbahn zum Stehen und starrten in die glühenden Scheinwerfer
des Todes.
Wir stiegen aus und nahmen die Beine in die Hand. Reifenquiet-
schen und ein ohrenbetäubendes Krachen verrieten mir, das der
Kleine Lahmarsch das Zeitliche gesegnet hatte. Wir trotteten über
den Seitenstreifen zur Ausfahrt und dann die Straße hinauf zu
dem stacheldrahtumzäunten Wachthaus, das die ehrbaren Bürger
von den Gefängnisinsassen trennte; ich hatte meine Marke in der
Hand und das Wort *Frieden* auf den Lippen. Dann plötzlich verwandelten meine Beine sich in Wackelpudding, und mit dem
Gedanken, daß ich eigentlich mehr Puste im Leib hätte haben
müssen als ein fetter, fünfzehn Jahre älterer Okie, verlor ich das
Bewußtsein.

Als ich wieder zu mir kam, stand der fette Okie in einem saube-
ren weißen Hemd mit dezent gemusterter Krawatte vor mir. Erst
dachte ich, wir seien tot – Davis Evans hätte sich nie im Leben
so bieder angezogen, es sei denn, Gott selbst hätte ihn dazu gezwungen.
»Wach auf, Jungchen. Ich hab ein paar Ermittlungen angestellt,
während du deinen Schönheitsschlaf gehalten hast.«
Im Bruchteil einer Sekunde war alles wieder da. Ich stöhnte,
spürte die Pritsche unter mir und sah mich in dem engen Wachthaus um. »Ach du Scheiße.«
Davis reichte mir ein feuchtes Handtuch. »Du sagst es. Ich hab

ein bißchen rumtelefoniert. Ein alter Kumpel bei den Bullen in Ventura meinte, im Safe der Asservatenkammer lagern exakt zweitausendeinhundertsechsundsechzig Scheine von dem Löse- geld. Was hältst du davon?«

Ich setzte mich auf und versuchte zu stehen. Ich war zwar noch etwas wacklig auf den Beinen, aber es ging. »Miller und Leroy haben acht oder neun Riesen unter die Leute gebracht«, sagte ich. »Fehlen also noch knapp neunzig. Ich tippe auf die Ventura-Cops.«

Davis schüttelte den Kopf. »Nh-nh. Die Kameraden, die Harwell erschossen haben, waren hundertprozentig koscher. Sie haben den Schrotthaufen an der Umleitungsstrecke gesehen und nach Überlebenden gesucht. Paß auf, ich hab mir von der Aktenhal- tung eine Liste von Millers ehemaligen Komplicen geben lassen. Der Kollege hatte auf Anhieb sechs Namen parat, vor ein paar Stunden hat nämlich ein FBIler aus Ventura angerufen und ihm dieselbe Frage gestellt. Wenn das kein Zufall ist.«

Ich dachte an Stensland, den grau-in-grauen FBI-Agenten mit der dicken steuerfreien Pension – solange niemand dahinterkam, daß die Kidnapper nur Kleingeld abgestaubt hatten. »Kaufen wir ihn uns.«

»Scheiß mich an! Den ruinierten Buick wird das Schwein mir büßen.«

»Laß dir vom Diensthabenden 'ne Karre geben. Und diesmal fahr ich.«


Wieder im vertrauten, wenn auch nicht minder verrückten L.A. angekommen, erstellten wir eine Hitliste der sechs Namen und Adressen der aktenkundigen Komplicen von Miller Treadwell. Davis übernahm das Steuer, und ich popelte und pulte an meinen zahllosen blauen Flecken, Riß- und Schnittwunden herum, wäh- rend wir South Central Los Angeles durchstreiften – wo wir unsere ersten drei Kandidaten zu finden hofften.

Laut seiner Frau saß Nummer eins wieder in Quentin; das Haus von Nummer zwei war abgerissen und durch eine Spielhalle ersetzt worden, die überwiegend von halbstarken Mexikanern in Zoot-Suits frequentiert zu werden schien; Nummer drei hatte zu Gott gefunden und lobte in einer Tour den Herrn, während wir seine Bude durchsuchten. Er gab an, Miller Treadwell seit ihrem letzten gemeinsamen Fischzug 1941 nicht mehr gesehen zu haben, schimpfte ihn einen liederlichen Hurenbock und drückte uns Flugblätter in die Hand, deren Verfasser allen Ernstes behauptete, Jesus sei Arier und kein Jude und *Mein Kampf* das verschollene Buch der Bibel. Davis reagierte mit dem längsten »Huuuuuuuh«, das ich je zu hören bekommen hatte, und wir fuhren quer durch die Stadt nach Hollywood zu Komplice Nummer vier und fragten uns, ob galoppierender Schwachsinn womöglich einen Verstoß gegen die Bewährungsauflagen darstellte.

Nummer vier – »Jungle« John Lembeck, Hautfarbe: weiß, Alter: vierunddreißig, zwei Vorstrafen wegen bewaffneten Raubüberfalls, hauste in einer Wohnanlage in der Serrano, einer Seitenstraße des Boulevard. Als wir uns die Bungalows im Vorbeifahren ansahen, sagten Davis und ich wie aus einem Munde: »Treffer«, und ich setzte hinzu: »Der eher schlecht als schwarz lackierte Auburn. Gleich unter der Laterne.«

»Was?« Davis ging vom Gas und spähte auf die dunkle Straße. Als er das Traummobil entdeckt hatte, sagte er: »Treffer Nummer zwei. Da vorne steht 'ne FBI-Fregatte. Wenn sie Ventura-Nummernschilder hat, gibt's Stunk.«

Ich stieg aus, um nachzusehen; Davis fuhr weiter bis zur nächsten Ecke und stellte den Wagen ab. Ich ging in die Hocke und inspizierte die Plakette am Heck des stahlgrauen Plymouth. Treffer Nummer drei: eine fünfstellige FBI-Kennziffer, 1945er Ventura-County-Nummernschilder. Stunk hoch zehn.

Davis kam angetrottet, und wir starteten einen Flankenangriff auf die Bungalows, freistehende rohverputzte Hütten, die sich um einen betonierten Innenhof gruppierten; John Lembeck wohnte laut seiner Akte in Nummer drei. Schmale Fußwege trennten die Anlage von den benachbarten Wohnblocks: Ich entschied mich für den linken.

Die Nacht war tiefblau und wolkenlos, und ich orientierte mich an dem trüben Licht, das durch die Scheiben fiel. In den ersten beiden Hütten waren die Vorhänge geschlossen, in der dritten hingegen stand das Fenster eine Handbreit offen, und die Jalousien waren nicht ganz heruntergelassen. Ich zog meine Waffe und blickte durch den schmalen Spalt.

Treffer, versenkt.

Ein Mann, bei dem es sich nur um Miller Treadwell handeln konnte, saß in einem tiefen Polstersessel; die Hose hing ihm auf den Knöcheln, und er stöhnte leise: »Scheiße, Scheiße.« Die linke Hand einer Frau umklammerte die Sessellehne, sonst war von dem Mädchen nichts zu sehen. Agent Stensland lag wie ein Paket verschnürt neben dem Durchgang zum Vorderzimmer auf dem Fußboden und scheuerte seine Handfesseln an einem Lüftungsgitter, wobei sein Atem das Isolierband blähte, mit dem man ihm den Mund verklebt hatte.

Miller stöhnte mit geschlossenen Augen, als ein hübscher Blondschopf auftauchte und sagte: »Schatz, wir müssen dringend was besprechen.«

»Scheiße, Kleine, mach weiter.«

»Miller, er muß dir verraten, wo er das Geld versteckt hat.«

»Wir haben mehr als genug, Kleine. Der Bursche sagt kein Sterbenswörtchen; er weiß nämlich genau, daß ich ihn sonst umlege. Wir haben mehr als genug, außerdem können wir jederzeit 'nen neuen Übergabetermin vereinbaren.«

»Dazu ist Daddy viel zu knickrig, der rückt keinen Penny mehr raus. Wir könnten leicht das Doppelte einstreichen, Schatz. Wir könnten zusammen abhauen und Daddy einfach vergessen.«

»Red keinen Blödsinn, Schatz. Wir haben jede Menge Kohle, dein Alter hat noch mehr, und in diesem Zustand ist mir nicht sonderlich nach Reden. Also mach . . .«

Der Blondschopf verschwand wieder; Miller stöhnte weiter. Ich fragte mich, wo Evans steckte und schaute zu, wie Stensland seine gefesselten Gelenke an dem Gitter scheuerte. Als die Erregung des Killers/Kidnappers sich dem Höhepunkt näherte, sah ich, wie mein Partner von der anderen Seite auf den Durchgang zuschlich. Er hatte sich Stensland bis auf ein, zwei Meter genähert, als der G-Man plötzlich die Hände freibekam und sich das Klebeband vom Mund riß. Der Schmerz trieb ihm die Röte ins Gesicht, und ich folgte seinem Blick zu einer 45er Automatik, die neben Millers rechter Hand auf der Sessellehne lag.

Um sich zu befreien, bevor dem Okie einer abging, klaubte er so hektisch an seinen Fußfesseln herum, daß er dabei mit dem Ellbogen gegen das Gitter stieß. Miller fiel aus allen Wolken und richtete die 45er auf ihn, während ich den Lauf meiner Kanone durch den Fensterspalt schob. Er feuerte auf den FBIler; ich feuerte auf ihn; Davis leerte sein Magazin in den Sessel. Ein gutes Dutzend Schüsse krachten, dann war es vorbei, abgesehen von Jane Mackenzie Viertels schier endlosem Schrei.


Die Hollywood Division rückte mit einem ganzen Bataillon von Streifenwagen an, und eine Ambulanz entsorgte die Leichen von Miller Treadwell und Special Agent Norris Stensland. Ein Detective Lieutenant wollte einen vollständigen Bericht von uns, bevor er sich mit dem FBI in Verbindung setzte. Wir hatten der kleinen Viertel für alle Fälle Handschellen angelegt, und als der Trubel endlich nachließ und die Gaffer sich zerstreuten, stellten wir sie im Vorgarten der Anlage zur Rede.

Ich nahm ihr die Fesseln ab und sagte: »Und jetzt raus mit der Sprache. Was ist mit dem Geld passiert? Wo ist der Zaster, von dem Miller gesprochen hat?«

Im Schein einer Straßenlampe massierte Jane Viertel sich die Handgelenke. »Es waren zwei Geldpakete. Als die Sache schiefging, landeten sie im Dreck, und als Miller und Leroy sich eins davon schnappen wollten, riß es auf. Der FBI-Mann ließ die

Waffe sinken, Leroy und ich machten die Biege, und dann haute auch Miller ab. Der FBI-Mann brachte Harwell erst zu seinem Wagen und holte sich dann das andere Paket, damit Harwell nichts davon mitbekam. Dabei hat Miller ihn gesehen. Er zeigte Leroy nur die losen Scheine, die er aufgesammelt hatte, und brachte den Rest in Sicherheit. Die Scheine verteilten Miller und Leroy an diese widerlichen Schweine, damit wir bei ihnen unterkriechen konnten, und Leroy dachte, damit wäre die Kohle futsch. Dann kamen Miller und ich uns näher, und er erzählte mir von den vierzigtausend Dollar.«

Ich sah das Mädchen an, ein neunzehnjähriger Engel mit der Gewieftheit einer Hure. »Wo ist Millers Geld?«

Jane sah, wie Davis den Auburn Speedster anschmachtete. »Warum sollte ich Ihnen das sagen? Sie geben es ja doch bloß meinem Vater, diesem Geizkragen, zurück.«

»Er hat immerhin hunderttausend locker gemacht, um Ihnen das Leben zu retten.«

Das Mädchen zündete sich achselzuckend eine Zigarette an. »Das waren wahrscheinlich die Zinsen aus Mutters Treuhandvermögen. Was ist denn mit dem Fettsack los? Treibt der's mit Autos oder was?«

Davis stieß zu uns. »Farbe runter, frisch lackieren, neue Polster, Weißwandreifen. Und die Braut ist wie neu.« Er zwinkerte Jane Viertel zu und sagte: »Und wie möchtest du deinen Lebensabend verbringen, Prinzessin? Als Gangsterliebchen?«

Jane ging lächelnd zu ihrem Wagen und drehte den Tankdeckel ab. Sie schnippte ihre Zigarettenkippe hinein und lief. Davis und ich warfen uns zu Boden und fraßen Gras. Der Benzintank explodierte, und der Wagen ging in Flammen auf. Das Mädchen rappelte sich hoch und vollführte einen Knicks, dann kam sie zu uns und sagte: »Millers Geld lag im Kofferraum. Tja, Daddy, Pech gehabt. Sag Mutter, daß Sie es von der Steuer absetzen kann.«

Ich legte Jane Viertel die Handschellen wieder an; die Flammen tauchten Davis Evans' Trauermiene in düsteres Rot. Er schob die Hände in die Taschen, zog sie leer wieder heraus und fragte: »Hast du mal 'n bißchen Kleingeld, Partner? AX6–400 ist gebührenpflichtig. Scheiß mich an! Ich brauch dringend 'ne neue Braut.«

»Since I Don't Have You«

Nach dem Krieg gab ich den Diener zweier Herren – ich spielte den Ausputzer und Wasserträger für die beiden Männer, die L.A. damals ihren unverwechselbaren Stempel aufdrückten. Für Howard Hughes war ich der Sicherheitschef seiner Flugzeugfabrik, der Zuhälter und nicht zuletzt der Troubleshooter bei RKO Pictures – der Ex-Cop, der Erpressungsversuche abbiegen, Anzeigen wegen Trunkenheit am Steuer kippen und Abtreibungen und Entziehungskuren deichseln konnte. Für Mickey Cohen – Gangsterboß und Möchtegern-Nachtclubkomiker – war ich der heiße Draht zum LAPD, der frühere Drogenbulle, der bei Rauschgiftrazzien in Niggertown Stoff abzweigte, damit Cohens Jungs ihn auf der Southside an die Horden von Schwarzen verticken konnten, die nichts lieber taten, als sich die Nase weiß zu pudern. Big Howard: Schlagzeilen noch und nöcher, weil er ein Flugzeug nach dem anderen zerlegte, auf irgendeinem Bohnenfeld am Arsch der Welt die Instrumente knutschte und dann bandagiert wie die *Mumie* und mit Ava Gardner am Arm im Romanoff's aufkreuzte; Mickey C.: ebenfalls ein Weiberheld par excellence, der mit einem Troß von psychopathischen Killern, Presseagenten, Gagschreibern und seiner Bulldogge Mickey Cohen jr. um die Häuser zog – einer blähsüchtigen Bestie mit einem Lümmel von so gigantischen Ausmaßen, daß ihn die Vasallen des Mick auf einen Rollschuh schnallen mußten, damit er nicht über den Boden schleifte.

Howard Hughes. Mickey Cohen. Und ich – Turner »Buzz« Meeks aus Lizard Ridge, Oklahoma: Gürteltierwilderer, Profi-

Streikbrecher, Cop, Macher – und Hüter des Geheimschlüssels zu der Psyche seiner Herren: Wenn es ans Eingemachte ging, waren sie feige und tobten sich an Flugzeugen und debilen Speichelleckern aus – während ich tagtäglich meine Haut riskierte und mit Kanone oder Gummiknüppel im Anschlag den Knochenmann hofierte, aus lauter Wut darüber, daß ich nur die zweite Geige spielte. Und die beiden hofierten mich, weil ich den Mumm hatte, der ihnen abging: Es war krank, verrückt, meschugge – ein frühes Grab auf dem Forest Lawn. Doch wer zuletzt lacht, lacht am besten: Ich wußte, daß ich einen Schlußstrich ziehen mußte, wenn ich nicht vorzeitig in die Grube fahren wollte, und ich schreibe dies als alter Mann – während Howard und Mickey seit Ewigkeiten in der Kiste liegen und nichts hinterlassen haben als getürkte Biographien.

Howard. Mickey. Ich.

Früher oder später mußte es bei meiner Arbeit für die zwei zwangsläufig zu dem kommen, was die halbgaren Yuppie-Anwälte von heute einen »Interessenkonflikt« nennen. Natürlich wegen einer Frau – und natürlich beschloß ich, ein lebensmüder Okie-Trottel von einundvierzig Jahren, dem langsam, aber sicher die Puste ausging, die beiden gegeneinander auszuspielen. Da wird mir klar: daß ich diese Geschichte nur schreibe, weil mir Howard und Mickey fehlen und das Erzählen es mir ermöglicht, wieder bei ihnen zu sein. Denn, wohlgemerkt, ich habe sie geliebt – obwohl sie kolossale Arschlöcher waren.


15.Januar 1949.

Es war kalt und klar in Los Angeles, und die Presse feierte den zweiten Jahrestag des – nach wie vor ungelösten und vieldiskutierten – Mordes an der Schwarzen Dahlie. Mickey trauerte immer noch um Hooky Rothman – den ein Unbekannter den Lauf einer abgesägten Flinte hatte schmecken lassen –, und Howard trug mir immer noch Bob Mitchums Dope-Affäre nach: Er glaubte, meine Beziehungen zum Rauschgiftdezernat seien nach wie vor so gut, daß ich die Verhaftung hätte vorhersehen müssen. Seit Neujahr pendelte ich zwischen Howard und Mickey hin und her. Die berühmten, mit Hundertern vollgestopften Obstkörbe des Mick mußten an die Cops, Richter und Stadträte verteilt werden, die er schmieren wollte, und der Flieger/Mogul schickte mich auf Mösenjagd: Ich hielt an Busdepots und Bahnhöfen Ausschau nach drallen jungen Dingern, die für einen RKO-Vertrag bereit waren, sich nachts von ihm heimsuchen zu lassen. Ich hatte fette Beute gemacht: Ein halbes Dutzend Bauernmädels aus dem Mittleren Westen waren sicher in Howards Bumsburgen – strategisch über ganz L.A. verteilte Wohnungen – untergebracht. Außerdem stand ich bei einem Darktown-Buchmacher namens Leotis Dineen in der Kreide, einem einsfünfundneunzig großen Bimbo, der Eingeborene des schönen Staates Oklahoma haßte wie die Pest. Ich saß in meinem Wellblechverschlag von Büro bei Hughes Aircraft, als das Telefon klingelte.

»Sind Sie's, Howard?«

Howard Hughes seufzte. »Das heißt: ›Sicherheitsdienst, was kann ich für Sie tun?‹«

»Sie sind der einzige, der morgens um diese Zeit schon anruft, Chef.«

»Und Sie sind allein?«

»Ja. Getreu Ihrer Anweisung, Sie im Beisein Dritter Mr. Hughes zu nennen. Was gibt's?«

»Frühstück. Wir treffen uns in einer halben Stunde auf der Melrose Ecke La Brea.«

»Ist gut, Chef.«

»Zwei oder drei, Buzz? Ich habe einen Bärenhunger und nehme vier.«

Howard machte wieder einmal eine Chili-Dog-Diät; Pink's Dogs an der Kreuzung Melrose/La Brea war momentan sein Lieblingsladen. Ich wußte aus sicherer Quelle, daß der Koch das Chili aus reinem Pferdefleisch zubereitete, das täglich frisch aus Tijuana eingeflogen wurde. »Einer, mit Kraut, ohne Chili.«

»Banause. Das Chili bei Pink's ist noch besser als das bei Chasen's.«

»Als kleiner Junge hatte ich ein Pony.«

»Na und? Ich hatte eine Gouvernante. Meinen Sie, deswegen esse ich keine . . .«

Ich sagte: »In einer halben Stunde«, und legte auf. Wenn ich fünf Minuten später kam, brauchte ich dem viertreichsten Mann Amerikas hoffentlich nicht beim Essen zuzusehen.


Howard zupfte sich Sauerkrautfäden vom Kinn, als ich in den Fond seiner Limousine stieg. Er fragte: »Und Sie wollten wirklich keinen?«

Ich drückte auf einen Knopf und fuhr die Scheibe hoch, die uns vom Chauffeur trennte. »Nein, Kaffee und Donuts sind mir lieber.«

Howard musterte mich eingehend und leicht nervös, weil wir im Sitzen gleichgroß waren, während ich ihm im Stehen bloß bis zu den Schultern reichte. »Brauchen Sie Geld, Buzz?«

Ich dachte an Leotis Dineen. »Können Nigger tanzen?«

»Und ob. Aber ich würde die Bezeichnung Farbige vorziehen, man weiß schließlich nie, wer zuhört.«

Sein Fahrer Larry war Chinese; bei Howards Kommentar fragte ich mich unwillkürlich, ob bei seinem letzten Bruch vielleicht auch seine Birne etwas abbekommen hatte. Ich versuchte es mit meiner Standarderöffnung. »Was macht das Liebesleben, Chef?«

Hughes grinste und stieß auf; der Geruch von Pferdefett durchwehte den Fond. Er kramte in dem Wust von Papieren, der neben ihm auf dem Rücksitz lag – Baupläne, Zeichnungen und Zettel voller Flugzeugkritzeleien –, und zog das Foto einer jungen Blondine mit nacktem Oberkörper hervor. »Gretchen Rae Shoftel, neunzehn. Geboren am 26. Juli 1929 in Prairie du Chien, Wisconsin. Sie hat in der Bude in der South Lucerne gehaust – der mit dem Vorführraum. Das ist *die* Frau, Buzz. Die würde ich glatt heiraten. Und jetzt ist sie weg – ausgeflogen – und hat mich samt Vertrag et cetera sitzenlassen.«

Ich betrachtete das Foto. Gretchen Rae Shoftel hatte – was Wunder – einen enormen Vorbau, einen blonden Pagenkopf und ein pfiffiges Zwinkern in den Augen, als hätte sie von Anfang an gewußt, daß Mr. Hughes' sogenannte Probeaufnahmen nichts weiter waren als ein Testlauf fürs Bett und die eine oder andere Statistenrolle in dem einen oder anderen RKO-Flop. »Wer hat Ihnen die besorgt, Chef? Ich nicht – das wüßte ich.«

Howard rülpste erneut – diesmal stank es nach dem stibitzten Sauerkraut. »Ich habe das Foto per Post ins Studio geschickt bekommen, zusammen mit einem Angebot – tausend Dollar in bar an ein Postfach für die Adresse des Mädchens. Ich bin darauf eingegangen und habe mich in ihrem Hotel in der Stadt mit Gretchen Rae getroffen. Sie sagte, sie hätte in Milwaukee irgendeinem alten Lustmolch Modell gestanden, und der müsse wohl auf den Dreh mit dem Tausender gekommen sein. Gretchen Rae und ich wurden Freunde und, na ja ...«

»Und ich kriege eine Prämie, wenn ich sie finde?«

»Tausend, Buzz. Bar auf die Kralle.«

Ich schuldete Leotis Dineen achthundert und ein paar Zerquetschte; ich konnte reinen Tisch machen und den Rest in Minor-League-Baseball investieren – die San Diego Seals starteten nächste Woche in die Vorsaison. »Abgemacht. Was wissen Sie sonst noch über das Mädchen?«

»Sie hat in Scrivner's Drive-In gekellnert. Das ist alles.«

»Freunde, Bekannte, Verwandte hier in L.A.?«

»Nicht daß ich wüßte.«

Ich holte tief Luft, damit Howard merkte, daß eine heikle Frage im Anzug war. »Chef, könnte es nicht sein, daß das Mädchen Sie gelinkt hat? Ich meine, das Foto aus heiterem Himmel, der Tausender an ein Postfach?«

Howard Hughes räusperte sich. »Vielleicht lag es an dem Artikel im *Confidential*, in dem behauptet wird, daß meine Talentsucher Oben-ohne-Fotos schießen und ich üppige Frauen bevorzuge.«

»*Behauptet*, Chef?«

»Ich übe schon mal die Empörungsmasche, nur falls ich es mir anders überlege und den *Confidential* doch noch verklage. Wann können Sie loslegen?«

»Sofort.«

»Ausgezeichnet. Und vergessen Sie Sid Weinbergs Party morgen abend nicht. Das Studio bringt einen neuen Horrorfilm heraus, und ich brauche jemand, der mir die Autogrammjäger vom Leib hält. Punkt acht, bei Sid.«

»In Ordnung.«

»Finden Sie Gretchen Rae, Buzz. Sie ist was Besonderes.«

Das einzig Versöhnliche an Howards Umgang mit Frauen ist, daß er sich immer wieder in sie verliebt – wenn auch erst nachdem er Schnappschüsse von ihrem Vorbau gesehen hat. So hat er wenigstens etwas zu tun, wenn er nicht gerade Flugzeuge zerlegt oder flugunfähige Maschinen konstruiert.

»Wird erledigt, Chef.«

Das Autotelefon klingelte. Howard hob ab, lauschte und brummte: »Ja. Ja, ich richte es ihm aus.« Er legte auf und sagte: »Die Zentrale in der Fabrik. Mickey Cohen verlangt nach Ihnen. Machen Sie's kurz, Sie arbeiten vorerst für mich.«

»Ja, Sir.«

Ich hatte Mickey über Howard kennengelernt, kurz bevor ich im Dienst bei einer Schießerei verwundet wurde und das LAPD mich in Rente schickte. Ich helfe ihm immer noch bei seinen Dopeschiebereien – als inoffizieller Mitarbeiter des Rauschgiftdezernats, Informant der Drogenfahndung, die von jeder beschlagnahmten Unze Junk soundsoviel Gramm beiseite schafft. Beim LAPD gibt es ein ungeschriebenes Gesetz in Sachen Heroin: Das Zeug darf nur an Farbige verkauft werden, und auch das nur östlich der Alvarado und südlich der Jefferson. Wenn es nach mir ginge, würde es nirgendwo verkauft, aber solange damit gedealt wird, will ich meine fünf Prozent. Ich prüfe den Stoff mit einem Testbesteck, das ich im Polizeilabor habe mitgehen lassen – an von Turner »Buzz« Meeks geklemmter Mickey-Cohen-Schore ist noch kein Schießer verreckt. Doppelmoral: Ich schlafe in aller Regel gut und plaziere meine Wetten bei Schoko-Buchmachern, mit anderen Worten, der alte Ausbeuter wäscht die Hand, die ihn nährt. Als ich zu Mickeys Herrenmodengeschäft auf dem Strip fuhr, dachte ich an Geld. Geld kann man schließlich immer brauchen, und wenn der Mick sich meldet, ist bei ihm unter Garantie etwas zu holen.

Er saß im Hinterzimmer seines Ladens, umringt von Hofschranzen und Schlägern: Johnny Stompanato – Lana Turners größter Fan und glühendster Verehrer – mit hübscher Fresse und schmalztriefender Itakertolle in der Stirn; Davey Goldman, Mickeys rechte Hand und Autor seiner Nachtclubnummern; sowie ein eher verschüchtert wirkendes Kerlchen, das ich erst auf den zweiten Blick als Morris Hornbeck erkannte – einen Buchhalter und Ex-Killer in den Diensten von Jerry Katzenbachs Milwaukee-Mafia. Ich schüttelte jedem die Hand, schnappte mir einen Stuhl und legte mir meinen Text zurecht: Sie bezahlen mich sofort; ich liefere, wenn ich Howards kleinen Eilauftrag erledigt habe. Ich öffnete den Mund, um mein Sprüchlein aufzusagen, doch der Mick kam mir zuvor. »Ich suche eine Frau. Du sollst sie finden.«

Ich wollte gerade »Welch ein Zufall« murmeln, als Johnny Stomp mir einen Schnappschuß reichte. »Steiler Zahn. Nicht gerade Lana Turner, aber ein erstklassiges Stück Fleisch, von saftigen Auen frisch auf den Tisch.«

Sie ahnen es natürlich längst. Das Foto stammte aus einem Nachtlokal: Gretchen Rae Shoftel blinzelte, mit den besten Empfehlungen von Preston Sturges' Players Club, ins grelle Blitzlicht, die Unschuld vom Lande in einem engen schwarzen Kleid. Mickey Cohen hielt sie strahlend und liebestrunken im Arm. Ich hatte einen Frosch im Hals und mußte schlucken. »Wo war denn Ihr Frauchen, Mickey? Mit ihren Hadassah-Weibern auf Vergnügungsfahrt?«

Mickey grunzte. »»Heimstätte Israel.‹ Eine Zehn-Tage-Tour mit ihrem Mah-Jongg-Club. Wenn die Katze aus dem Haus ist, tanzen die Mäuse und vernaschen munter andere Weiber. Finde die Kleine, Buzzchik. Und du bist um einen Riesen reicher.«

Wie immer, wenn ich Schiß hatte, schaltete ich auf stur. »Zwei Riesen, oder Sie können sich die Chose von der Hängebacke putzen.«

Mickey machte ein mürrisches Gesicht und versank in dumpfem Brüten; Johnny Stomp bewunderte meine Courage, während Davey Goldman den Spruch für den nächsten Auftritt seines Chefs notierte und Morris Hornbeck herumdruckste, als ginge ihm die ganze Sache gegen den Strich. Nachdem der Mick knapp eine Minute gebrütet hatte, sagte ich: »Keine Antwort ist auch eine Antwort. Verraten Sie mir alles, was Sie über das Mädchen wissen, und dann sehen wir weiter.«

Mickey Cohen lächelte mich an – seinen ausgehungerten Lakaien. »Du verkackter kleiner Goi. Für zwei Scheine erwarte ich prompte Lieferung binnen achtundvierzig Stunden.«

Ich hatte das Geld bereits fest angelegt: in Baseball-, Box- und mindestens drei Pferdewetten. »Siebenundvierzig plus. Ich höre.«

Beim Sprechen beharkte Mickey seine Jungs mit drohenden Blicken – vermutlich weil er sauer auf mich war und das für sein Ego brauchte. Johnny Stomp und Davey schauten weg; Morris Hornbeck zuckte zusammen, als machte er sich jeden Augenblick ins Hemd. »Gretchen Rae Shoftel. Ich habe sie vor vierzehn Tagen in Scrivner's Drive-In kennengelernt. Sie hat gesagt, sie wäre vor kurzem erst aus irgendeinem Nest in Minnesota nach L.A. gezogen. Sie . . .«

Ich fiel ihm ins Wort. »Hat sie ausdrücklich ›Minnesota‹ gesagt, Mick?«

»Ja. Mottenhausen, Hundeschiß, irgend so ein Kaff am Arsch der Welt – aber auf alle Fälle Minnesota.«

Morris Hornbeck schoß die Suppe aus den Poren; ich hatte meine erste heiße Spur. »Weiter, Mick.«

»Na ja, wir sind uns auf Anhieb sympathisch; ich überrede Lavonne, nach Israel zu fahren, bevor die Kameltreiber es sich zurückholen; Gretchen und ich gehen zusammen aus; ich vernasche die Kleine; es ist phantastisch. Sie spielt die Geheimnisvolle, will mir nicht verraten, wo sie wohnt, und verschwindet immer wieder – angeblich weil sie jemand sucht, einen Freund ihres Vaters aus Antilopenarsch oder was-weiß-ich-woher-sie-kommt. Nach ein paar Wodka-Collins schwafelt sie plötzlich irgendwas von einer Absteige, in der sie haust. Das ...«

Ich sagte: »Sind Sie bald fertig?«

Mickey schlug sich so fest auf die Knie, daß Mickey Cohen jr., der ein paar Meter weiter an der Tür vor sich hin döste, davon wach wurde und sich aufzurichten versuchte – bis der Rollschuh unter seinem Ding ihn wieder erdwärts zog. »Wenn du die Kleine nicht findest, mach ich *dich* fertig! Basta! Ich will sie haben! Bring sie mir! *Und zwar dalli!*«

Ich stand auf und fragte mich, wie ich das hinkriegen sollte – von dem Türsteher-Job bei Sid Weinbergs Party ganz zu schweigen. Ich sagte: »Die Uhr läuft. Siebenundvierzig fünfundfünfzig«, und zwinkerte Morris Hornbeck zu – der zufällig aus Milwaukee stammte, wo, wie ich von Howard wußte, ein alter Lustmolch Gretchen Rae Shoftels Vorbau abgelichtet hatte. Hornbeck versuchte zurückzuzwinkern; es sah aus, als hätte sein Augapfel einen epileptischen Anfall. Mickey sagte: »Bring sie mir. Und du bist morgen abend bei Sid?«

»Autogrammjäger auf Distanz halten. Und Sie?«

»Ja, ich hab ein paar Mäuse in Sids neuen Film gesteckt. Bis dahin will ich brandheiße Informationen, Buzzchik. *Klar?*«

»Arschklar«, sagte ich, machte mich von dannen und wäre an der Tür beinahe über Mickey Cohen juniors Gemächt gestolpert.

Drei Riesen schon so gut wie in der Tasche; Morris Hornbecks Sperenzchen auf Sparflamme im Hinterkopf; die dunkle Ahnung, daß es sich bei Gretchen Rae Shoftels »Absteige« um Howard

Hughes' Bumsburg in der South Lucerne handelte – wo nicht nur sein Vorrat an freitragenden Stütz-BHs lagerte, die er eigens zu dem Zweck entworfen hatte, die Balustrade seines Lieblingsstarlets ins rechte Licht zu rücken, sondern auch die nabeltief ausgeschnittenen Kleider für seine nächtlich wechselnden Gespielinnen und die Pornofilmsammlung, die er Geschäftsfreunden aus der Rüstungsindustrie vorführte – in einigen spielten angeblich Mickey Cohen jr. und eine als Howards Hausgöttin Amelia Earhart ausstaffierte Tittenmaus die Hauptrollen. Aber zuerst mußte ich Gretchen Rae Shoftels ehemaligen Kollegen in Scrivner's Drive-In die üblichen Routinefragen stellen. Adrenalin durchtränkte jede Faser meines Körpers – vielleicht hatte ich doch ein bißchen zu dick aufgetragen, um aus der Sache noch heil herauszukommen.

Das Scrivner's lag am Sunset, drei Straßen östlich der Hollywood High School, ein Autofreßtaurant im Raumschifflook: verchromte Flossen, Antennen und Bullaugen en masse – Jules Verne, gesehen mit den geweiteten Pupillen eines schwulen Set Designers, der im Marihuanadämmer an den Sternen kratzt. Die Serviererinnen – allesamt knusprige Klassemiezen – trugen hauteng Weltraumkadettenkluft, die Grillköche graue Plastik-Astronautenhelme mit Visier zum Schutz vor Fettspritzern. Ein halbes Dutzend von ihnen zu befragen bescherte mir einen massiven Kater, obwohl ich keinen Tropfen Alkohol getrunken hatte. Nachdem ich eine geschlagene Stunde lang geredet und milde Gaben verteilt hatte, wußte ich folgendes:

Gretchen Rae Shoftel hatte etwa vier Wochen dort gekellnert, war des öfteren zu spät gekommen und hatte während der nachmittäglichen Flaute nicht selten ihren Arbeitsplatz verlassen. Das wurde nur deswegen geduldet, weil sie ein atombetriebener Magnet war, der die Männer in hellen Scharen anzog. Zudem war sie ein As im Rechnen und überschlug sogar die Mehrwertsteuer mühelos im Kopf – dafür hatte sie die fatale Neigung, Milchshakes und Fritten zu verschütten. Als der Bananensplit-Liebhaber Mickey Cohen anfing, ihr nachzusteigen, ging ihr der Geschäftsführer aus dem Weg, vermutlich weil er sich nicht mit den kriminellen Elementen anlegen wollte, die vor allem dadurch von sich reden machten, daß sie bei dem Versuch, den Mick zu töten, mit Vorliebe unschuldige Zuschauer abknallten. Abgesehen davon erntete ich einen handfesten Hinweis, der zu allerlei Vermutungen Anlaß gab: Gretchen Rae hatte sich bei ihren Kollegen wiederholt nach einem früheren Stammkunden erkundigt – einem Mann mit langem deutschen Nachnamen, der am Tresen gesessen und gespachtelt, Rechenkunststückchen vorgeführt und die Einheimischen dadurch verblüfft hatte, daß er das Kreuzworträtsel der *L.A. Times* in fünf Minuten löste. Ein alter Knacker mit europäischem Akzent – der nicht mehr im Scrivner's aß, seit Gretchen Rae dort angeheuert hatte. Mickey zufolge hatte die Braut davon gesprochen, daß sie einen Freund ihres Vaters suchte; von Howard wußte ich, daß sie aus Wisconsin stammte; der deutsche Akzent war typisch für den Dairy State. Außerdem kam Morris Hornbeck, Mr. Tatterich aus Mickeys Hinterzimmer, ein Ex-Killer und -Geldwäscher der Mafia, aus Milwaukee. Und – das schlug dem Faß die Krone ins Gesicht – Gretchen Rae Shoftel hatte auch weiterhin gekellnert, obwohl sie mit zweien der reichsten und mächtigsten Männer von Los Angeles verkehrte.

Ich steuerte eine Telefonzelle an und führte sowohl normale als auch R-Gespräche. Ein alter Kumpel vom LAPD klärte mich über Morris Hornbeck auf – in Kalifornien hatte er zweimal wegen Unzucht mit Minderjährigen vor Gericht gestanden, beide Mädchen waren kaum dreizehn. Ein Bulle aus Milwaukee, den ich von einem früheren Fall her kannte, versorgte mich mit Klatsch und Tratsch aus dem Mittleren Westen: Der kleine Mo war als besserer Buchhalter für Jerry Katzenbachs Familie tätig gewesen und von seinem Boss 1947 aus der Stadt gejagt worden, nachdem er mit ihm zu treuen Händen anvertrauten Wetteinnahmen ein Freudenhaus eröffnet hatte, wo er auf Filmstar getrimmte Babynutten für sich anschaffen ließ – unbedarfte Gören, die so frisiert, geschminkt und eingekleidet wurden, daß sie wie Rita Hayworth, Veronica Lake, Ann Sheridan und Co. aussahen. Das Unternehmen war ein voller Erfolg, doch der gute Katholik und Familienvater Katzenbach hielt es für »kontraproduktiv«. Adios, Morris – der in L.A. offenbar ein behagliches neues Zuhause gefunden hatte.

Bei Gretchen Rae Shoftel zog ich eine glatte Niete; ebenso bei dem alten Knacker, der ähnliche Rechenkunststücke auf der Pfanne hatte wie der kellnernde Vamp. Die Kleine war weder in Kalifornien noch in Wisconsin aktenkundig – trotzdem wäre ich jede Wette eingegangen, daß sie sich ihre Verführungskünste in Mo Hornbecks Fummelschuppen angeeignet hatte.

Ich fuhr zu Howard Hughes' Bumsburg in der South Lucerne Street und verschaffte mir mit einem der unzähligen Schlüssel an meinem fünf Kilo schweren Bund von Hughes Enterprises Einlaß. Das Haus war mit Relikten aus der RKO-Requisite ausstaffiert, samt kompletter Damentoilette in jedem der sechs Zimmer. Im marokkanischen Salon befanden sich Diwans und Hängematten aus *Nacht in der Kasbah* sowie eine Auswahl dekolletierter Seidenpyjamas in allen Regenbogenfarben; das *Billy-the-Kid*-Zimmer – wo Howard seine Jane-Russell-Doubles empfing – präsentierte sich als Pseudo-Saloon mit gut sortierter Bar, einer Kollektion gewagter Cowgirlkostüme und einer Matratze mit Navajo-Decke darüber. Doch am besten gefiel mir der sogenannte Zoo: präparierte Pumas, Bisons, Rotluchse und Elche – geschossen von Ernest Hemingway –, die so angeordnet waren, daß sie lüstern zur Zimmermitte starrten, wo zerknüllte Laken auf dem Boden lagen. Big Ernie hatte mir erzählt, er habe den Tierbestand zweier Counties in Montana zu diesem Zweck erheblich dezimieren müssen. Dann waren da noch die Küche mit ausreichend frischer Milch, Erdnußbutter und Marmelade zur Befriedigung jedweder Teenagergelüste, ein Vorführraum für Pornofilme sowie das große Schlafzimmer – jede Wette, daß Howard Gretchen Rae Shoftel dort einquartiert hatte.

Ich stieg die Hintertreppe hinauf, ging den Flur entlang und stieß die Tür auf, in der Erwartung, das Zimmer vorzufinden wie gewohnt: weißgetünchte Wände und ein großes weißes Bett – quasi als ironischer Kommentar zur geraubten Unschuld. Fehlanzeige; statt dessen sah ich den Inbegriff uramerikanischer Gemütlichkeit.

Auf dem Bett lagen Mixer, Toaster, Backbleche und Tischbesteck; die Wände waren mit Currier-&-Ives-Kalendern und gerahmten Norman-Rockwell-Titelbildern der *Saturday Evening Post* gepflastert. Eine Stofftiermenagerie – Pandas, Tiger und Disneyfiguren – saß mit himmelwärts gewandtem Blick gegen das Bett gelehnt und bewunderte die Meisterwerke. In der Ecke neben dem Fenster stand ein Bugholzschaukelstuhl mit einem Stapel Kataloge darauf. Ich schmökerte ein wenig darin: Motorola-Radios, Hamilton-Beach-Küchenutensilien, Tagesdecken von irgendeinem Versandhaus in New Hampshire. Überall waren die günstigsten Artikel angekreuzt. Komisch, schließlich bekamen die Bewohnerinnen von Howards großem Schlafzimmer alles, was das Herz begehrte – Kreditkonten vom feinsten, das volle Programm.

Ich warf einen Blick in den Schrank. Er enthielt die Standardausrüstung der Marke Hughes – tief ausgeschnittene Kleider, enge Cashmere-Pullis und außerdem ein halbes Dutzend Scrivner's-Kellnerinnenuniformen mit eingebauter Stützvorrichtung, die Gretchen Rae nicht nötig hatte. Als ich eine Reihe leerer Bügel sah, suchte ich nach weiteren Katalogen und entdeckte unter dem Bett ein Exemplar von Bullocks Wilshire. Ich blätterte es flüchtig durch und stieß auf mit Kringeln markierte Tweedröcke und -kostüme, Flanellblazer und altjüngferliche Strickkleider; Howards Kreditkontonummer war oben auf die Rückseite gekritzelt. Das Rechengenie Gretchen Rae Shoftel, das nach ihrem männlichen Gegenstück suchte, wollte sich offenbar in Fräulein Biedermann verwandeln.

Ich erkundete den Rest der Bumsburg, durchstreifte rasch die anderen Zimmer und filzte die Einbauschränke im Parterre.

Überall leere Bullocks-Schachteln – Gretchen Rae Shoftel hatte ihre Metamorphose längst vollzogen. Howard pflegte seine Geliebten mit Geld zu überschütten, um sie sich gefügig zu machen, in diesem Fall jedoch war ich mir ziemlich sicher, daß er alle fünfe hatte gerade sein lassen. Ich gab mich als Polizist aus und rief die Fahrdienstleitung der Yellow- und Beacon-Taxiunternehmen an. Treffer bei Beacon: Drei Tage zuvor hatte jemand morgens um zehn nach drei einen Wagen in die South Lucerne Nr. 436 bestellt; sein Ziel: 2281 South Mariposa.

Volltreffer.

2281 South Mariposa war eine Mickey-Cohen-Absteige, eine waffenstarrende Festung, in der Micks Killer sich verschanzten, wenn sie mal wieder mit Jack Dragnas Gang aneinandergeraten waren. Stahlbeton; jede Menge Dosenfutter im Keller/Atombunker; reihenweise MPs und Pumpguns hinter falschen, mit nackten Weibern tapezierten Wänden. Nur Mickeys Jungs kannten die Bude – der unwiderlegbare Beweis dafür, daß Morris Hornbeck und Gretchen Rae Shoftel unter einer Decke steckten. Ich fuhr zur Jefferson Ecke Mariposa – Bleifuß.

Eine Handvoll kleiner, äußerst gepflegter Holzhäuser, von denen die meisten Japsen gehörten, die nach ihrer Entlassung aus den Internierungslagern wie Pech und Schwefel zusammenhielten, um auf ihrem neuen Grund und Boden ein ungestörtes Leben führen zu können. Nr. 2281 war ebenso sauber und ordentlich wie alle anderen Hütten in der Straße: Mickey hatte den besten Japsengärtner der Umgebung. Die Auffahrt war leer; die Wagen an der Bordsteinkante wirkten harmlos, und bis auf einen Sonnenanbeter, der vier Häuser weiter in einer Hollywoodschaukel auf seiner Veranda saß, war weit und breit niemand zu sehen. Ich ging zur Haustür, schlug ein Fenster ein, steckte die Hand hindurch, schob den Riegel zurück und öffnete sie.

Im Wohnzimmer – das Mickeys Frau Lavonne mit einer Polstergarnitur aus dem Hadassah-Basar eingerichtet hatte – war es blitzsauber und totenstill. Ich rechnete fest damit, jeden Augenblick von einer scharfen Töle angefallen zu werden, bis mir einfiel, daß Lavonne dem Mick verboten hatte, sich einen Köter zuzulegen, damit ihr das Vieh nicht auf den Teppich pißte. Da witterte ich den Gestank.

Fäulnisgeruch schlägt einem nicht nur auf den Magen, sondern treibt einem obendrein die Tränen in die Augen. Ich band mir mein Taschentuch über Mund und Nase, bewaffnete mich mit einer Lampe und ging zögernd auf den Mief zu. Er kam aus dem rechten Vorderzimmer und haute mich fast um.

Zwei Tote – einer auf dem Boden, der andere auf dem Bett. Ersterer lag auf dem Bauch und hatte ein weißes Nachthemd um den Hals geknotet, an dem ein Bullock's-Preisschild hing. Geronnenes Rindergulasch bedeckte sein Gesicht, das verbrühte Fleisch war rot und rissig. Ein Stückchen weiter lag eine umgestülpte Bratpfanne mit den verklumpten Überresten der Pampe. Es hatte offenbar jemand gekocht, als es zum Streit gekommen war.

Ich legte die Lampe weg und sah mir die Leiche auf dem Boden aus der Nähe an. Der Mann war um die vierzig, blond und fett; der Mörder hatte versucht, ihm die Fingerkuppen wegzusengen – sie waren an beiden Händen verkohlt, woraus ich schloß, daß der Täter ein Amateur war: Wer Abdrücke beseitigen will, muß schon zum Hackebeilchen greifen. In einer Ecke lag eine Kochplatte; ich inspizierte sie und stellte fest, daß verschmorte Haut an den Spiralen klebte. Da das Bett direkt danebenstand, holte ich tief Luft, zurrte meine Maske fest und nahm den zweiten Toten in Augenschein. Er war alt und dürr und für das winterliche L.A. viel zu dick angezogen. Er hatte offensichtlich nicht den kleinsten Kratzer; seine verbrannten Hände waren fein säuberlich über der Brust gefaltet, ruhe in Frieden, als wäre ein Leichenbestatter am Werk gewesen. Ich durchsuchte seine Taschen – null – und tastete ihn nach gebrochenen Knochen ab. Null Komma nichts. Da kroch eine Made aus seinem offenen Mund und vollführte zukkend einen kleinen Lindy-Hop auf seiner Zungenspitze.

Ich ging ins Wohnzimmer zurück, griff zum Telefon und rief

einen Mann an, der mir im Zusammenhang mit der Beziehung seiner Frau zu einer Negernonne und einem jungen Kongreßabgeordneten aus Whittier einen riesengroßen Gefallen schuldete. Der Mann arbeitet bei der Spurensicherung des Sheriff's Department; ein abgebrochener Medizinstudent und wahrer Meister in der Kunst, Leichen zu untersuchen und die Todesursache festzustellen. Er versprach, binnen einer Stunde per Zivilkutsche nach 2281 South Mariposa zu kommen – zehn Minuten forensischen Know-hows für die Tilgung seiner Schuld.

Ich ging ins Schlafzimmer zurück, bewaffnet mit einem von Lavonne Cohens Geranientöpfen, um den Gestank etwas erträglicher zu machen. Jemand hatte die Taschen der Leiche auf dem Fußboden geplündert; der Schädel des Toten auf dem Bett wies keinerlei Blutergüsse auf, dafür tanzten jetzt zwei Maden einen Tango auf seiner Nase. Als Profi trug Morris Hornbeck vermutlich eine schallgedämpfte Spritze bei sich, wie die meisten von Mickeys Gorillas – er war einfach zu schmächtig, um einen Menschen eigenhändig umzubringen. Allmählich hatte ich den Eindruck, daß Gretchen Rae Shoftel für die Morde verantwortlich war – allmählich wurde sie mir sympathisch.

Ein paar Minuten später kreuzte Kirby Falwell auf und klopf-klopf-klopfte an das Fenster, das ich eingeschlagen hatte. Ich ließ ihn herein, und er hielt sich die Nase zu und schleppte sein Köfferchen ins Schlafgemach. Ich überließ ihn seiner Wissenschaft und blieb ihm Wohnzimmer, um ihn nicht mit intimen Details über das Liebesleben seiner Frau quälen zu müssen. Nach einer halben Stunde kam er wieder heraus mit den Worten:

»Jetzt sind wir quitt, Meeks. Dem Clown auf dem Boden hat jemand einen flachen, stumpfen Gegenstand, vermutlich eine Bratpfanne, über den Schädel gezogen. Dabei ist er mit ziemlicher Sicherheit k.o. gegangen. Dann hat ihm der Täter sein Abendessen ins Gesicht geknallt und ihm dabei ein paar hübsche Verbrennungen zweiten Grades verpaßt. Danach wurde er mit dem Negligé erdrosselt. Mit anderen Worten, Tod durch Erstikken. Was den Alten angeht, würde ich auf Herzanfall tippen – ohne Fremdeinwirkung. Zuerst dachte ich an Gift, aber seine Leber ist nicht geschwollen. Herzanfall, mit fünfzigprozentiger Sicherheit. Beide seit gut zwei Tagen tot. Ich habe ihnen den Schorf von den Fingerkuppen gepult und die Abdrücke abgenommen. Ich nehme an, Sie wollen sie in allen achtundvierzig Staaten überprüfen lassen?«

Ich schüttelte den Kopf. »Nur in Kalifornien und Wisconsin – und zwar schnell.«

»Vier Stunden. Dann sind wir quitt, Meeks.«

»Nehmen Sie Ihrer Frau das Nachthemd mit. Sie hat bestimmt Verwendung dafür.«

»Sie sind ein Arschloch, Meeks.«

»Adios, Lieutenant.«


Ich ließ das Licht aus und machte es mir bequem. Falls Mo Hornbeck und Gretchen Rae Shoftel tatsächlich so etwas wie Partner waren, würden er oder sie über kurz oder lang hier auftauchen, um die Leichen zu entsorgen, oder es kam womöglich unerwarteter Besuch. Ich setzte mich in einen Sessel neben der Haustür und hielt die Taschenlampe fest umklammert, damit ich sie notfalls als Waffe zweckentfremden konnte. Angsthormone hielten mich auf Trab; mir rauchte der Kopf bei dem Versuch, einen Ausweg aus dem Schlamassel zu finden – erst beauftragten mich meine beiden Gönner, eine Frau zu ihrem ausschließlichen Gebrauch heranzuschaffen, und jetzt hatte ich auch noch zwei Kadaver am Hals. Ich zermarterte mir buchstäblich das Hirn, ohne Erfolg. Da ich frühestens in einer halben Stunde bei Kirby Falwell anrufen konnte, ließ ich es gut sein und versuchte es mit der Andere-Leute-Nummer.

Die Andere-Leute-Nummer geht auf meine Kindheit in Oklahoma zurück, als mein alter Herr meine alte Dame regelmäßig nach Strich und Faden vertrimmte und ich mich mit einer Matratze in den Wald verkroch, damit ich das nicht mit anhören mußte. Ich stellte meine Gürteltierfallen auf und wartete, bis ein leises Knak-ken/Quieken ertönte, weil wieder mal eins dieser saudummen Viecher meinen Köder gefressen hatte und dafür mit einem glatten Genickbruch belohnt worden war. Wenn ich überhaupt schlafen konnte, wurde ich von lautem Geschrei geweckt – Männer quälten Frauen –, und dann war es doch wieder nur der Wind, der durch die Krüppelkiefern heulte. Ich überlegte, wie ich meiner alten Dame meinen alten Herrn vom Leib halten konnte, ohne mich an meinen Bruder Fud wenden zu müssen, der wegen bewaffneten Raubüberfalls und gefährlicher Körperverletzung in Texas einsaß. Da ich leider nicht den Mumm hatte, Pop Auge in Auge gegenüberzutreten, dachte ich an andere Leute, damit ich nicht an ihn denken mußte.

Daraus entwickelten sich jedesmal kleine Szenen oder Stücke, in denen ich beispielsweise eine Betschwester bekniete, mit einer selbstgebackenen Torte und einem Stapel religiöser Traktätchen bei uns aufzukreuzen und den Alten zu beruhigen, oder den Dorfgigolo mit meiner Mom verkuppelte, weil ich wußte, daß Pop vor anderen Männern den Schwanz einzog und sich bei der Alten wochenlang lieb Kind machen würde, damit sie ihn nicht verließ. Dieses Stück bescherte uns allen den großen Durchbruch – kurz darauf bekam die alte Dame Typhus. Sie lag mit Fieber im Bett, und der Alte legte sich dazu, um sie zu wärmen. Dabei steckte er sich an – und starb sechzehn Tage nach ihr. Man könnte glatt meinen, sie hätten sich abgöttisch geliebt – bis der Schluß-vorhang fiel.

Die Andere-Leute-Nummer hilft einem also erstens aus der Patsche und sorgt zweitens dafür, daß es einem anderen armen Schwein ein bißchen besser geht. Als Cop in Niggertown hatte ich die Masche reichlich ausgereizt: Du läßt einen jämmerlichen kleinen Kiffer laufen, schickst ihm zu Christi Wiegenfest einen Obstkorb von Mickey Cohen, bringst ihn dazu, einen Heroinpusher zu verpfeifen und staubst dabei fünf Prozent Weihnachtsgeld ab. Diesmal jedoch steckte ich in einer verzwickten Klemme:

Mickey, Howard – zwei Kunden, aber nur eine Frau. Und die beiden hängenzulassen verstieß gegen meinen Glauben.

Ich stellte das Nachdenken ein und rief Kirby Falwell im Sheriff's Bureau an. Das Ergebnis seiner Zwei-Staaten-Überprüfung roch nach Ärger:

Der Tote auf dem Boden war Fritz Steinkamp, ein wegen versuchten Mordes verurteilter Gangster aus dem Raum Chicago-Milwaukee, der auf Bewährung entlassen worden war und vermutlich als Killer für Jerry Katzenbach gearbeitet hatte. Mr. Herzkasper war Voyteck Kirnipaski, ein Gewohnheitsverbrecher, der ebenfalls aus Katzenbachs Umfeld stammte und für ihn wegen Erpressung und Unterschlagung oder, besser, Aktienbetrug gesessen hatte. Langsam kam etwas Licht in die Angelegenheit, und ich wählte die Nummer von Howards Bude im Bel Air Hotel. Zweimal klingeln lassen, auflegen, dreimal klingeln lassen – damit er wußte, daß es keine Klatschkolumnistin war.

»Ja?«

»Howard, waren Sie in den letzten Jahren mal in Milwaukee?«

»Ich war im Frühjahr 47 in Milwaukee. Warum?«

»Könnte es sein, daß Sie bei dieser Gelegenheit in einem Puff mit auf Filmstars getrimmten Mädchen gewesen sind?«

Howard seufzte. »Buzz, Sie kennen doch meine angeblichen Neigungen in dieser Richtung. Geht es um Gretchen Rae?«

»Und ob. Ja oder nein?«

»Ja. Ich hatte einige Kollegen aus dem Pentagon zu Gast. Wir haben uns mit mehreren Damen einen schönen Abend gemacht. Meine Begleitung sah genauso aus wie Jean Arthur, nur ein wenig ... üppiger. Jean hat mir das Herz gebrochen, Buzz. Aber das wissen Sie ja.«

»Ja. Haben die Lamettahengste sich die Nase begossen und in Gegenwart der Mädchen über Berufliches gesprochen?«

»Ja, das wäre durchaus möglich. Aber was hat das alles ...«

»Howard, worüber haben Sie und Gretchen Rae sich unterhalten – außer Ihren Sexphantasien?«

»Tja, Gretchy schien sich sehr für wirtschaftliche Dinge zu interessieren – Firmenfusionen, die kleinen Betriebe, die ich gekauft habe, und dergleichen. Aber auch für Politik. Meine Freunde aus dem Pentagon haben mich über die Koreakrise ins Bild gesetzt und durchblicken lassen, daß sich dabei viele Flugzeuge verkaufen ließen. Gretchy schien sich auch dafür zu interessieren. Eine intelligente Frau interessiert sich immer für die Geschäfte ihres Geliebten, Buzz. Aber das wissen Sie ja. Haben Sie eine Spur?«

»Und ob. Chef, wie haben Sie es eigentlich geschafft, so lange reich und vor allem am Leben zu bleiben?«

»Ich vertraue den richtigen Leuten, Buzz. Können Sie das nachvollziehen?«

»Und ob.«


Nachdem ich drei weitere Stunden im Dunkeln gehockt und gewartet hatte, plünderte ich den Kühlschrank, tankte Energie und ging dann mit der Andere-Leute-Nummer auf Tournee – ein Freundschaftsdienst für Mickey, falls ich ihn linken mußte, um Howard den mörderischen Backfisch Gretchen Rae Shoftel zuzuschanzen. Zunächst jedoch wickelte ich Fritz Steinkamp in drei bodenlange Chintzvorhänge und schleppte ihn zu meinem Wagen; dann mummte ich Voyteck Kirnipaski in eine Tagesdecke und quetschte ihn zwischen Fritz und meinen Ersatzreifen in den Kofferraum. Schließlich beseitigte ich routinemäßig mögliche Fingerabdrücke, machte alle Lichter aus und fuhr zur Giftmülldeponie der Hughes Tool Company im Topanga Canyon, einem mit blubbernder Säure gefüllten Tank unmittelbar neben einer Tagesstätte für notleidende Kinder – einer von Howards tausend ganz legalen Steuertricks. Ich warf Fritz und Voyteck in den Hexenkessel: Sie knisperten, knusperten und ploppten wie Kellogg's Rice Krispies. Dann, kurz nach Mitternacht, fuhr ich zum Strip und machte mich auf die Suche nach Mickey und seinen Vasallen.

Sie waren weder im Trocadero noch im Mocambo oder im La Rue; auch nicht im Sherry's oder in Dave's Blue Room. Ich rief bei der Nachtauskunft der Kfz-Zulassungsstelle an, spielte Polizist und erhielt prompt die gewünschten Angaben zu Mo Hornbecks Gefährt – braunes Dodge-Coupé, Baujahr 1946, CAL–4986-J, 896¼ Moonglow Vista, South Pasadena –, dann nahm ich die Arroyo Seco und fuhr über den Hügel zu der angegebenen Adresse, einer Bungalowsiedlung.

Nr. 896¼ lag am linken Ende eines elegant geschwungenen Massivbaus: gerundete Geländer und winzige Zierfenster mit schmalen Jalousien davor – reine Angeberei. Nirgends brannte Licht; Hornbecks Dodge stand nicht an seinem Platz hinter dem Haus. Vielleicht erwartete mich Gretchen Rae bereits, mit Kuscheltieren, Negligé-Garotten, Gulaschtöpfen und Bratpfannen bewaffnet – mit einem Mal war es mir scheißegal, wer auf dieser Welt was wann wie wo mit wem trieb und warum. Ich trat die Tür ein, knipste eine Wandleuchte an – und wurde von einer Monstertöle mit messerscharfen weißen Monsterzähnen von den Füßen geholt.

Es war ein Dobermann, ein seidig-schwarzes Kraftpaket, das jemand an die Kehle wollte – mir. Der Köter schnappte nach meiner Schulter und erwischte einen leckeren Happen Edelzwirn der Marke Hart, Schaffner & Marx; er schnappte nach meiner Nase, und ich erwischte ihn mit einem mißratenen rechten Haken der Marke Meeks, so daß er einen Moment lang von mir abließ. Ich zog mein Springmesser aus der Tasche, drückte den Knopf und schlug damit um mich; ich zerschnitt dem Vieh Pfoten und Schnauze – was die Bestie nicht davon abhielt, weiter knurrend nach mir zu schnappen.

Mir blieb nichts anderes übrig, als der Misttöle ein festes Ziel zu bieten. Ich schlug mir den linken Arm vor das Gesicht und versuchte, flach liegen zu bleiben; Wunderhund Rex machte sich über ein dickes, fettes, saftiges Stück Ellbogen her. Ich richtete die Klinge auf seinen Bauch, rammte sie hinein und riß mit aller Kraft daran. Eingeweide regneten auf mich herab; Rex kotzte mir einen Blutschwall ins Gesicht und verröchelte.

Ich wälzte den dritten Kadaver des Tages von mir herunter, tau-

melte ins Bad und suchte im Arzneischränkchen nach Hamame-
liswasser. Als ich es gefunden hatte, goß ich es über meinen Ellbogen und die blutenden Bißwunden an den Fingern. Keuchend
klatschte ich mir kaltes Leitungswasser ins Gesicht, blickte in den
Spiegel und sah einen Fettsack mittleren Alters mit Muffensausen
und einer Mordswut im Bauch, der bis zur Halskrause in der
Scheiße steckte. Ich starrte endlose Sekunden in die mir unbe-
kannte Fratze. Dann zerschlug ich den Spiegel mit dem Hamame-
lisfläschchen und nahm den Rest des Bungalows in Augenschein.
Das größere der beiden Schlafzimmer bewohnte ohne Zweifel
Gretchen Rae. Überall Kleinmädchenkrimskrams: Stoffpandas
und Schießbudenpüppchen, an den Wänden Collegewimpel und
Porträts von Leinwandhelden. Auf der Kommode stapelten sich
originalverpackte Haushaltsgeräte; Hochglanzfotos von RKO-
Schönlingen lagen auf dem Bett verstreut.
Im zweiten Zimmer roch es nach Vapo Rub und Liniment, nach
Schweiß und abgestandenen Fürzen – kahle Wände und ein rie-
siges, durchgelegenes Klappbett. Auf dem Nachttisch stand ein
Medikamentenfläschchen – ein gewisser Dr. Revelle hatte Mr.
Hornbeck Demerol verschrieben –, und ein Blick unter das
Kopfkissen bescherte mir einen 38er Police Special. Ich klappte
die Trommel aus, entnahm ihr vier der sechs Patronen und schob
mir die Waffe in den Hosenbund; dann ging ich ins Wohnzimmer
zurück und nahm den Hund vorsichtig auf den Arm, damit ich
mich nicht mit seinem Blut beschmierte. Ich sah, daß es ein Weibchen war; daß an dem Halsband ein Schildchen mit der Aufschrift
»Janet« hing. Das war der Witz des Jahrhunderts, und ich fing
hysterisch an zu lachen, als mich urplötzlich das nackte Grauen
packte. In einer Ecke entdeckte ich einen Hundekorb von Aber-
crombie & Fitch, warf Janet hinein, machte alle Lampen aus und
plumpste auf die Couch. Völlig benebelt lag ich da, bis mich ein
Türknarren, der gedämpfte Aufschrei »Um Gottes willen!« und
grellgelbes Licht aus meinem Delirium rissen.
»Nein, Janet, bitte nicht!«

Mo Hornbeck stürzte schnurstracks auf den Köter zu, ohne mich zu bemerken. Ich stellte ihm ein Bein; er landete so dicht vor Janets Schnauze, daß er sie hätte knutschen können. Ein Satz, und ich war bei ihm, hielt ihm die Kanone an den Schädel und knurrte wie der irre Okie-Killer, der in mir steckte: »So, Jungchen, du erzählst mir jetzt was von dir, Gretchen Rae und den Leichen in der Mariposa. Du packst jetzt aus über sie und Howard Hughes, und zwar *sofort*.«

Hornbeck war im Nu wieder voll da, wandte den Kopf und starrte mich an. »Sie sind ein Arschloch, Meeks.«

Von einem kleinen Detective, der in meiner Schuld stand, ließ ich mich notfalls »Arschloch« nennen, nicht aber von einem verurteilten Killer und Kinderficker. Ich klappte die Trommel des 38ers aus und zeigte Hornbeck die zwei Patronen; dann ließ ich sie rotieren und setzte ihm die Mündung an den Kopf. »Rede. *Los*.«

Hornbeck sagte: »Sie sind ein Arschloch, Meeks«; ich drückte ab; er schnappte nach Luft und sah zu dem Hund hinüber, während sich seine Schläfen violett und seine Wangen rot verfärbten. Obwohl ich mich schon in der Zelle neben Fud sitzen und die Meeks-Jungs durch die Gitterstäbe Binokel spielen sah, feuerte ich ein zweites Mal: Der Bolzen traf klickend eine leere Kammer. Hornbeck biß in den Teppich, um sein Zittern zu unterdrücken, und wurde erst puterrot, dann schweinchenrosa und schließlich leichenblaß. Als er es nicht mehr aushielt, spuckte er Staub und Hundehaare und japste: »Die Tabletten auf meinem Nachttisch und die Flasche im Küchenschrank.«

Ich gehorchte, und wir setzten uns wie alte Kumpels auf die Veranda und leerten den Rest des Kruges – Old Overholt Bonded. Hornbeck spülte das Demerol mit Schnaps hinunter, entschwebte in den siebten Himmel und erzählte mir die traurigste Geschichte, die ich je gehört hatte.

Gretchen Rae Shoftel war seine Tochter. Mom war kurz nach ihrer Geburt mit einem Bierkutscher der Schlitz-Brauerei durchgebrannt, der angeblich einen kolossalen Hengstschwanz in der Hose hatte – quasi das menschliche Pendant zu Mickey Cohen jr. Mo zog Gretch groß, so gut er konnte, und schämte sich, weil er sich insgeheim nach ihr verzehrte, bis er aus verschiedenen trüben Quellen erfuhr, daß seine Frau es zur Zeit der Zeugung seines Töchterleins mit der gesamten Schlitz-Nachtschicht getrieben hatte. Trotzdem ließ er die Finger von ihr und tobte sich statt dessen bei den Jungnutten vom Babystrich in Green Bay und Saint Paul aus.

Gretchy wurde zum Sonderling und schämte sich für ihren alten Herrn – einen kleinen Gangster und Gelegenheitskiller. Sie nahm den Mädchennamen ihrer Mutter an, vergrub sich in Büchern und entwickelte eine besondere Vorliebe für Zahlen und Rechenkunststücke – um zu beweisen, daß sie Grips hatte. Außerdem trieb sie sich mit Rowdys aus South Milwaukee herum. Mit fünfzehn hatte sie etwas mit einem verrückten Polacken, der sie eine Woche lang jeden Abend windelweich schlug. Als Mo dahinterkam, goß er den Knaben in Beton und versenkte ihn im Lake Michigan. Diese Racheaktion führte zur glücklichen Versöhnung von Vater und Tochter.

Mo machte in Jerry Katzenbachs Firma Karriere; Gretch schaffte in den Chicagoer Hotelbars an und verdiente sich damit eine goldene Nase. Mit sechzehn avancierte Gretchen Rae zur Vorarbeiterin im Luxusbordell ihres Vaters: Filmstardoubles und Zimmer voller Wanzen zur Aufzeichnung von Gangster- und Politikergesprächen, die sich für Jerry K. eventuell als interessant erweisen konnten. Gretch freundete sich mit dem Aktienbetrüger Voyteck Kirnipaski an; eines Abends hörte sie durch einen Lüftungsschlitz zufällig mit, wie Howard Hughes und ein Kader von Drei-Sterne-Militärs sich mit Miniaturausgaben von Jean Arthur, Lupe Velez und Carole Lombard verlustierten. Gretch schnappte jede Menge saftigen Wall-Street-Klatsch auf und witterte ihre große Chance. Zur gleichen Zeit erkrankte Mo an Magenkrebs; der Befund: fünf Jahre, höchstens – genießen Sie das Leben, solange es noch geht. Also zweigte er bei Jerry Katzenbach genügend Geld für eine erstklassige Behandlung ab und setzte sich mit Zähnen und Klauen gegen die Krankheit zur Wehr. Jerry K. kassierte schlechte Presse für sein Freudenhaus, machte es dicht und verbannte Mo an die Küste, wo Mickey Cohen ihn mit offenen Armen empfing und seine Beziehungen zur Staatsanwaltschaft dazu benutzte, Mos Kinderfickeraffäre aus der Welt zu schaffen.

Derweil belegte Gretchen Rae Betriebswirtschaft an der Marquette in Milwaukee und ließ sich von Voyteck Kirnipaski gratis vögeln, als sie spitzkriegte, daß er für Jerry K. arbeitete und mit seiner Bezahlung unzufrieden war. Mo erlitt einen Rückfall und kam zu Besuch nach Milwaukee; Kirnipaski machte sich mit einem hübschen Batzen von Katzenbachs Kohlen aus dem Staub, um damit in L.A. Aktienbetrügereien anzuleiern; Gretchen Rae, eine eifrige Zeitungsleserin mit einem Auge für politische Zusammenhänge, stellte flugs eine Verbindung zwischen den vertraulichen, Howard und den Lamettahengsten abgelauschten Informationen und den Gerüchten über die Koreakrise her und beschloß, mit Hughes persönlich in Kontakt zu treten. Mo knipste den respektablen Vorbau seines Töchterleins und schickte die Fotos an Big How; der biß an; Gretchy bekam den Tip, daß der flüchtige und heißbegehrte Voyteck in Scrivner's Drive-In zu finden sei und heuerte dort an, weil sie bei dem geplanten Erpressungsspielchen seine Hilfe brauchte. Als er sich in sie verknallte, machte Mickey Cohen ihr einen Strich durch die Rechnung – aber sie dachte wohl, bei dem kleinen Dicken sei etwas zu holen. Sie wurde zu seiner und Howards Geliebten, und bei Mickeys Nachtclub-Gelagen taten Vater und Tochter, als seien sie sich nie begegnet. Schließlich, in einem Motel in Santa Monica, stöberte sie Voyteck auf, dem der Arsch auf Grundeis ging, als er erfuhr, daß ihm Katzenbachs Killer dicht auf den Fersen waren. Mo gab ihr den Schlüssel zu Mickeys Absteige in der Mariposa Street; sie quartierte Voyteck dort ein und pendelte zwischen dem Versteck und Howards Bumsburg hin und her. Sie besorgte sich die nötigen Informationen auf die sanfte Tour und besorgte es Kirnipaski auf die harte, um ihn in ihr Netz von Intrigen zu locken. Sie machte befriedigende Fortschritte – als Fritz Steinkamp auf der Bildfläche erschien. Und Teufel auch, die kleine Gretchy zeigte sich der Lage mehr als gewachsen und brachte ihn mittels Pfanne, Gulasch und Negligé zu Tode. Als sie den völlig verängstigten Voyteck dann beruhigen wollte, machte seine Pumpe schlapp: Ein Mordversuch, ein Mord und die Zunge einer Mörderin waren offenbar zuviel des Guten. Gretchen Rae geriet in Panik, verschwand mit Voytecks geklautem Geld – und versuchte jetzt, einer Liste von potentiellen Kunden, die Kirnipaski zusammengestellt hatte, heiße »Geheimtips« zu Hughes-Aktien anzudrehen. Das Mädchen hatte sich irgendwo verkrochen – Mo hatte keine Ahnung, wo – und wollte morgen den letzten Schub in Frage kommender »Klienten« zu Hause oder im Büro anrufen.

Nach dieser Geschichte war mir Mo fast genauso sympathisch wie Gretchen Rae. Ich wußte zwar noch immer keinen Ausweg aus dem Schlamassel, aber eines ließ mir keine Ruhe: der Kleinmädchenkitsch, der Küchenkrempel, der ganze Spießerkram, den Gretch gehortet hatte. Als Mo fertig war, fragte ich: »Und was ist mit den ganzen Klamotten, Haushaltsgeräten und Stofftieren?«

Morris Hornbeck, an dem spätestens in einem halben Jahr die Würmer knabbern würden, seufzte. »Verlorene Zeit, Meeks. Vater und Tochter mimen trautes Heim, eine Nummer, die wir schon vor Jahren hätten spielen sollen. Aber damit ist es jetzt wohl Essig.«

Ich zeigte auf den Dobermann: Die Totenstarre hatte eingesetzt, und seine Pfoten waren verkrümmt, als wollte er bis in alle Ewigkeit um Hundekuchen betteln. »Nicht unbedingt. Ihr treues Maskottchen sind Sie zwar endgültig los, aber was den Rest angeht, läßt sich vielleicht was machen.«

Morris ging in sein Zimmer und haute sich aufs Ohr. Ich legte mich im Dunkeln mit einem Stoffpanda auf das kuschelige Traumbett und versuchte meine grauen Zellen auf Touren zu bringen. Da ich Mickey und Howard auf keinen Fall direkt angehen konnte, nahm ich einen Umweg und versuchte es mit der Andere-Leute-Nummer.

Sid Weinberg.

Produktionsleiter bei RKO.

Stinkreicher Lieferant von billigen Monsterstreifen, Ramschware fürs Autokino, mit der sich Millionen scheffeln ließen.

Eine der Hauptstützen von RKO – seine Projekte floppten nie. Howard kroch ihm in den Arsch, küßte ihm die Füße, weil er Filme mit dem Rechenschieber produzierte, und ließ ihm im Studio freie Hand.

*»Lieber verzichte ich auf meinen Sie-wissen-schon als auf Sid Weinberg.«*

Mickey Cohen stand tief in Sid Weinbergs Schuld, denn ihm gehörte der Blue Lagoon Saloon, wo Mickey mit seinen grauenhaften Witzen auftreten durfte, ohne von Bullen belästigt zu werden – Sid hatte Beziehungen zum LAPD.

Der Mick: »Ohne Sid wäre ich aufgeschmissen. Ich müßte mir dann einen eigenen Nachtclub zulegen, und das macht keinen Spaß – als würde man sich ein eigenes Baseballteam anschaffen, nur damit man spielen darf.«

Sid Weinberg war Witwer und Vater von zwei erwachsenen Töchtern, die ihn für einen frühvergreisten Trottel hielten. Er sprach häufig davon, daß er dringend eine Haushälterin suchte, die bei ihm wohnte, Staub wischte und ab und zu die Beine breitmachte. Vor etwa fünfzehn Jahren war er in ein bildschönes Starlet namens Glenda Jensen verliebt gewesen, die eines Tages auf Nimmerwiedersehen in den Sonnenuntergang entschwunden war. Ich kannte Glenda zwar nur von Fotos, aber sie sah verdächtig nach meinem mörderischen Backfisch aus. Morgen abend um acht feierte Sid Weinberg mit großem Tamtam die

Premiere von *Rache des Riff-Monsters*. Ich war für die Sicherheit zuständig. Unter den Gästen waren auch Mickey Cohen und Howard Hughes.

Mit diesem Gedanken schlief ich ein und träumte, daß ich, mit dem Geld anderer Leute in den Taschen, von zahmen toten Hunden gen Himmel befördert wurde.

Am nächsten Morgen machten wir uns auf die Suche nach der verlorenen Tochter. Ich fuhr, Mo Hornbeck dirigierte mich – dorthin, wo er Gretchen Rae nach ihrem letzten Telefonat vor gut und gerne achtundvierzig Stunden vermutete: Das Mädchen war furchtbar aufgeregt und hatte Schiß, daß sie abgehört werden könnten; Mo hatte ihr versprochen, die Beweise zu entsorgen, wenn ein wenig Gras über die Sache gewachsen war.

Was er natürlich nicht getan hatte. Mo zufolge hatte Gretch von Voyteck Kirnipaski eine Liste mit den Namen von Finanzhaien erhalten, die sich eventuell für ihre Hughes-Enterprises-Daten interessierten und wissen wollten, wann sie Anteile an Toolco, Hughes Aircraft und deren unzähligen Tochterfirmen kaufen oder abstoßen sollten – basierend auf Gretchens Informationen über anstehende Rüstungsverträge und ihrer Beurteilung möglicher Kursschwankungen. Mo betonte, daß sie den Bullocks-Katalog nur deswegen geplündert hatte – sie wollte wie eine Geschäftsfrau und nicht wie eine Sexbombe/Mörderin aussehen.

Und so gondelten wir auf der Kriechspur in die Stadt und machten eine Rundfahrt durch das Bankenviertel rings um die Spring Street, in der Hoffnung, Gretchen Rae zufällig in einer Telefonzelle am Straßenrand zu sichten. Obwohl sich Mo, mit warmen Worten und dem Versprechen, Janet auf einem noblen Tierfriedhof in West L.A. unterzubringen, halbwegs hatte erweichen lassen, traute er mir offenbar noch immer nicht recht über den Weg – dafür war ich mit Mickey schon zu lang zu dicke. Er beobachtete mich unablässig aus den Augenwinkeln und quittierte meine zahllosen Versuche, ein Gespräch in Gang zu bringen, mit mürrischem Grunzen.

Der Vormittag kam und ging; ebenso der Nachmittag. Da Mo keinen Schimmer hatte, von wo aus Gretchen Rae ihre Telefonate führte, fuhren wir unzählige Male um den Block – von der Third zur Sixth und wieder zurück – und legten alle zwei Stunden bei Pig & Whistle auf der Fourth Ecke Broadway eine Pinkelpause ein. Als die Dämmerung hereinbrach, wurde ich allmählich nervös: Meine Andere-Leute-Nummer funktionierte nur, wenn ich mit Gretchy pünktlich bei Sid Weinbergs Party aufkreuzte.

18:00.

18:30.

19:00.

19:09. Ich wollte gerade in die Sixth einbiegen, als Mo mich am Ärmel packte und mit dem Finger auf eine junge Frau, Typ Sekretärin, im Kunstseidenkostüm zeigte, die an einem Kiosk Zeitungen studierte. »Da. Das ist meine Kleine.«

Ich fuhr rechts ran; Mo steckte den Kopf durchs Fenster und winkte, dann plötzlich rief er: »Nein! Gretchen!«

Kaum hatte ich die Handbremse angezogen, sah ich, wie das Mädchen – Gretch mit Dutt – auf der Straße einen Mann bemerkte und die Beine in die Hand nahm. Mo stürzte aus dem Wagen und lief auf den Knaben zu; der zog eine Mammutwumme, zielte und drückte zweimal ab. Mo sank tot auf den Gehsteig, eine Gesichtshälfte fehlte; der Mann folgte Gretchen Rae, ich folgte ihm.

Das Mädchen veschwand in einem Bürogebäude, mit dem Schießkünstler dicht auf den Fersen. Ich spähte ins Innere und entdeckte ihn auf dem Treppenabsatz im ersten Stock. Ich knallte die Tür hinter mir zu und trat einen Schritt zurück, worauf der Killer zweimal wild in meine Richtung feuerte; ringsum explodierten Holz und Glas. Vier Schuß von sechs, blieben noch zwei. Schreie auf der Straße; zwei Paar Füße hasteten treppauf; Sirenen in der Ferne. Ich stürmte den ersten Absatz und brüllte: »Polizei!« Wofür ich zwei jaulende Querschläger kassierte. Ich schleppte meinen Fettarsch wie ein schwabbeliger Derwisch in den dritten Stock.

Der Revolverheld kramte in seiner Tasche nach Patronen; er hatte gerade die Trommel ausgeklappt, als er mich sah. Ich war drei Stufen hinter ihm. Da ihm zum Nachladen und Feuern keine Zeit mehr blieb, trat er nach mir. Ich packte ihn am Fußgelenk und zerrte ihn die Treppe hinunter; wir stürzten und landeten in einem wirren Knäuel aus Armen und Beinen auf dem Absatz, neben einem offenen Fenster.

Wir prügelten wie zwei Tintenfische aufeinander ein – sämtliche Hiebe verfehlten ihr Ziel. Schließlich würgte er mich; ich steckte die Hände zwischen seinen Armen hindurch und bohrte ihm die Daumen in die Augen. Das Schwein ließ von mir ab, ich rammte ihm ein Knie in die Eier, wälzte ihn von mir herunter und krallte mich in seinen Haaren fest. Blind schlug er nach mir. Ich hievte ihn mit dem Kopf voran durchs Fenster und schob die Füße nach. Er knallte rücklings aufs Pflaster, und noch im zweiten Stock hörte ich deutlich, wie sein Schädel barst wie eine riesige Eierschale.

Ich holte tief Luft, schleppte mich aufs Dach und stieß die Tür auf. Gretchen Rae Shoftel saß auf einer Rolle Dachpappe und rauchte eine Zigarette; zwei dicke Tränen rollten ihr über die Wangen. Sie fragte: »Bringen Sie mich jetzt nach Milwaukee zurück?«

Mir fiel keine bessere Antwort ein als: »Nein.«

Gretchen zog eine Aktentasche hinter der Dachpappe hervor – nagelneu, bewährte Bullocks-Wilshire-Qualität. Die Sirenen auf der Straße verstummten; mit zwei Leichen hatten die Bullen alle Hände voll zu tun. Ich fragte: »Mickey oder Howard, Miss Shoftel? Sie können es sich aussuchen.«

Gretch drückte ihre Zigarette aus. »Die sind doch beide zum Kotzen.« Sie deutete mit dem Daumen über die Dachkante zu dem toten Schießkünstler hinunter. »Ich setze auf Jerry Katzenbach und seine Freunde. Ich lasse mich so leicht nicht unterkriegen. Genausowenig wie mein Daddy.«

Ich sagte: »So dumm sind Sie nicht.«

Gretchen Rae fragte: »Spekulieren Sie an der Börse?«

Gegenfrage: »Möchten Sie einen netten reichen Mann kennenlernen, der eine Freundin sucht?«

Gretchen Rae zeigte auf eine Leiter, die das Dach mit der Feuertreppe des Nachbarhauses verband. »Rette sich, wer kann.«

Im Taxi nach Beverly Hills setzte ich Gretchy rasch ins Bild und versprach ihr allerlei Vergünstigungen, die ich ihr in Wahrheit gar nicht bieten konnte, wie zum Beispiel das Morris-Hornbeck-Stipendium für bedürftige Betriebswirtschaftsstudentinnen der Marquette University. Als wir vor Sid Weinbergs Tudorvilla hielten, hatte Rapunzel ihr Haar heruntergelassen, Make-up aufgelegt und war zu jeder Schandtat bereit, um ihr hübsches Köpfchen aus der Schlinge zu ziehen.

Es war 20:03, und der Kasten war hell erleuchtet und strahlte wie ein Weihnachtsbaum – im Vorgarten servierten als Monster kostümierte Komparsen in grünen Gummianzügen Drinks, und aus auf dem Dach montierten Lautsprechern plärrte das Liebesthema eines früheren Weinberg-Machwerks namens *Angriff der Atom-Blutsauger.* Da Mickey und Howard zu Partys grundsätzlich zu spät erschienen, um nicht als Salonlöwen zu gelten, blieb mir genügend Zeit, die Sache einzufädeln.

Als ich mit Gretchen Rae ins Haus kam, bot sich uns ein unglaubliches Schauspiel: Hollywood-Stars, -Sternchen und -Statisten schwangen mit Myriaden von Revueboys und -girls, die als Riff-Monster, Atom-Blutsauger und marsianische Riesenratten verkleidet waren, das Tanzbein; Barmixer zapften mit Strahlenpistolen-Siphons Bowle; das Büfett bog sich unter der Last von monstergrün gefärbtem Aufschnitt, den die Gäste massenhaft verschmähten – zugunsten von gutem alten Schnaps, der buchstäblich in Strömen floß. Obwohl es von scharfen Motten nur so wimmelte, zog Gretchen Rae, mit offenem Haar wie Sid Weinbergs alte Flamme Glenda Jensen, den Löwenanteil wolfshungriger Blicke auf sich. Wir

postierten uns an der offenen Haustür, und als Howard Hughes'
Limousine vorfuhr, flüsterte ich: »*Jetzt.*«

Gretchen stolzierte in Superzeitlupe und mit aufreizendem Hüft-
schwung in Sid Weinbergs vollverglastes Büro; Howard, groß
und gutaussehend, im maßgeschneiderten weißen Smoking, kam
zur Tür herein und begrüßte mich, seinen getreuen Untergebe-
nen, mit einem dezenten Nicken. Ich sagte laut: »Guten Abend,
Mr. Hughes«, und setzte leise hinzu: »Sie schulden mir einen
Riesen.«

Ich zeigte zu Sids Büro; Howard folgte mir. Als wir dort ankamen, gingen Gretchen Rae Shoftel/Glenda Jensen und Sid Weinberg gerade per Zungenschlag auf Tuchfühlung. Ich sagte: »Ich
werde mir Sid vorknöpfen, Chef. Koscher ist koscher. Er nimmt
bestimmt Vernunft an. Glauben Sie mir.«

Binnen weniger Sekunden verwandelte sich der viertreichste
Mann Amerikas mindestens ein dutzendmal vom geknickten
Schoßhündchen in einen gewieften Gangsterkönig und retour.
Schließlich schob er die Hände in die Taschen, holte ein Bündel
Hunderter daraus hervor und gab es mir. Er sagte: »Besorgen Sie
mir einen passenden Ersatz«, und ging zu seinem Wagen zurück.

Ich spielte ein paar Stunden lang den Türsteher, verscheuchte
Autogrammjäger und ungebetene Gäste und sah zu, wie Gret-
chen/Glenda und Sid Weinberg sich unter die Leute mischten;
die Aktien des Mädchens stiegen, und der vergrämte alte Mann
fühlte sich wieder jung. Wenn Gretchy lachte, dann weil sie mit
den Tränen kämpfte; wenn sie Sids Hand drückte, dann weil sie
wußte, was von ihr erwartet wurde. Ich wollte, ich hätte dabeisein
können, wenn sie tatsächlich in Tränen ausbrach, wenn sie, ein
Weilchen wenigstens, zum kleinen Mädchen wurde, bevor sie
sich in eine Börsenexpertin/Hure zurückverwandelte. Als der
Film anfing, kreuzte Mickey auf. Davey Goldman meinte, er sei
stocksauer: Ein Kraut-Killer aus Milwaukee habe Mo Hornbeck
eine Kugel verpaßt und sei kurz darauf aus einem Fenster gese-
gelt; in die Mariposa-Street-Absteige sei eingebrochen worden,

und Lavonne Cohen sei drei Tage früher als geplant aus Israel zurückgekommen und mache dem Mick die Hölle heiß. Ich stellte die Ohren auf Durchzug. Gretchy und Sid turtelten am Aufschnittbüfett – und Mickey marschierte schnurstracks auf sie zu. Ich konnte zwar kein Wort verstehen, aber die drei Gesichter sprachen Bände. Obwohl der Mick sichtlich betroffen wirkte, dankte er seinem strahlenden Gastgeber brav für die freundliche Einladung; Gretch litt unter den Nachwirkungen des Todes ihres alten Herrn. Der größte Gangster von L.A. verabschiedete sich mit einer artigen Verbeugung, baute sich vor mir auf und schlug mir meine Krawatte ins Gesicht: »Ich geb dir einen Tausender, mehr nicht. Du warst nicht schnell genug, du Penner.«

Und so war alles in Butter. Niemand behelligte mich wegen der Sache mit dem Schützen aus Milwaukee; Gretchy kam trotz des Mordes an Fritz Steinkamp und der tätigen Mitwirkung bei Voyteck Kirnipaskis Abgang ungeschoren davon – die chemisch entsorgten Leichen blieben selbstverständlich unentdeckt. Mo Hornbeck wurde auf dem Mount Sinai Cemetery beigesetzt, und im Leichenschauhaus stopften Davey Goldman und ich die tote Janet zu ihm in den Sarg – ich gab dem Rabbi einen sicheren Tip für eine Pferdewette, und er ließ uns allein, um seinen Buchmacher anzurufen. Ich zahlte Leotis Dineen aus und ließ gleich wieder bei ihm anschreiben; Mickey angelte sich eine Stripperin namens Audrey Anders; Howard verdiente mit Flugzeugteilen für den Koreakrieg ein hübsches Sümmchen und vergnügte sich mit einem guten Dutzend Gretchen-Rae-Shoftel-Doubles, die ich für ihn auftrieb. Gretchy und Sid Weinberg verliebten sich ineinander, was dem armen Fliegermogul fast das Herz brach.
Gretchen Rae und Sid.
Sie wischte Staub – und machte x-mal die Beine für ihn breit. Außerdem avancierte sie zu seiner persönlichen Anlageberaterin und half ihm, gigantischen Reichtum anzuhäufen; ihren beträchtlichen prozentualen Anteil steckte sie in baufällige Miets-

kasernen und sah zu, wie ihr Vermögen wuchs und wuchs und wuchs. Miethai Gretch spielte auch die Hauptrolle in *Glenda,* dem einzigen Sid-Weinberg-Streifen, der an den Kinokassen floppte, einer Schmonzette über einen Filmproduzenten, der sich in ein Starlet verliebt, das bald darauf spurlos verschwindet. Die Kritiker waren sich einig, daß Gretchen Rae Shoftel zwar eine lausige Schauspielerin, dafür aber mit einem beeindruckenden Vorbau ausgestattet sei. Howard Hughes soll sich den Film über hundertmal angesehen haben.

1950 geriet ich in die Fänge der Ermittlungsbehörden und kam unter die Räder, so daß ich auf Dauer untertauchen mußte, Mr. Namenlos in tausend kleinen Dörfern und Städten. Mickey Cohen wanderte ein paarmal wegen Steuerhinterziehung in den Bau, wurde als alter Mann auf Bewährung entlassen und setzte sich in L.A. als gern gesehenes Original zur Ruhe, das die Leute an frühere, wildere Zeiten erinnerte. Howard Hughes verkam zum Junkie und religiösen Spinner und verehrte laut einer seiner zahllosen Biographien bis zum bitteren Ende eine blonde Hure. Er saß angeblich stundenlang im Bel Air Hotel, sah sich ihr Foto an und spielte immer wieder eine schmalzige Version von »Since I Don't Have You«. Ich weiß es besser: Es waren vermutlich Unmengen verschiedener Bilder, alles Oben-ohne-Fotos, und die Musik war der Abgesang auf eine Zeit, als Liebe noch billig zu haben war. Trotzdem lag Gretchy ihm besonders am Herzen. Davon bin ich bis heute überzeugt.

Howard und Mickey fehlen mir, und ihre Geschichte aufzuschreiben hat daran nichts geändert. Man hat's nicht leicht als alter Haudegen, so ganz allein – es gibt nur noch Erinnerungen und niemand mehr, der sie versteht.

# Ein kleines Glück

Vom Arbeitslager in die Arbeitswelt: als Werkstattleiter bei einem Toyota-Händler in Koreatown. Der Chef Japanese, die Kunden Schlitzaugen, Bimbos für die Drecksarbeit – und ich, Stan »The Man« Klein, der die Peitsche schwang und dafür sorgte, daß im Dienst niemand Däumchen drehte. Meine Bewährungshelferin hatte mir den Job besorgt: Liz Trent, schlank, charmant und kurvenreich, vier nutzlose Magistertitel, eine gescheiterte Ehe mit einem auf Methadon gesetzten Junkie und eine ausgeprägte Schwäche für meine Wenigkeit. Sie wußte, daß ich mit einem blauen Auge davongekommen war – drei Schuldsprüche wegen der krummen Touren, die ich mit Phil Turkel geritten hatte: eine Telefonmarketing-Masche um mit Rocksongs unterlegte Sex-Tapes und Kunstlederbibeln mit einem aufgeprägten Konterfei von Rev. Martin Luther King jr., das im Dunkeln leuchtete – ein echter Renner bei den Schwarzen. Wir eröffneten zum Schein eine Drogenreha-Klitsche, schickten Teenybopper auf den Strich, zwangen die männlichen Patienten zum Telefondienst und hielten sie mit Benzedrin-Espresso auf Trab – was in vierundzwanzig Anklagepunkten gipfelte, die zu guter Letzt auf drei pro Nase reduziert wurden. Da Phil kokainabhängig und nicht vorbestraft war, wurde er in eine Entzugsklinik eingewiesen; ich hingegen hatte zweimal wegen schweren Autodiebstahls vor Gericht gestanden und konnte mich leider nicht auf Dope rausreden, deshalb zog ich das große Los – ein Jahr Knast auf der Wayside Honor Rancho, wo ich es wegen meines zweifelhaften Ruhms als Anwärter auf den Schwergewichtstitel im Handumdrehen zum Kalfaktor brachte. Mein Anwalt Miller Waxman meinte, meine Strafminderung sei in der Mache – Pustekuchen: Trotz »guter Führung« brummte ich die ganzen neuneinhalb Monate ab. Mein Trostpreis: Waxmans Ex-Frau Lizzie Trent als Bewährungsmaus – sie würde mich 1. an der langen Leine führen, mir 2. einen ruhigen Job besorgen und mir 3. nach spätestens vier Wochen auf Wunsch auch einen blasen. Ich beschränkte mich auf die Punkte 1 und 2: Lizzie hatte spitze Zähne und einen Überbiß, darum war mir bei Punkt 3 nicht ganz geheuer. Ich saß gerade an meinem Schreibtisch und sah meinen Sklaven beim Wagenwaschen zu, als das Telefon klingelte.

Ich nahm ab. »Yellow Empire Import, Klein am Apparat.«

»Hier Miller Waxman.«

»Wax, wie steht er?«

»Auf Halbmast – und du schuldest mir noch immer einen Teil von meinem Honorar. Scherz beiseite, ich brauche das Geld. Ich habe Lizzie jede Menge Kohle geliehen, damit sie sich die Zähne überkronen lassen kann.«

Die 3 leuchtete neongrell: »Soll das eine Mahnung sein?«

»Nein, ein Danaergeschenk mit 10 % Zinsen.«

»Das heißt?«

»Das heißt: ein Riese pro Woche, cash auf die Kralle, plus eine Koje mit Vollpension in einer Burg in Beverly Hills, alles koscher. Ich kassiere den Zehnten und tilge damit deine Schulden. Die Uhr tickt, also: Ja oder nein?«

»Alles koscher?« fragte ich.

»Großes Indianerehrenwort. In einer Stunde in meiner Kanzlei?«

»Geht klar.«


Wax' »Kanzlei« war ein Ladenlokal in der Beverly Ecke Alvarado, mitten unter seinen Mandanten – Dopedealern und illegalen Chilis, die ihre bucklige Verwandtschaft aus Calexico nachholen wollten. Ich parkte in zweiter Reihe, klebte das Schild mit der

Aufschrift »Geistlicher im Einsatz« an die Windschutzscheibe und ging hinein.

Miller saß an seinem Schreibtisch und steckte zwei Gorillas von der Ausländerbehörde Briefumschläge zu – Riesenkerle mit dem mißtrauischen Gesichtsausdruck, der sämtlichen Geldeintreibern dieser Welt angeboren zu sein scheint. Hunderter zählend schoben sie ab; Wax fragte: »Magst du Hunde?«

Ich nahm unaufgefordert Platz. »Es geht. Warum?«

»Warum? Weil es Phil entsetzlich leid tut, daß er in der Betty Ford Clinic logieren durfte, während du in den Kahn gewandert bist. Er will sich dafür revanchieren und hat mich gefragt, ob ich vielleicht eine Idee hätte. Da ist mir ein Apfel in den Schoß geflattert, und ich dachte an dich.«

Der wilde Phil: groteske Narben im Gesicht und eine Vorstrafenlatte, bei der selbst der Papst vom Glauben abfallen würde. »Wie macht sich Phil denn so?«

»Ganz gut. Magst du Hunde?«

»Wie gesagt, es geht. Warum?«

Wax wies auf die Wand mit den Porträts seiner ruhmreichen Mandanten – eine Galerie von gerahmten Verbrecherfotos. Unter ihnen: Leroy Washington, der »Crackkönig« von Watts; Chester Hardell, ein Fernsehprediger, der wegen Unzucht mit Katzen vor Gericht stand; der mörderische Sanchez-Clan – ein degenerierter Haufen, der sich dank Wax' Green-Card-Machenschaften jetzt in L.A. breitmachte. Und auf dem Ehrenplatz: Richie »The Sicko« Sicora und Chick Ottens, die flüchtigen 7-Eleven-Killer. Herzallerliebst: Beim Überfall auf einen Supermarkt in Pacoima hatten Ottens und Sicora der Verkäuferin befohlen, sich hinter einem umgestürzten Slurpee-Automaten zu verkriechen, damit sie ungestört verschwinden konnten. Der Automat hatte seinen Inhalt ausgespuckt: Eis, Zucker und karzinogene Lebensmittelfarbe; das Mädchen, eine Diabetikerin, war umgekippt, hatte die Schweinerei geschluckt, einen Zuckerschock erlitten und den Löffel abgegeben. Sicora und Ottens waren auf Kaution freigekommen

und untergetaucht – und die ACLU hatte Wax zu seinem uner-
müdlichen Engagement für den Abschaum von L.A. schriftlich
gratuliert.

Ich sagte: »Du zeigst jetzt schon seit fünf Minuten an die Wand.
Was willst du eigentlich?«

Wax wischte Schuppen von seinen Jackettaufschlägen. »Ich wollte
dich lediglich dezent darauf hinweisen, daß mein bedeutendster
Mandant gar nicht dort hängt, aus dem einfachen Grund, weil er
nie festgenommen wurde.«

Ich tat entsetzt. »Nein, wirklich, Dick Tracy?«

»Ja, wirklich, Sherlock. Ich meine natürlich Sol Bendish, Unternehmer, Kautionsagent par excellence und nicht zuletzt Alleiner-
be des Unterweltimperiums des leider viel zu früh verstorbenen
Mickey Cohen. Sol hat vor kurzem das Zeitliche gesegnet, und
ich verwalte seinen Nachlaß.«

Ich seufzte. »Und die Pointe?«

Wax warf mir ein Schlüsselbund zu. »Er hat seinem Köter fünfundzwanzig Millionen Dollar vermacht. Die Sache ist juristisch
unanfechtbar und derart wasserdicht, daß ich nicht das geringste
dagegen unternehmen kann. Du bist ab sofort sein neues Herrchen.«


Die Liste meiner Pflichten war sieben Seiten lang. Ich fuhr nach
Beverly Hills und dachte: Wär ich doch bloß als Hund zur Welt
gekommen.

»Basko« wohnte in einer Villa nördlich des Sunset; Basko trug
Cashmerepullover und ein maßgeschneidertes Flohhalsband, das
kleinste Mengen radioaktiver Strahlung freisetzte, die Hunden
garantiert nicht schadete – ein Physiker hatte drei Jahre an der
Entwicklung gearbeitet. Basko fraß Rumpsteak, Beluga-Kaviar,
Häagen-Dazs-Eiscreme und in Ketchup getunkte Maischips. Seinen Blutdurst stillte er mit Ratten: Jeden Dienstagmorgen met-
zelte er hundert Nager, die im Garten ausgesetzt wurden, damit
Basko sie zur Strecke bringen und vernichten konnte. Und gegen

seine Schlaflosigkeit half nur ein Mittel: eine Scheibe Schmelzkäse in einer Tasse hundert Jahre altem Brandy.

Als ich die Bude sah, schiß ich mir fast in die Hosen; als ich die
Tür aufschloß, bekam ich weiche Knie. Stan Klein betritt den
Luxusbunker, von dem er sein Leben lang geträumt hat.

Überall knietiefer lila Teppichboden.

Ein dreistöckiges Amphitheater mit einer gigantischen Satellitenschüssel, die vierhundert TV-Programme empfangen konnte.

Ein Großbildfernseher in jedem Zimmer und eine gut sortierte
Pornosammlung.

Eine riesige Küche mit zwei begehbaren Kühlschränken: einem
für Basko und einem für mich. Meinen hatte ohne Zweifel Wax
bestückt – er quoll über von den natrium- und cholesterinreichen
Fressalien, von denen ich nicht genug kriegen kann. Unzählige
Zimmer mit allem, was das Herz begehrte – ich kam mir vor wie
Fulgencio Batista bei der Rückkehr aus dem Exil.

Da sah ich den Hund.

Er trieb auf einer Luftmatratze im Pool. Seine Hinterpfoten hingen ins Wasser, und er kaute an einer toten Katze. Damals wußte
ich noch nicht, daß dieser Augenblick mein Leben verändern
sollte.

Ich betrachtete das Vieh aus sicherer Entfernung.

Ein weißer Bullterrier – ein kompakt gebautes Kraftpaket mit
breiter Brust und krummen Beinen. Sein kurzes Fell glänzte in
der Sonne; er war so muskulös, daß es ihm sichtlich Mühe machte,
Fliegen zu verscheuchen. Sein Kopf war der eines gutmütigen
Menschenfeindes: eine sanft gewölbte, keilförmige Schnauze, eng-
stehende Knopfaugen, spitze Zähne und die zerfurchte Stirn eines
Teenagers, der Streiche ausheckt. Sein linkes Ohr war leicht ge-
scheckt; ich seufzte, als mich die Erkenntnis traf – eine Epiphanie
wie damals, als ich spitzgekriegt hatte, daß Annie »Wild Thing«
Behringer sich die Schamhaare färbte.

Unsere Blicke kreuzten sich.

Basko sprang ins Wasser, schwamm zum Beckenrand, kam angelaufen und schnupperte an meinem Sack. Rückblickend kommt es mir vor, als wäre all das in Zeitlupe geschehen, mit schnulziger Musik auf dem Soundtrack meines Lebens, wie in diesen Franzmannfilmen, wo die Liebenden nie miteinander sprechen, sondern nur Zigaretten rauchen, sich ansehen und dann übereinander herfallen.

Nach einer Woche ging alles seinen gewohnten Trott.
Früh raus, eine Runde um das Beverly Hills Hotel, Baskos Morgenschiß im Vorgarten eines arabischen Scheichs. Frühstück, Baskos Vormittagsnickerchen; er schlief mit dem Kopf in meinem Schoß, während ich Pornos guckte und Sci-fi-Romane las. Mittagessen: blutige Filets, zum Nachtisch mit der Doppelluftmatratze in den Pool. Noch mal Gassi; ein Auge auf die Rothaarige, die ihren Labrador jeden Tag um diese Zeit ausführte – ich wollte den passenden Moment abwarten und ihr dann ein Date zu viert vorschlagen: wir, Basko und die Zohe. Abends stand Nabelschau auf dem Programm: Ich sah mir Filme von meinen alten Kämpfen an, Stan »The Man« Klein, saft- und kraftloses Kanonenfutter für erfolgshungrige Trottel, die mit mir ihre Bilanz aufpolieren wollten. Ich im Ring: auf den Shorts ein sechszackiger Stern, auf dem Rücken Clearasil, um meine Pickel zu kaschieren. Ein befreundeter Cutter hatte mich in Archivaufnahmen von Boxgrößen hineingeschnitten; dank dieses kleinen Kunstgriffs durfte ich Marciano, Tyson und Ali nach Strich und Faden die Fresse polieren. Eine traurige Parade verpaßter Chancen, begleitet von Baskos mitfühlenden Blicken, die zwischen mir und dem Bildschirm hin- und herschnellten. Bald verriet ich dem Hund alle Geheimnisse, die ich Frauen immer vorenthalten hatte.
Wenn ich den Moralischen kriegte, runzelte Basko die Stirn und legte den Kopf schief; wenn er das Maul zu einem gigantischen Gähnen aufriß, war das für mich das Stichwort, die Klappe zu halten. Wenn er eindöste, trug ich ihn nach oben und brachte ihn ins Bett: ein bißchen Schmelzkäse in Brandy, eine kleine Gute-

nachtgeschichte – detaillierte Schilderungen meiner sexuellen Heldentaten schienen ihm am besten zu gefallen. Und wenn ich zu übertreiben anfing, schlief er ein.

Ich hingegen tat in seiner Gegenwart kein Auge zu: Seine körperliche Nähe machte mich ganz kribbelig, und ich geriet ins Grübeln, weil ich haufenweise Mist gebaut hatte, weil ihm höchstens noch zehn Jahre blieben und ich dann einundfünfzig war, ohne einen guten Freund, für den ich sorgen konnte, und ohne einen Penny in der Tasche. Erst ein Streifzug durch mein neues Zuhause machte mir klar, daß diese Goldgrube tatsächlich existierte und noch dazu von Dauer war – und so ging ich mit Feuereifer ans Werk.

Sol Bendishs Klamotten paßten nicht zu seinem Vegas-Schloß: burschikose Sportsakkos, Hosen mit Aufschlägen, Oxfordhemden, schwarze Schnürschuhe und weiße Lederslipper. Er hatte drei Schränke voller Ivy-League-Anzüge in meiner Größe hinterlassen. Während mein Hundeschützling schlief, verwandelte ich mich in Sols Doppelgänger. Aus dem Judenbengel Klein wurde der Judenbengel Bendish, der den United Jewish Appeal mit großzügigen Spenden unterstützte, ein Mann, der genügend Stil besaß, sich einen Hund wie eine Dampframme zu halten. Als ich in Bendishs Kleidern vor dem Spiegel posierte, schwanden meine Jahre als Zuhälter, Betrüger, Einbrecher und Autodieb mit einem Mal dahin – und an ihre Stelle trat ein ebenso erregendes wie törichtes Verlangen: Ich brauchte *die* Frau für mein neues Ich ...

Am nächsten Tag nahm ich die Sache in Angriff.
Bevor wir auf Brautschau gingen, warfen wir uns in Schale: Ich steckte Basko in ein Flohbad, bürstete ihm das Fell und legte ihm sein bestes Stachelhalsband um. Ich wählte ein todschickes Bendish-Ensemble: marineblauer Blazer, graue Flanellhosen, rosa Hemd und Collegeschuhe. Derart gewappnet postierten wir uns auf dem Sunset Ecke Linden und warteten auf die Lady mit dem Labrador.

Sie war pünktlich; das Hundeduo beschnupperte sich zur Begrüßung. Die Frau verzog keine Miene; ich musterte sie verstohlen, während Basko an seiner Leine zerrte.

Mit ihren Sommersprossen sah sie aus wie eine seltene Großkatze, vielleicht eine Kreuzung zwischen Schneetiger und Leopard aus irgendeinem Dschungelland der Liebe. Ihr rotes Haar schimmerte golden in der Sonne – eine Löwinnenmähne. Trotz ihrer beeindruckenden Kurven wirkte sie anmutig und grazil; mir fiel ein, daß bei manchen Katzenrassen die Weibchen tatsächlich den Männchen nachstellten. Sie zeigte auf den Hund und fragte: »Machen Sie das beruflich?«

Ich unterzog mein neues Ich einer eingehenden Mängelprüfung. Meine Hosen waren eine Idee zu kurz; die Enden meiner Krawatte hingen schief. Ich spürte, wie mir die Röte ins Gesicht stieg, und hörte Baskos Pfoten auf dem Gehsteig scharren. »Nein, ich bin gewissermaßen Unternehmer. Warum fragen Sie?«

»Weil ich den Hund hier früher oft mit einem älteren Mann gesehen habe. Ich glaube, er hatte etwas mit dem organisierten Verbrechen zu tun.«

Basko und der Labrador legten schnuppernd, schnappend, schleckend einen Paarungstanz aufs Pflaster. Plötzlich hatte ich das Gefühl, daß Cat Woman *mir* nachstellte – wenn auch nicht aus Liebesgründen. Ich sagte: »Der ist tot. Ich verwalte seinen Nachlaß.«

Eine Augenbraue zuckte leise. »Ach? Dann sind Sie also Anwalt?«

»Nein, ich arbeite für seinen Anwalt.«

»Er hieß Sol Bendish, nicht wahr?«

Mein Alarmsystem schaltete auf Rot – die Schnepfe quetschte mich aus. »Stimmt, Miss?«

»Ms. Gail Curtiz, mit T, I, Z. Und Sie sind Mr.?«

»Klein, mit E, I, N. Unsere Hunde können sich anscheinend sehr gut leiden, was?«

»Ja, das sind die Hormone.«

»Das kenne ich. Wollen wir nicht ein Häppchen Essen gehen?«

»Ich glaube kaum.«

»Dann vielleicht ein andermal.«

»Die Antwort bleibt die gleiche. Machen Sie sonst noch etwas? Außer Mr. Bendishs Hund ausführen, meine ich?«

»Ich halte das Haus in Schuß. Kommen Sie doch mal vorbei. Und bringen Sie Ihren Labrador mit, dann machen wir es uns zu viert gemütlich.«

»Sammeln Sie Körbe, Mr. Klein?«

Basko versuchte die Labradeuse zu bespringen – nichts zu wollen.

»Leidenschaftlich.«

»Tja, dann werden Sie an mir noch eine Menge Freude haben. Guten Tag.«


Eine flüchtige Begegnung der seltsamen Art – besonders Cat Womans komische Fragen nach Sol Bendish. Ich setzte Basko zu Hause ab, fuhr in die Bibliothek von Beverly Hills und ließ den Namen meines toten Gönners von einem Angestellten durch den Computer jagen. Eine halbe Stunde später wühlte ich mich durch einen Stapel von Artikeln.

Der Alte erwies sich als ein interessanter Typ.

Bendish hatte Mickey Cohens dubiose Kreditgeschäfte und Gewerkschaftsbetrügereien fortgeführt und Israel Bonds und U.J.A. mit beträchtlichen Summen unter die Arme gegriffen. Er hatte Partys für notleidende Kinder organisiert und mit seiner Kautionsagentur nichts als Verluste eingefahren. Eine Mordsache hatte den Laden fast in den Ruin getrieben: Richie »Sicko« Sicora und Chick Ottens, die 7-Eleven-Killer, hatten sich klammheimlich vom Acker gemacht und Sol mit einer Zwei-Millionen-Dollar-Rechnung sitzenlassen. Komisch: In der *L.A. Times* gab Bendish sich entspannt und abgeklärt und nannte die zwei Millionen Miese »Peanuts«.

Privat war Bendish offenbar nicht nur ein Frauenheld, sondern auch ein unerklärter Gegner der Geburtenkontrolle gewesen: Sage und schreibe sechs Vaterschaftsklagen gingen auf sein Konto.

Falls man den klagenden Weibern Glauben schenken durfte, hatte Sol drei erwachsene Söhne und drei erwachsene Töchter; die Mütter waren mit einem Trinkgeld abgespeist worden – reichlich merkwürdig für einen Mann, der sich, um den Schein zu wahren, intensiv für wohltätige Zwecke engagierte. Beim Überfliegen der letzten Ausschnitte sprang mir eine weitere Ungereimtheit ins Auge: Laut Miller Waxman belief sich Bendishs Vermögen auf fünfundzwanzig Millionen, in der Presse hingegen war von rund vierzig die Rede. Meine grauen Zellen kamen langsam, aber sicher auf Touren ...

Ich und Basko verfielen in unseren alten Trott und genossen ein paar Tage trauter Zweisamkeit, blieben jedoch immer auf der Hut. Wax zahlte pünktlich mein Gehalt; Basko und ich schliefen engumschlungen ein und wachten zusammen auf, in schönster, artübergreifender Harmonie. Gail Curtiz ließ mich auch weiterhin abblitzen; ich besorgte mir bei der Auskunft ihre Adresse und ging mit Basko jeden Abend dort vorbei. Komisch – die Frau war höchstens fünfundzwanzig und wohnte ganz allein in einer hochherrschaftlichen Villa, die noch dazu gemietet war, wie ein Schild im Vorgarten bewies: »Zu verkaufen. Anfragen direkt an Makler. Mieter bitte nicht belästigen.« Eines Abends erwischte die Schnepfe mich beim Spitzeln; am nächsten Abend erwischte ich sie, als sie um die Bendish/Klein-Burg strich. Spontan konsultierte ich mein Zeitungshoroskop: Fehlanzeige, weder Liebe noch Kabale.
Eine weitere Woche verging, alles wie gehabt: Zweimal wilderte Gail Curtiz bei Nacht und Nebel in meinem Revier. Ich revanchierte mich: nächtliche Expeditionen zu ihrer Hütte, in der Hoffnung, daß irgendwo Licht brannte, damit ich in Ruhe ein Auge auf die Kleine werfen konnte. Basko begleitete mich; die Ausflüge erinnerten mich an meine Jugend: berauschende Nächte als Einbrecher und Wäschedieb. Ich hockte mit Basko hinter einem Eukalyptusbaum und spannte wie verrückt, als es plötzlich

brenzlig wurde – eine Beverly-Hills-fremde Rostlaube bog um die Ecke und hielt am Straßenrand.

Drei schwarze Finsterlinge stiegen aus, Einbruchswerkzeug schimmerte im Mondlicht. Das Trio infernale schlich auf Zehenspitzen zu Gail Curtiz' Auffahrt.

Ich zog meine nicht vorhandene Knarre und trat aus meinem Versteck; ich brüllte: »Stehenbleiben! Polizei!« und rechnete damit, daß sie die Fliege machen würden. Statt dessen blieben sie stehen; ich kriegte einen Höllenschreck; Basko zerrte an seiner Leine und riß sich los. Dann Chaos.

Basko ging zum Angriff über; die Arschgeigen rannten zu ihrem Wagen; einer von ihnen zückte einen zylinderförmigen Gegenstand und hielt ihn seinem tierischen Verfolger hin. Eine Straßenlaterne brachte die fromme Gabe ans Licht: ein Eimer Kentucky-Colonel-Ribs.

Basko stürzte sich auf den Eimer und versenkte prompt die Schnauze darin; ich brüllte: »Nein!« und jagte hinterdrein. Die Bimbos schnappten sich meinen geliebten Kameraden und warfen ihn auf den Rücksitz ihres Wagens. Sie fuhren los – während ich zu einem letzten Sprung ansetzte, der Länge nach hinschlug und mir die Autonummer einzuprägen versuchte, mit leidlichem Erfolg: P-L-???–0016. BASKO BASKO NEIN NEIN NEIN …

Die nächste Stunde verging wie im Rausch. Ich rief Liz Trent an, bat sie, ihren Ex-Freund, einen Cop, zu überreden, das Kennzeichen von der Kfz-Zulassungsstelle überprüfen zu lassen, und erhielt insgesamt vierzehn mögliche Kombinationen. Keines der Fahrzeuge war gestohlen gemeldet; elf waren auf Weiße zugelassen, drei auf Southside-Schokos. Ich besorgte mir ihre Adressen, fuhr nach Hollywood und erstand bei einem schwulen Stricher, der immer korrekte Ware auf Lager hatte, eine 45er Automatik – dann fiel ich in Darktown ein.

Meine ersten zwei Adressen waren Nieten: biedere Familienkutschen, die als Fluchtwagen nicht in Frage kamen. Adrenalin rauschte in meinen Adern; ich stellte mir den verstümmelten Basko vor, der mich aus braunen Knopfaugen anblickte. Als ich bei der dritten Adresse hielt, sah ich doppelt: zwielichtige Pappkameraden auf meinem inneren Schießstand. Mein Finger am Abzug der Automatik brannte darauf, Gerechtigkeit zu üben. Gerechtigkeit vom Kaliber 45.

Erst sah ich das Haus, dann roch ich es: ein Holzschuppen mit großem Hof im Schatten einer Freeway-Böschung – das Ganze stank förmlich nach Hund. Ich parkte den Wagen an der nächsten Ecke und schlich mit der Waffe im Anschlag zur Einfahrt zurück.

Knurr, kläff, bell, jaul, winsel – Scheinwerfer erhellten den Hof und zwei Pitbulls, die sich in einer eingezäunten Arena umkreisten. Die Zuschauer knurrten, kläfften, bellten, jaulten und schlossen winselnd Wetten ab – abseits des Spektakels wurde mein geliebter Basko kampfbereit gemacht.

Zwei stämmige Schwarze streiften ihm mit Rasierklingen bewehrte Ledermanschetten über die Vorderpfoten; Basko trug einen hakenkreuzgeschmückten Maulkorb. Ich zog mich ein Stück zurück und ging in Angriffsstellung; Basko schnupperte und sprang einen seiner Peiniger an. Wie ein geölter Blitz: Basko ließ die Pfoten vorschnellen und weidete ihn aus. Der andere Penner schrie; ich lief zu ihm und knallte ihm die Wumme in die Fresse. Basko versetzte ihm den Gnadenstoß: eine rasiermesserscharfe Links-Rechts-Kombination, die ihm die Kehle bis zur Luftröhre aufschlitzte. Penner Nummer zwei verröchelte heiser; der Lärm lockte die Zuschauer von der Arena an. Ich schnappte mir Basko und machte die Biege.

Wir sprangen in meinen Schlitten und düsten los; plötzlich, wie aus dem Nichts, setzte sich ein Wagen neben uns und schien auf Tuchfühlung gehen zu wollen. Ich sah ein weißes Gesicht hinterm Steuer, schaltete herunter, gab Gummi und bretterte mit schlingerndem Heck und achtzig Sachen auf den Freeway. Unser Angreifer war verschwunden – in dem Nichts, aus dem er gekommen war. Ich riß Basko Maulkorb und Manschetten herunter und warf sie aus dem Fenster; Basko schleckte mich ab, bis wir in Beverly Hills ankamen.

Noch mehr Chaos: Die Hütte von Bendish, Klein & Basko war durchwühlt, das Erdgeschoß gründlich verwüstet worden – die Einbrecher hatten Regale umgestürzt, die Satellitenschüssel demoliert und die samtbezogenen Elvis-Bilder von der Wand gerissen. Ich rief Basko bei Fuß, und wir galoppierten zu Gail Curtiz' Burg.

Drinnen brannte Licht; die Labradeuse lümmelte im Gras und nagte an einem Gummiknochen. Als sie Basko bemerkte, wedelte sie schamhaft mit dem Schwanz; Liebe und Triebe lagen in der Luft, und ich ließ meinen Gefährten von der Leine. Basko stürmte auf die Labradeuse zu; bald verlagerten sie ihre Schmusenummer in die Waagerechte. Ich überließ die beiden Turteltäubchen sich selbst, schlich um das Haus herum und spannte.

Logenplatz am Hinterfenster. Gail Curtiz und eine zweite Frau wälzten sich nackt auf einem Tigerfell. Die bildschöne Brünette schien nur widerwillig mitzumischen: Die Scham stand ihr ins Gesicht geschrieben, und das perverse Getue ging ihr ganz offensichtlich an die Nieren. Mir fielen fast die Knopfaugen aus dem Kopf; in der Ferne hörte ich Basko und die Labradeuse rammeln wie die Silberlöwen. Die Brünette türkte einen Orgasmus und stemmte die Hüften hoch – ich erkannte selbst aus fünf Meter Entfernung, daß sie bloß Theater spielte. Das Fenster stand einen Spaltbreit offen; ich spitzte die Ohren und lauschte.

Gail sprang auf und zündete sich eine Zigarette an; die Brünette sagte: »Könntest du bitte das Licht ausmachen?« – das ließ tief blicken: Sie sah die Lesbe nur ungern nackt. Basko und die Labradeuse kamen satt und zufrieden angetrottet und schliefen zu meinen Füßen ein. Im Zimmer wurde es dunkel; ich horchte angestrengt.

Gail murmelte obszöne Zärtlichkeiten; zwei Zigarettenspitzen glühten. Die Brünette, mit sanftem Nachdruck: »Trotzdem begreife ich nicht, weshalb du deine gesamten Ersparnisse dafür verschwendet hast, ein derart luxuriöses Haus zu mieten. Ich muß dir immer *alles* aus der Nase ziehen, obwohl wir ... Und wer ist eigentlich dieser reiche Typ, der vor kurzem gestorben ist?«

Gail lachte. »Mein Daddy, Süße. Das ist amtlich, per Blutprobe belegt. Momma war Kellnerin und ist an gebrochenem Herzen gestorben. Daddy hat sie nicht nur, aber vor allem bei der Vaterschaftsklage über den Tisch gezogen, dafür hat er versprochen, mich abzufinden – drei Millionen, zahlbar wenn er stirbt, spätestens aber zu meinem fünfundzwanzigsten Geburtstag. Tja, meine Liebe, und jetzt kommt die völlig aberwitzige Pointe: Daddy hat den Großteil seines Geldes nämlich seinem Hund vermacht; verwaltet wird es von einem Winkeladvokaten und einem widerlichen Knilch, der sich um den Köter kümmert. *Aber* – es muß noch jede Menge Kohle irgendwo versteckt sein. Daddys Vermögen wurde offiziell auf fünfundzwanzig Millionen veranschlagt, die Presse hingegen schätzt es sehr viel höher. Ach, Scheiße, ist das nicht total absurd?«

Pause, dann wieder die Brünette. »Weißt du noch, was du gesagt hast, als wir vorhin wiedergekommen sind? Du hättest so ein Gefühl, als ob das Haus durchsucht worden wäre?«

Gail: »Ja. Und?«

»Na ja, vielleicht hast du dir das ja *wirklich* nur eingebildet, aber könnte es nicht sein, daß eins seiner anderen unehelichen Kinder auf dieselbe Idee gekommen ist wie du?«

»Linda, Schätzchen, das interessiert mich jetzt nicht. Das einzige, was mich jetzt interessiert, bist du.«

Ende der Diskussion – begleitet von Gails Lustschreien und Lindas gekünsteltem Gestöhne, nahm ich Basko an die Leine, suchte Unterschlupf in einem Motel und schlief den Schlaf der Gerechten und Enttäuschten.

Am nächsten Morgen machte ich mir zur Abwechslung kein Frühstück, sondern Gedanken. Ergebnis: Gail Curtiz wollte meine

Goldgrube zuschütten und Basko zu einem schnöden Hundeleben verdonnern. Der Grund für die Verwüstung von Bendishs Schloß und die »Durchsuchung« von Gails Haus war eine Vaterschaftsintrige. Den Wagen, der versucht hatte, mich von der Straße abzudrängen, hatte ein Weißer gefahren – eine merkwürdige Ungereimtheit. Linda, die in meinen Augen eindeutig keine Lesbe war, schien die liebestolle Gail zum Narren zu halten – ob sie auch zu Sols Sippschaft gehörte und es auf Baskos Beute abgesehen hatte? Miller Waxman war nicht nur ein Schmierlappen und Bendishs Anwalt, sondern auch ein Schlitzohr, wie es im Buche stand – wie paßte er ins Bild? Waren die Bimbos, die Gails Hütte hatten plündern wollen, dieselben, die sie später auch durchsucht – und meine Bude verwüstet – hatten? *Was war hier los?*

Ich mietete Basko eine Suite im Bel Air Hotel und hinterlegte eine größere Summe sowie detaillierte Anweisungen zu seiner Fütterung und Pflege. Danach fuhr ich in die Beverly Hills Library und ging ein zweites Mal die Zeitungsartikel über Bendish durch. Ich notierte mir die Namen der Vaterschaftsklägerinnen und rief Liz Trent an, die mir über die Kfz-Zulassungsstelle die dazugehörigen Adressen besorgte. Zwei von Sols Gespielinnen waren tot; eine war unbekannt verzogen, zwei – Marguerita Montgomery und Jane Hawkshaw – lebten und wohnten in Los Angeles. Die Montgomery fiel als Verdächtige aus: In einem Artikel, den ich zwei Wochen zuvor überflogen hatte, wurde sie im Zusammenhang mit Bendishs Ableben zitiert – der Sohn, den Sol mit ihr gezeugt hatte, war in Vietnam gefallen. Daß Gail Curtiz' Mutter verstorben war, wußte ich bereits – und da keine der Klägerinnen den schönen Namen Curtiz trug, benutzte Gail ihn offenbar als Pseudonym. Blieb also nur Jane Hawkshaw: zuletzt wohnhaft in Van Nuys, 8902 Saticoy Street.

Eine Stunde später klopfte ich an ihre Tür. Eine alte Frau mit einem *Wachturm*-Stapel im Arm machte mir auf. Sie sah aus wie alle religiösen Spinner dieser Welt: schlechte Haut, weggetretener

Blick. Früher war sie vielleicht mal eine heiße Nummer gewesen
– so um den Dreh, als das Rad erfunden wurde. Ich sagte: »Ich
bin Bruder Klein. Die Kirche hat mich geschickt, um Ihr Gewissen in Sachen Sol Bendish zu erleichtern.«

Die Alte winkte mich herein und sandte ein Bußgebet gen Himmel. Mein Blick fiel auf ein gerahmtes Foto über dem Kamin –
zwei vertraute Gesichter grienten mich an. Ich kniff die Augen
zusammen und trat näher.

Volltreffer: Richie »Sicko« Sicora und ein zweiter Typ, der mir
entfernt bekannt vorkam. Ich hatte Bilder von Sicora gesehen –
aber auf diesem Schnappschuß erinnerte er mich irgendwie an
jemand *anderen*. Die Ähnlichkeit war bestenfalls gering – und
doch ließ sie mir keine Ruhe. Den zweiten Mann erkannte ich
sofort – er hatte am Vorabend versucht, mich in Darktown von
der Straße abzudrängen.

Die Alte sagte: »Mein Sohn Richard ist auf der Flucht. Er sieht
jetzt ganz anders aus. Bevor er abgehauen ist, hat er sich das
Gesicht operieren lassen. Sol wollte Richie zu seinem fünfundzwanzigsten Geburtstag eine größere Summe schenken, aber Richie und Chick gerieten auf die schiefe Bahn, und Sol hat mit
dem Geld ihre Kaution bezahlt. Ich habe Sol nichts vorzuwerfen
und bereue meine Sittenlosigkeit zutiefst.«

Ich verglich den Knochenbau des zweiten Mannes mit den Fotos,
die ich von Chick Ottens kannte – er war nahezu identisch. Aber
so sehr ich auch dahinterzukommen versuchte, an wen Sicoras
Originalvisage mich erinnerte, es wollte mir nicht einfallen. Sicora vor, Ottens nach seinem Besuch beim Fassadenmaurer – eine
explosive Mischung, die die Theorie der kleinen Pseudolesbe Linda voll und ganz bestätigte …

Ich gab der alten Frau einen Dollar, schnappte mir einen *Wachturm* und kurvte Richtung Southside. Im Radio heiße Luft über
den Doppelmord in Watts: der Monsterköter und sein menschli-
cher Komplice. Zu unserem Glück hatten die Bullen sämtliche
Zeugenaussagen ignoriert und das Blutbad der Drogenmafia zu-

geschrieben. Ich fuhr durch die finsteren Straßen des Preßkohlenreviers, bis ich den Wagen entdeckte, der versucht hatte, mich zu rammen – hinter einem abbruchreifen, mit Stacheldraht umzäunten Klinkerbau.

Ich fuhr rechts ran und lud meine Kanone. Gedämpftes Winseln drang vom Hof, und ich schlich auf Zehenspitzen ums Haus und peilte die Lage.

Pitbull City: Dutzende, in Zwingern. Chick Ottens saß mit seiner schicken neuen Visage an einem Gartentisch und stopfte Grillhähnchen in sich hinein. Ich näherte mich ihm von hinten; als die Tiere mich bemerkten, fingen sie wie wild zu bellen an. Ottens sprang auf, wirbelte herum und griff in seinen Hosenbund. Ich schoß ihm die Kniescheiben weg – die Schüsse gingen im Geheul der Hunde unter. Ottens flog rückwärts durch die Luft und landete laut schreiend im Staub; ich kippte ihm Barbecuesoße über die zerfetzten Knie und schleifte ihn zum Käfig der schärfsten Kampftöle, die ich je zu Gesicht bekommen hatte. Der Köter gierte nach dem Soßenblut; seine Zähne zerfetzten die Zwingertür. Ich sprach langsam, als hätte ich alle Zeit der Welt. »Ich weiß, daß du und Sicora euch die Fassade habt renovieren lassen; ich weiß, daß Sol Bendish Sicoras Daddy war und euch nach dem 7-Eleven-Ding auf Kaution aus dem Knast geholt hat. Eure Gorillas haben bei Gail Curtiz und Bendish eingebrochen, weil ihr meinem Hund ans Leder wollt und mir mein kleines Glück nicht gönnt. Langsam habe ich das Gefühl, daß Wax Waxman mich geleimt hat. Ich glaube, du und Sicora wollt euch Bendishs Kohle unter den Nagel reißen, und Wax steckt mit euch unter einer Decke. Als ihr gehört habt, daß die kleine Curtiz in der Gegend herumschnüffelt, habt ihr ihre Bude auf den Kopf gestellt. Ich bin ein Vollidiot. Und habe mich von Wax verschaukeln lassen, stimmt's? Wenn du nicht sofort das Maul aufmachst, verfüttere ich deine Kniescheiben an Godzilla.«

Einer von Pit-Godzillas Schneidezähnen hatte sich im Maschendraht verfangen und erwischte Ottens an der richtigen Stelle.

Ottens schrie auf; er lief blau an und stieß mühsam hervor: »Du solltest ... dich ... um ... Köter ... kümmern ... solange Wax und ... Phil ... damit zugange waren, die ... Vaterschaftsklagen ... auszuhebeln ... ich ... ich ...«

Phil.

Mein alter Partner – ich hatte keinen blassen Schimmer, was er vor unserer Zusammenarbeit getrieben hatte.

Phil Turkel war Sicko Sicora, und seine grotesken Narben stammten von der Gesichtsoperation, der er sich unterzogen hatte, um seine wahre Identität geheimzuhalten.

»Keine Bewegung, Arschloch.«

Ich hob den Kopf. Vor mir standen drei Schokoriesen mit Uzis im Anschlag. Ich öffnete Godzillas Käfig; Godzilla schoß heraus und machte sich über Chicks Visage her. Ottens schrie; ich kippte den Revolverhelden den Hühncheneimer ins Gesicht; Schüsse krachten, Erde spritzte. Ich fraß Gras und rollte, rannte, zog den Kopf ein und stieß Käfigtüren auf. Die Pitbulls liefen erst kreuz und quer und stürzten sich dann auf ihre Opfer: drei Bimbos mit Soße.

Der Anblick war kein Augenschmaus. Ich griff mir eine Uzi und verdrückte mich.


Abend.

Ich fuhr mit Bleifuß zu Wax' Kanzlei, im Radio einen Klassiksender – ich hatte Blut geleckt, und nur der gute alte Mozart konnte mich wieder auf den Teppich holen –, und kachelte zur Beverly Ecke Alvarado.

In Waxmans Büro war es totenstill; ich knackte die Hintertür, ging hinein und steuerte schnurstracks auf den Tresor hinter seinem Playmate-Kalender zu – wo er, wie ich wußte, seinen Vorrat an Dope und Bestechungsgeldern lagerte. Links-rechts-links: Ich fummelte eine Stunde an den Zahlenschlössern herum, dann sprang die Safetür quietschend auf. Nach vierstündiger Lektüre von Merkzetteln, Kladden und Notizbüchern glaubte ich den Fall rekonstruieren zu können.

Kompliziert, aber machbar:

Ermittlungsberichte zweier Privatdetektive über Gail Curtiz und Linda Claire Woodruff – die beiden unehelichen Bendish-Kinder, denen Wax am ehesten zutraute, das Testament ihres Erzeugers anzufechten. Listen mit den Namen von Handlangern und Helfershelfern, die Wax sich über seine LAPD-Kontakte beschafft hatte: Kleinkriminelle, die zum Schein Ansprüche auf Sols Vermögen geltend machen und den etwaigen Erlös bei Wax abliefern sollten. Umkringelte Adreßbucheinträge: Profikiller wie der furchteinflößende Angel »Fritz« Trejo. Ein Brief von Phil Turkel an Waxman: »Wir ködern Stan mit einem fetten Knochen – er darf den Babysitter für den Köter spielen, bis wir die Kohle haben.« Ein Grundriß der Betty Ford Clinic, gefolgt von einer beunruhigenden Erkenntnis: Wax wollte Phil und die echten Bendish-Kinder kaltmachen lassen. Seitenweise Notizen in Fachchinesisch – Mittel und Wege, um an die restlichen fünfzehn Millionen zu gelangen, die Sol Bendish auf Schweizer Konten gehortet hatte.

Ich machte das Licht aus und wütete im Dunkeln vor mich hin; ich spielte mit dem Gedanken, mich auf eine einsame Insel abzusetzen, mit Basko und einem netten Mädel, dem es egal war, daß ich einen Bullterrier mehr liebte als sie. Das Telefon klingelte – ich fuhr vor Schreck fast aus der Haut.

Ich nahm ab und ahmte Wax' Stimme nach. »Hier Waxman.«

»Isse Angel Fritz. Du kenne dein Freund Phil?«

»Ja.«

»Isse futschikato. Ich jetzt kriege Rest?«

»In zwei Stunden in meiner Kanzlei, Homeboy.«

»Isse nulle Problemo, Homes.«

Ich legte auf und wählte Wax' Privatnummer; nach dem zweiten Klingeln hatte ich Miller an der Strippe. »Ja?«

»Wax, hier ist Klein.«

»Oh.«

Seine Stimme verriet ihn sofort: Er wußte von dem Southside-

Holocaust. »Ja, ›oh‹. Paß auf, du Wichser, folgendes. Turkel ist tot, und Angel Trejo habe ich erledigt. Ich bin in deinem Büro und habe ein bißchen nachgelesen. Du bist in einer Stunde hier, und zwar mit einer angemessenen Abfindung in bar.«

Waxman klapperte mit den Zähnen; ich legte auf und setzte mich an die Schreibmaschine: Stan Kleins Version des ganzen Bendish/Waxman/Turkel/Ottens/Trejo-Schwindels – einer massiven kriminellen Verschwörung zu dem Zweck, meinen geliebten Basko um sein rechtmäßiges Erbe zu prellen. Ich ließ – außer mir und meiner Rolle in der Angelegenheit – nichts aus und obendrein genügend Platz, damit Wax sein Autogramm daruntersetzen konnte. Dann wartete ich.

Fünfzig Minuten später klopfte es. Ich machte die Tür auf und ließ Wax herein. Seine rechte Hand zuckte, und sein Jackett war ausgebeult. Er sagte: »Hallo, Klein«, und zuckte ein zweites Mal; als ich einen Laster vorbeidonnern hörte, schoß ich ihm aus nächster Nähe ins Gesicht.

Wax fiel tot um, sein rechter Augapfel klebte an seinem Juradiplom. Ich filzte ihn, erleichterte ihn um seine Knarre und zwanzig Riesen in bar. In seinem Schreibtisch fand ich ein paar Papiere, übte seine Unterschrift und klierte seinen gefälschten Namenszug unter das Geständnis. Ich ließ Wax auf dem Boden liegen, ging hinaus und nahm Kurs auf die Telefonzelle gleich gegenüber.

Vor dem Haus hielt eine Tacoschleuder; ich warf einen Vierteldollar ein, wählte die Notrufnummer und meldete eine Schießerei – ein anonymer Hinweis, Ende des Gesprächs. Angel Fritz Trejo klingelte, wartete einen Moment und machte dann die Tür auf. Die Sekunden schleppten sich dahin; das Licht ging an; zwei Streifenwagen fuhren vor, und vier Cops stürmten mit gezogenen Kanonen Wax' Kanzlei. Schußwechsel – und die vier Cops kamen unverletzt wieder heraus.

Letztlich brachte mir die ganze Sache also zwanzig Riesen und den Hund. Die L.A. County Grand Jury schluckte die eidesstattliche

Erklärung und schrieb die diversen Leichen Ottens/Turkel/ Trejo/Waxman usw. zu – die, weil selbst hinüber, nicht mehr zur Rechenschaft gezogen werden konnten. In der nächsten Instanz wurden Basko die fünfundzwanzig Millionen wieder aberkannt und zu gleichen Teilen Gail Curtiz und Linda Claire Woodruff zugesprochen. Gail bekam Bendishs Hütte – Gerüchten zufolge will sie daraus ein Heim für vom Pech verfolgte radikalfeministische Lesben machen. Linda Claire hat sich einen berühmten Rockstar geangelt – androgyn, wenn auch eher Männlein als Weiblein. Sie hat durch die Blume angedeutet, daß sie Gail Curtiz »abzokken« wollte – und ihre Lesbentour als Erbschleicherei nach alter Väter Sitte verkauft. Lizzie Trent hat sich die Zähne richten lassen, mich aus der Bewährung rausgepaukt und in ihr Bett gezerrt. Ich habe einen Job als Autoverkäufer in Glendale – und nehme Basko jeden Tag mit zur Arbeit. Er ist von Steak und Kaviar auf Hundefutter umgestiegen – und wirkt seitdem gesünder und munterer denn je. Lizzie fliegt auf Basko und läßt ihn bei uns schlafen. Wir tragen uns mit dem Gedanken, meine zwanzig Riesen und ihre Ersparnisse zusammenzulegen und uns davon ein Haus zu kaufen, was wohl auf eine Ehe hinauslaufen wird: meine erste, ihre vierte. Lizzie ist 'ne Wucht: Sie ist intelligent, zärtlich und witzig, und blasen kann sie auch. Ich liebe sie fast genausosehr wie Basko.

# Liebestraum

Vor dem Angriff auf Pearl Harbor und der Japsenhysterie bot mein Wohnzimmerfenster bei Nacht einen grandiosen Ausblick: der neonhelle Hollywood Boulevard, die düsteren Hügel, Filmscheinwerfer, die kreuz und quer über den Himmel wanderten und die neueste Premiere im Grauman's oder Pantages anzeigten. Jetzt, drei Monate nach dem Tag der Schmach – wo die Stadt verdunkelt dalag und jeden Moment ganze Geschwader japanischer Zeros über sie hereinbrechen konnten –, sah ich nur noch die Umrisse der Häuser und hier und da die Lichter eines Streifenwagens. Auf Grund der Ausgangssperre konnte ich ab zehn Uhr abends keine Ehebrecher mehr beschatten, und da ich meinen letzten Auftrag für Bill Malloy von der Staatsanwaltschaft gründlich vermasselt hatte, kam ein Passierschein für mich nicht in Frage. Keine Arbeit, dafür jede Menge Rechnungen. Zudem mußte ich seit meinem Patzer bei der Überwachung Maggie Cordovas ständig an Lorna denken und spielte ihre Aufnahme von »Prison of Love« so oft, daß die Platte inzwischen auf den Felgen lief.

*Prison of Love.*
*Sky above.*
*I feel your body like a velvet glove . . .*

Ich mixte mir noch einen Rye mit Soda und setzte die Nadel wieder an den Anfang. Durch einen Spalt im Vorhang sah ich auf die Straße; ich dachte an Lorna und Maggie Cordova, bis die Geschichten der beiden zu einer verschmolzen.

Lorna Kafesjian.

Zweitklassige Chansonette – erstklassiger Vorbau und Auftritte in drittklassigen Clubs, weil sie darauf bestand, ihre eigenen Songs zu singen. Sie hatte mich engagiert, um die hartnäckigen Annäherungsversuche einer reichen Gewitterlesbe abzuwehren, die sie am Malibu Beach lüstern angegeiert hatte – Lorna, die sich im bis auf die Hüften heruntergerollten Badeanzug oben ohne in der Sonne aalte, damit ihr dunkelbraun gebranntes Dekolleté mit den weißen Kleidern kontrastierte, die sie auf der Bühne trug. Die warme Schwester schickte Lor hundert langstielige rote Rosen täglich und legte ihnen frivole Briefchen bei, die sie mit ihrem *nom de plume d'amour* signierte: »Deine heiße Zungenfee.« Ich schob dem Treiben schleunigst einen Riegel vor, indem ich mir bei der Sitte das Vorstrafenregister der Zungenfee besorgte und Louella Parsons die Geschichte steckte – eine stadtbekannte, prominent verheiratete Mösenmasseuse mit einem Faible für Nachtclub-Nachtigallen war für die Moralwächter des *Herald* ein gefundenes Fressen. Ich sagte Louella: Wenn sie aufgibt, geht die Sache zu den Akten; wenn nicht, geht sie in Druck. Die Zungenfee und ich trafen uns zu einem vertraulichen Gespräch; als auch ihr Schoko-Leibwächter zudringlich wurde, rückte ich ihm den Kopf zurecht. Aus lauter Dankbarkeit schrieb Lorna ein Liebeslied für mich, das alles bisher Dagewesene in den Schatten stellte – da wurde *ich* zudringlich.

Die Liebe hielt etwa vier Monate – von Januar bis Mai 38 saß ich immer in der ersten Reihe, wenn sie im Katydid Klub, im Bido Lito's, in Malloy's Nest oder einer anderen der unzähligen Spelunken am Rand von Niggertown auftrat. Letzte Zugabe um zwei Uhr morgens, dann schnurstracks zu ihr nach Hause; lange Vor- und Nachmittage im Bett – ich vernachlässigte die Arbeit und ließ meine Klienten hängen, während ich den Titel einer Duke-Ellington-Nummer lebte: »I Got It Bad, and That Ain't Good.« Lorna kam als erste wieder auf den Teppich; ihr wurde klar, daß ich drauf und dran war, mein Leben zu ruinieren, nur um mit ihr zusammen zu sein. Das machte ihr angst; sie gab mir den Laufpaß; ich spielte noch eine Weile den Kulissenfreier, bis ich mich selbst anwiderte und sie wer weiß wohin verschwand. Das einzige, was sie mir hinterlassen hat, ist ihre herrlich sanfte Altstimme auf heißem schwarzen Schelllack.

Lorna.

Von Lorna zu Maggie.

Die Sache mit Maggie kam so:

Vor zwei Wochen bat Malloy von der Staatsanwaltschaft mich um Hilfe – der Bankraub schlug noch immer hohe Wellen, und er brauchte dringend einen Überwachungsspezialisten; ein Bürgerkomitee hatte eine zusätzliche Belohnung für die Ergreifung der Täter ausgesetzt. Zwei Arschgeigen – Weiße, einer davon mit einer auffälligen Narbe im Gesicht – hatten die Bank of America auf dem North Broadway Ecke Alpine ausgenommen, drei bewaffnete Wachleute umgelegt und sich dann aus dem Staub gemacht. Dutzende von Zeugen lieferten detaillierte Beschreibungen der Gangster, als tags darauf – peng! – eine Augenzeugin, eine dreiundsiebzig Jahre alte Japanesin, die sich der Zwangsinternierung entzogen hatte und mit ihrem Köter zum Tante-Emma-Laden an der Ecke unterwegs war, auf offener Straße – pengpeng! – über den Haufen geknallt wurde. Die Ballistiker des LAPD verglichen die Kugeln mit den Pillen aus den Leichen in der Bank: Treffer auf der ganzen Linie.

Molloy wurde hinzugezogen. Er entwickelte eine Theorie: Einer der Zeugen steckte mit den Tätern unter einer Decke; die Räuber beschafften sich die Adressen der anderen Augenzeugen und beschlossen, sie auszuknipsen, um ihren Mann zu decken. Malloy spannte ein Netz um die drei verbliebenen Zeugen; zwei Biedermänner namens Dan Doherty und Bob Roscomere – einfache Malocher ohne kriminelle Kontakte – und Maggie Cordova, eine Nachtclubsängerin, die zweimal wegen Besitz und Verkaufs von Marihuana vor Gericht gestanden hatte.

Maggie C. machte als Hauptverdächtige eine fabelhafte Figur: Sie nahm Big H und Mary Jane, hatte ihre Gesangsstunden dem Vernehmen nach als Rudelbumsexpertin finanziert und ihre zwei Jahre in Tehachapi auf einer Backe abgerissen. Doherty und Roscomere spielten – nichts Böses ahnend – die Lockvögel und wurden von der Staatsanwaltschaft auf Schritt und Tritt beschattet. Da Malloy mich wegen meiner unerfüllten Liebe zu Lorna K. für einen Fachmann in Sachen Sitten und Gebräuche von verirrten Schnulzenlerchen hielt, setzte er mich auf Maggie an, in der Hoffnung, daß sie, wenn sie nicht der Spitzel war, feindliches Feuer auf sich ziehen oder mich andernfalls direkt zu den Gangstern führen würde.

Ich fand Maggie auf Anhieb – ein Anruf bei einem Künstleragenten, der mir noch einen Gefallen schuldete – und schlürfte eine Stunde später einen Rye mit Soda in der Lounge einer Spielhölle in Gardena. Die Frau war eine pummelige Aschblondine und trug ein Paillettenkleid mit langen Ärmeln, damit man ihre Einstichnarben nicht sah. Sie erinnerte mich irgendwie an eine Pornofilmactrice, auf die ich in jüngeren Jahren messerscharf gewesen war. Ihr Blick wirkte stumpf und träge, ihre Bühnengestik spastisch und verkrampft. Sie sah aus wie ein Junkie, der seine besten Jahre auf Wolke sieben verbracht hat und kein Bein mehr auf den Globus kriegt.

Ich hörte mir an, wie Maggie »I Can't Get Started«, »The Way You Look Tonight« und »Blue Moon« meuchelte; sie bumste den Mikrofonständer aus Leibeskräften, ohne Erfolg – niemand pfiff. Als sie sich anschickte, »Serenade in Blue« zu massakrieren, warf ein Lackaffe zwei Tische weiter eine Handvoll Martini-Oliven auf die Bühne. Sie zeigte dem Publikum den Stinkefinger und kassierte dafür spärlichen Applaus; dann schmetterte sie den Anfang von »Prison of Love«.

Ich saß da wie gelähmt. Ich schloß die Augen und stellte mir vor, sie sei Lorna. Ich zwang mich, nicht darüber nachzudenken, wie diese jämmerliche, talentfreie Heroin-Heroine an einen exklusiv für mich geschriebenen Song gekommen war. Maggie sang alle fünf Strophen und wuchs dabei fast über sich hinaus. Ich hatte Lorna das schneeweiße Kleid vom Leib gerissen und wollte gerade in sie stoßen, als die Musik verstummte und das Licht anging. Und Maggie war weg, ab durch die Mitte, auf und davon. Ich versuchte es in ihrer Garderobe, in der Bar, im Casino. Ich ließ mir von der Kfz-Zulassungsstelle die Daten ihres Wagens geben – und kam damit auf keinen grünen Zweig. Ich vermöbelte einen Croupier mit Fixerblick und entlockte ihm Maggies Adresse, doch sie hatte ihre Bude längst mit Sack und Pack geräumt. Ich wurde zu einem blindwütigen Derwisch, der mit Fäusten, Schlagring und Pistole den Gardena Strip unsicher machte. Ich bekam einen halbwegs sicheren Tip zu einer Braut, mit der Maggie früher auf den Strich gegangen war; die Fotze flößte mir Laudanum ein, plünderte mich aus und setzte mich an die frische Luft, fette Beute für ein Prügelbullenpärchen vom Gardena P.D. Als ich in einer nach Kotze stinkenden Ausnüchterungszelle von Wolke acht wieder zur Erde schwebte, empfing mich Bill Malloy mit froher Kunde: Mir wurde Tätlichkeit in sechs, gefährliche Körperverletzung in einem und Einbruchdiebstahl in zwei Fällen vorgeworfen. Maggie Cordova war spurlos verschwunden; die anderen Augenzeugen befanden sich in Schutzhaft. Bill selbst war von dem Bankraub abgezogen und vorübergehend der Ausländerbehörde zugewiesen worden, die Jagd auf Japsen machte und den gigantischen Viehtrieb organisierte, der so lange andauern würde, bis Onkel Sam dem guten alten Hirohito das ganz große Ding verpaßte. Da die Staatsanwaltschaft meine Dienste nicht mehr benötigte, wurde meine Ausnahmegenehmigung bis zur Klärung der neun gegen mich vorliegenden Anklagepunkte widerrufen ...

Es klopfte an der Tür. Ich schaute aus dem Fenster und entdeckte einen Streifenwagen mit blinkenden Signalleuchten am Straßenrand. Ich machte in aller Ruhe das Licht an und überlegte, was mich dort draußen erwartete: Handschellen und Haftbefehl oder jemand, der ernsthaft verhandeln wollte. Erneutes Klopfen – ein vertrauter Rhythmus. Bill Malloy um Mitternacht.

Ich öffnete die Tür. Malloy hatte einen muskelbepackten Cop im Schlepptau, der aussah wie ein entflohener Kettensträfling aus Mississippi: große Ohren, blonder Bürstenschnitt, Schweinsäuglein und ein zu klein geratenes Anzugsakko, das einen Körper umhüllte, wie man ihn allenfalls bei Häftlingen vermutet hätte, die von morgens bis abends Baumwollballen stemmten. Bill sagte: »Wollen Sie von Ihrem Elend erlöst werden, Hearns? Es gäbe da nämlich eine Möglichkeit.«

Ich zeigte auf das Menschenmonster. »Haben Sie Angst, daß ich Ärger mache?«

»Polizisten treten prinzipiell zu zweit auf. Sei es, um Ärger zu machen oder um ihn zu vermeiden. Sergeant Jenks, Mr. Hearns.« Der Riese nickte; sein baseballgroßer Adamsapfel hüpfte auf und ab. Bill Malloy kam herein und sagte: »Wenn Sie die Anschuldigungen gegen Sie aus der Welt schaffen und Ihren Passierschein zurückhaben möchten, dann heben Sie die rechte Hand.«

Ich gehorchte. Sergeant Jenks machte die Tür hinter sich zu, holte ein Kärtchen aus der Tasche und las: »Geloben Sie, Spade Hearns, die Verfassung der Vereinigten Staaten von Amerika gemäß Durchführungsverordnung Nummer neun-null-fünf-fünf zu schützen und die Gesetze von Bund, Staaten und Gemeinden zu befolgen, solange Sie als Internierungshelfer tätig sind?«

Ich sagte: »Ja.«

Bill reichte mir einen neuen Passierschein und eine Akte des LAPD, an der Verbrecherfotos klemmten. »Robert kein zweiter Vorname Murikami. Flüchtiger Japanese, Mitglied einer Jugendbande, zwei Jährchen wegen Einbruchdiebstahl, wurde kürzlich dabei beobachtet, wie er antiamerikanische Flugblätter verteilte. Hier drin finden Sie eine Liste seiner Komplicen samt Adressen et cetera pp., das volle Programm. Da wir in Arbeit förmlich ersticken, sind wir gezwungen, Halbprofessionelle wie Sie als Aushilfen zu engagieren. Normalerweise zahlen wir fünfzehn

Dollar pro Tag, in Ihrem speziellen Fall hingegen können wir darauf, glaube ich, getrost verzichten.«

Ich nahm die Akte entgegen und überflog die Fotos. Robert KZV Murikami wirkte eiskalt und beherrscht – ein halbwüchsiger Samurai im Unterhemd, mit Entenschwanzfrisur. Ich sagte: »Wenn der Knabe tatsächlich so ein schlimmer Finger ist, warum geben Sie den Job dann ausgerechnet mir?«

Jenks funkelte mich aus seinen winzigen Schweinsäuglein an; Bill lächelte. »Ich verlasse mich darauf, daß Sie nicht zweimal denselben Fehler machen.«

Ich seufzte. »Und worin liegt die Pointe?«

»Die Pointe liegt darin, daß diese Laus und Maggie Cordova ganz dicke sind – wir haben seine komplette Akte, einschießlich seiner Bewährungsunterlagen. Die kleine Cordova hat bei Tojos letzter Jugendstrafe die Kaution für ihn hingeblättert. Schnappen Sie ihn, Hearns. Dann ist alles andere vergeben und vergessen, und Sie können sich wieder mit billigen Saloonschlampen in der Gosse wälzen.«

Ich machte es mir bequem und schmökerte in der Akte unseres Kamikaze-Juniors. Die Ausbeute war mehr als mager: die Namen und Adressen von einem halben Dutzend Japsenkrieger – zähe Bürschchen, die inzwischen vermutlich längst den Manzanar-Mambo tanzten –, Durchschläge der Festnahmeprotokolle des Jungen und Briefe an den Richter, der den Einbruchprozeß geleitet und Murikami die zwei Jahre Preston eingehandelt hatte. Zwischen den Zeilen las ich die Geschichte einer Verwandlung: Little Tojo war vom kleinen Schränker, der es auf Geld und Damenunterwäsche abgesehen hatte, zum Boß einer Jugendbande aufgestiegen: Zoot-Suits, Ketten, Messer und Boogie-Woogie-Rituale mit seinen Kameraden von den »Rising Sons«. Am unteren Rand der Akte war mit Klebeband ein Hausschlüssel befestigt, daneben stand eine Adresse: 1746¼, North Avenue 46, Lincoln Heights. Ich steckte den Schlüssel ein, fuhr los und dachte an mein Wiedersehen mit Maggie/Lorna – kühle Seidenlaken und ein wohlproportionierter, braungebrannter Körper, zu den Klängen des schönsten Liebesliedes aller Zeiten.

Die Adresse gehörte zu einem Mehrfamilienhaus an einem terrassierten Hügel mit Blick auf die Lucky-Lager-Brauerei. Die Hinfahrt war gespenstisch: Ampeln und Straßenlaternen boten die einzige Beleuchtung, und Lorna saß neben mir im Wagen und flüsterte mir ins Ohr, was sie mit mir anzustellen gedachte, wenn ich Schlitzaugen-Bobby hochgenommen hatte. Ich parkte und stieg die Vortreppe hinauf, vorbei an 1744, 1744½, 1746 und 1746½, bis ich vor 1746¼ stand. Ich wollte eben die Tür aufschließen, als ich im Fenster daneben einen schmalen Lichtstreifen bemerkte – den unverwechselbaren Suchstrahl einer Taschenlampe. Ich zog meine Kanone, schob den Schlüssel *vorsichtig* ins Schloß, wartete, bis das Licht flackernd im hinteren Teil der Burg verschwunden war, und öffnete dann gaaanz laaangsam die Tür. Alles ruhig, alles dunkel. »Scheiße, Scheiße, Scheiße«, hallte es dumpf aus einem Hinterzimmer; ein Schalter klickte, und mit einem Schlag war es taghell. Da stand mein armes Opfer: ein großer, dünner Bursche, der sich mit einer Stabtaschenlampe zwischen den Zähnen über eine Kommode beugte.

Ich ließ ihn ein Weilchen wühlen und schlich mich auf Zehenspitzen an. Als er schließlich mit gespreizten Beinen und aufgestützten Händen vor der Kommode stand, nahm ich ihn mir zur Brust.

Ich riß sein linkes Bein nach hinten; der Schränker krachte auf die Kommode und donnerte mit dem Kopf gegen die Wand, wobei ihm die Taschenlampe den einen oder anderen Zahn ausschlug. Ich wirbelte ihn herum, rammte ihm den Griff meiner Kanone in die Magengrube, packte seine wild fuchtelnde rechte Hand, zwängte seine Finger in die oberste Schublade, knallte sie zu und stemmte ein Knie dagegen, bis ich seine Knochen brechen hörte. Der Schränker schrie; auf der Kommode lag eine Unterhose, ich stopfte sie ihm in den Mund und erhöhte den Druck meines Knies. Weitere Finger brachen; kurz vor der Amputation. Ich ließ von ihm ab, und er sank auf die Knie und klappte zusammen.

Das Arschloch war k.o. Ich trat ihm in die Fresse, damit es dabei blieb, knipste das Wandlicht an und sah mich selbst ein wenig um. Nichts weiter als ein schmuddeliges Zimmer, doch die Einrichtung war *très outré:* nationalistische Japsen-Plakate an den Wänden, Schweinkram – Japanesen-Zeros, die ein Mädchenwohnheim bombardierten, und dralle weiße Weiber, die schreiend das Weite suchten. Auf einem Tisch lag ein Stapel Grammophonplatten von Maggie Cordova – auf den Hüllen Maggie, spärlich bekleidet, samt Wellfleisch, Orangenhaut und abgeplatztem Nagellack. Ich schaute sie mir aus der Nähe an – es stand keine Plattenfirma darauf. Es handelte sich offensichtlich um Privataufnahmen – die fette Maggie hatte ihr erbärmliches Geträller für die Nachwelt festgehalten.

Das Arschloch bewegte sich; ich verpaßte ihm noch einen Tritt gegen die Rübe und stellte die Bude auf den Kopf. Ich fand: Bergeweise Damenunterwäsche, ohne Zweifel die Sore aus Bad Bobbys Beutezügen; bergeweise andere Klamotten; diverse Springmesser, Dildos, Noppenpräser, Traktate, laut denen eine jüdisch-kommunistische Verschwörung das Paradies des Friedens zerstören wollte, das die deutsch-japanische Bruderschaft mit friedlichen Mitteln errichtet hatte, und – unter der Matratze – siebzehn Sparbücher: verschiedene Banken, prall gefüllte Konten, mehrere üppige Einzahlungen jüngeren Datums.

Mal sehen, was das Arschloch mir zu sagen hatte. Ich griff in seinen Hosenbund und förderte eine 45er Automatik, Handschellen und – Wunder über Wunder! – Dienstausweis und Marke eines L.A.-Sheriffs zutage. Das Arschloch schimpfte sich Deputy Walter T. Koenig und war eine Leihgabe der Polente an die Ausländerbehörde.

Das gab mir zu denken. Ich ging in die Küche, holte eine Literflasche Bier aus dem Eisschrank und öffnete Deputy Arsch die Augen – mit einer leckeren Lucky-Lager-Dusche. Koenig spotzte und spuckte seinen Knebel aus; ich ging neben ihm in die Hocke und richtete meine Kanone auf seine Nasenspitze. »Kein Gejammer, kein Gezeter, kein Gewäsch. Wenn du mich nicht sofort über Murikami und die Sparbücher aufklärst, leg ich dich um.«

Koenig spuckte Blut; seine trüben Augen versuchten, sich auf meine Wumme zu konzentrieren. Er leckte sich Bier von den Lippen; sein trübes Hirn hatte sichtlich Mühe, einen klaren Gedanken zu fassen. Um meinen Worten Nachdruck zu verleihen, spannte ich den Hahn meiner 38er. »Laß hören, Arschloch.«

»Duff ... duff ... ordnung.«

Ich ließ die Trommel der 38er rotieren – noch mehr Nachdruck. »Du meinst die Durchführungsverordnung in Sachen Japanesen?« Koenig spuckte Eckzähne und Zahnfleischfetzen. »Mh-hm.«

»Weiter. Das Zinkerkostüm steht dir gut.«

Das Arschloch starrte mich schweigend an; um ihm die Zunge zu lösen, gab ich ihm einen Teil seiner Männlichkeit zurück. »Paß auf, wenn du auspackst, bleibt das unter uns. Mir geht es einzig und allein ums Geld.«

Sein Blick verriet, daß er mir glaubte. Koenig brachte seinen ersten verständlichen Satz über die Lippen. »Ich hab mit den Japsen ein krummes Ding gedreht. Der Staat hat ihre Konten bis nach der Internierung eingefroren. Ich sollte Murikami und anderen gegen Beteiligung zu ihrem Geld verhelfen. Sie in Handschellen zur Bank bringen, getürkte Papiere vorlegen und so. Diese Japsen sind clever, das muß man ihnen lassen. Die wissen genau, daß sie demnächst die Flatter machen, und geben sich mit ein paar Prozent Zinsen nicht zufrieden.«

Ich kaufte ihm die Geschichte nicht ganz ab; mit sicherem Instinkt filzte ich Koenigs Jackentaschen, fand aber nur die Schminkutensilien einer Frau – Make-up-Fläschchen und Puderquaste. Das machte mich mißtrauisch; ich zog Koenig hoch, drehte ihm die Arme auf den Rücken und fesselte ihn mit seinen Handschellen. »Wo hat Murikami sich verkrochen?«

»1411 Wabash, East L.A., Wohnung 311. Ein ganzer Haufen Japse hält sich dort versteckt. Was haben Sie ...«

»Ich filze deine Kiste, und dann laß ich dich laufen. Ab sofort bin *ich* am Drücker, Walter.«

Koenig nickte und versuchte, sich seine Dankbarkeit nicht anmerken zu lassen; ich entlud seine Kanone und steckte sie in sein Holster, gab ihm seine Marke zurück, klaubte die Sparbücher zusammen und stieß ihn vor mir her zur Tür. Ich dachte an Lorna – begleitet von Artie Shaw und Glenn Miller – und einen von den Achsenmächten finanzierten Acapulco-Urlaub zu zweit. Ich schob Koenig die Treppe hinunter; er wies mit einem Nicken zu einem Ford- Roadster auf der anderen Straßenseite. »Da, das ist meiner. Aber Sie ...«

Schüsse zerfetzten die Luft; Koenig taumelte vorwärts, rückwärts, vorwärts. Ich warf mich auf den Gehsteig und überlegte, in welche Richtung ich feuern sollte. Koenig sackte zusammen und rollte in den Rinnstein; ein Wagen ohne Licht raste vorbei. Ich gab fünf Schüsse ab und hörte, wie die Kugeln klingelnd von Metall abprallten; in den Fenstern ringsum gingen Lichter an – und verhalfen mir zum überwältigenden Anblick eines ehemals kriminellen Cops, dem man die Visage weggeballert hatte. Ich stolperte über die Fahrbahn zu dem Ford, schlug mit dem Pistolengriff ein Fenster ein, riß das Handschuhfach auf und durchwühlte es: vereinzelte Papiere, keine Sparbücher. Auf einmal streiften meine Finger ein langes, klebriges Stück Gummi. Ich hielt es hoch, schaltete die Innenraumbeleuchtung ein und stellte fest, daß es sich um eine – auffallende – Theaternarbe handelte, wie sie, sämtlichen Zeugenaussagen zufolge, die Fassade eines der Bankräuber verunziert hatte.

Ohrenbetäubende Sirenen nahten wie Vorboten des Jüngsten Gerichts. Ich rannte zu meinem Wagen und verpißte mich, so schnell ich konnte.

Meine Wohnung lag in der falschen Richtung – fort von sämtlichen Spuren, die mich über Maggie zu Lorna hätten führen können. Ich fuhr zur Wabash Avenue; es war nach Mitternacht, und Nummer 1411 lag mucksmäuschenstill und komplett verdunkelt da – alle Fenster der fünfstöckigen Hütte waren verhängt. Nirgends war ein Laut zu hören. Ich parkte den Wagen an der Hauswand, kletterte auf die Kühlerhaube, sprang in die Höhe und umfaßte die unterste Sprosse der Feuerleiter.

Der Aufstieg war ein saures Stück Arbeit; vom Tau waren die Holme feucht und glitschig, so daß meine Schuhe immer wieder abrutschten. Im zweiten Stock angekommen, stieß ich die Verbindungstür auf, tappte über den leeren Flur zur 311 und horchte an der Tür. Stimmen: Japanisch, Japanisch mit englischem Akzent, dann lupenreines Amerikanisch, laut und deutlich. »Ihr bezahlt nur für das Versteck und nicht dafür, daß ich euch morgens um zwei noch was zu fressen hole. Na schön, wenn's sein muß – *aber das ist das letzte Mal.*«

Noch mehr Stimmen; Schritte in Richtung Flur. Ich zog meine Kanone und drückte mich an die Wand, als auch schon die Tür aufging. Da sie sich nach außen öffnete, bot sie mir einen Sekundenbruchteil lang perfekte Deckung; dann fiel sie ins Schloß, und Ami-san flitzte zum Fahrstuhl. Ich schlich mich auf Zehenspitzen an.

Zack! zog ich ihm meine Knarre über den Schädel, und während er auf den Teppich und ins Reich der Träume sank, fischte ich die Knarre aus seiner Jackentasche, stopfte ihm mein Einstecktuch ins Maul und sperrte ihn in eine Besenkammer. Mit zwei Kanonen im Anschlag ging ich zur 311 zurück und klopfte leise an die Tür.

»Ja?« – ein Japaner auf der anderen Seite. Ich dämpfte die Stimme und nuschelte: »Ich bin's.« Gemurmel, die Tür ging auf, und vor mir stand ein regelrechter Elefant von Buddhajünger. Ich trat ihm in die Eier, er krümmte sich, ich packte ihn am Gürtel, zog und knallte seinen Kopf gegen den Türpfosten. Er kippte aus den

Latschen; ich richtete die Automatik, die ich dem weißen Penner abgenommen hatte, auf den Rest des Vereins.

Ein Bild für die Götter.

Ein Dutzend Gelbe mit nadelspitzen schwarzen Schlitzaugen, wie Zero-Embleme, stierten mich an, Bob Murikami mittendrin. Springmesser zielten auf meinen Bauch. Ein klassisches Patt oder die Fortsetzung von Pearl Harbour. Da half nur Kamikaze.

Lächelnd entfernte ich die Kugel aus der Kammer der geklauten Knarre, klinkte das Magazin aus und warf beides an die Wand. Jumbo kam allmählich zu sich; ich preßte – nur für den Fall, daß er sich mausig machen wollte – eine Hand auf seine Halsschlagader und half ihm hoch. Mit der anderen klappte ich die Trommel meines Revolvers aus und zeigte ihm die Kugel, die von der Schießerei mit Walter Koenigs Killern übriggeblieben war. Jumbo begriff und nickte; ich ließ die Trommel rotieren, setzte ihm die Mündung an die Stirn und richtete das Wort an die versammelten Achsenmächte. »Hier geht's um Sparbücher, Maggie Cordova, krumme Geschäfte mit der Ausländerbehörde und den großen Überfall auf die B of A in Japtown. Ich will nur mit Bob Murikami reden. Ja oder nein?«

Niemand machte einen Mucks oder sprach ein Wort. Ich drückte ab, der Bolzen traf klickend eine leere Kammer, und Jumbo zitterte von Kopf bis Fuß – die große Flatter. Ich sagte: »Sayonara, Arschloch«, und drückte noch einmal ab; wieder nur ein hohles Klicken. Jumbo schob einen Affen wie ein Schießer auf Entzug. Statt fünf zu eins jetzt nur noch drei zu eins; ich sah Lorna vor mir, nackt, wie sie Hearns zum Abschied winkte und Stormin' Norman Killebrew um den Hals fiel, einem Jazzposaunisten, der angeblich einen knappen halben Meter in der Hose hatte und es Lorna, nach eigener Aussage, als einziger besser besorgt hatte als meine Wenigkeit. Ich drückte noch zweimal ab – beides Nieten –, und plötzlich stank es nach Scheiße, weil Jumbo seinen Elefantendarm entleert hatte.

Der nächste Versuch war todsicher der letzte, und für ihre Verhältnisse zeigten die Japsen reichlich Nerven. Ich sah meinen eigenen Trauerzug vor mir: Während mein Sarg in die Grube hinabgelassen wurde, erklang lautstark »Prison of Love«.

»Nein! Reden wir!«

Ich hatte den Hahn schon halb gespannt, als ich Bob Murikamis Stimme registrierte. Ich ließ Jumbo los und zielte auf Bad Bob; der trat vor und verbeugte sich, ganz der servile Samurai, vor meiner Kanonenmündung. Jumbo sank zu Boden; ich winkte dem Rest der Versammlung, enger zusammenzurücken, und sagte: »Her mit der Knarre und dem Magazin.«

Ein Kerl mit Frettchenvisage gehorchte; ich lud durch und schob mir meine Russisch-Roulette-Wumme in den Hosenbund. Murikami wies auf eine Tür; ich folgte ihm, während ich die anderen mit der Pistole in Schach hielt.

Die Tür führte in einen langen schmalen Raum voller Feldbetten – »Underground Railway«, Modell 1942. Ich ließ mich auf der saubersten Pritsche nieder und dirigierte Murikami zu einer Liege ein paar Meter weiter, wo ich ihn nicht verfehlen konnte. Ich sagte: »Raus mit der Sprache. Eins nach dem anderen, immer schön langsam und von Anfang an, und daß du mir ja nichts ausläßt.«

Bad Bob Murikami schwieg, als würde er seine Gedanken sammeln und sich fragen, welches Ammenmärchen er mir auftischen sollte. Sein Gesicht war wie versteinert; für sein Alter war er ein ziemlich zäher Bursche. Es roch nach Moschus – eine seltene Mischung aus Blut und Lornas »Puma-Lady«-Duft. »Du kannst mir nichts vormachen, Bob. Und keine Angst, ich verpfeife dich nicht an die Ausländerbehörde.«

Murikami lachte meckernd. »Ach, nein?«

Ich meckerte zurück. »Ihr Japsen seid doch Weltmeister im Rasenmähen und Heckenschneiden. Wenn alles glattgeht, brauche ich einen guten Gärtner.«

Murakami machte meck-meck-meck – und verzog die Mundwinkel zu einem Lächeln. »Wie heißen Sie?«

»Spade Hearns.«

»Was sind Sie von Beruf?«

»Privatdetektiv.«

»Ich dachte, Privatschnüffler wären sensible Burschen mit einem Ehrenkodex.«

»Nur in Groschenromanen.«

»Na danke. Wenn Sie keinen Ehrenkodex haben, woher soll ich dann wissen, daß Sie mich nicht über den Tisch ziehen?«

»Ich stecke zu tief in der Sache drin, um dich über den Tisch zu ziehen, Tojo. Damit würde ich mir bloß ins eigene Fleisch schneiden.«

»Wieso?«

Ich holte eine Handvoll Sparbücher hervor; Murikami quollen die Schlitzaugen aus dem Schädel, bis er aussah wie ein Nigger im Delir. »Für die Dinger habe ich Walt Koenig umgebracht, und ihr braucht einen Weißen, um die Kohlen von der Bank zu holen. Ich kann zwar keine Zeugen gebrauchen, aber umlegen kann ich euch auch nicht, obwohl ich Blut geleckt hab, und das nicht zu knapp. Also beichte, Papa-san. Bekenne deine Sünden.«

Murikami beichtete eine geschlagene Stunde. Seine Geschichte war der Nachtzug nach Absurdistan.

Alles hatte damit angefangen, daß drei Japsen, die als Wartungsmonteure bei der Bank beschäftigt waren und eine Stinkwut schoben, weil sie zwangsinterniert werden sollten, zusammen mit dem Gangster-Cop Walt Koenig und einem seiner Kollegen – dessen Name Bob nicht kannte – ein Komplott geschmiedet hatten. Geplant war ein klassischer Bankraub ohne jede Gewaltanwendung – Koenig und sein Kumpel nahmen die B of A nach Strich und Faden aus, die Japsen bekamen einen prozentualen Anteil der Beute, mit dem die debilen kleinen Revoluzzer allen Ernstes nach Mexiko abhauen wollten, weil sie glaubten, dem Lager auf diese Weise entgehen zu können, während Koenig ihr beschlagnahmtes Vermögen bis nach der Internierung in Sicherheit brachte. Leider ging der Schuß nach hinten los: drei Wachen tot, wildes Geballer. Mrs. Lena Sakimoto, die alte Dame, die sich tags darauf auf offener Straße eine Kugel eingefangen hatte, war der eigentliche Spitzel: Sie befand sich in der Bank und tat, als würde sie Schlange stehen, während ihre tatsächliche Aufgabe darin bestand, Koenig und seinem Kumpel ein Zeichen zu geben – sobald das Geld aus dem Tresor an die Kassierer verteilt wurde. *Sie* mußte dran glauben, weil die Gangster sie für eine potentielle Plaudertasche hielten.

Doppelspiel.

Bad Bob und *seine* Kumpels sollten die Beute verwahren. Aus Wut über die Toten deponierten sie das Geld auf Japsenkonten, damit die beiden Blaßnasen es sich nicht unter den Nagel reißen konnten und die Sore bis nach der Internierung Zinsen abwarf. Bob lagerte die Sparbücher in seiner Hütte, wo das Bleichgesicht, in dessen Burg sie sich verkrochen hatten, es abholen sollte – als ihm jemand steckte, daß ein Freund von ihm es auf den Zaster abgesehen habe.

Der Freund hieß George Hayakawa und spielte bei den Rising Sons die zweite Geige. Er machte Walt Koenig einen Vorschlag: Der Cop sollte die Kohlen klemmen und dafür die Hälfte abkriegen. Koenig sagte »Nein, danke«, zwang Hayakawa, das Versteck der Sparbücher und die Adresse des Schlupfwinkels preiszugeben, schnitt ihm den Schwanz ab und schickte ihn den Japanesen in einer Pizzaschachtel. Eine Warnung – mit der Weißen Gefahr ist nicht zu spaßen.

Ich bedrängte Murikami mit Fragen zu Maggie Cordova – wie paßte sie ins Bild? Die Story nahm perverse Züge an.

Maggie war die Perle von Bad Bobs großer Schwester, die feminine Hälfte eines Lesbenduos – und der zweite Spitzel in der Bank; als sie erfuhr, daß Mrs. Lena Sakimoto zu Sukiyaki verarbeitet worden war, floh Maggie aus Angst vor ähnlichen Repressalien nach Tijuana. Bob hatte keine Ahnung, wo sie steckte. Ich drängte, drohte und hätte Murikami um ein Haar sogar erschossen, um eine Antwort auf die Frage zu bekommen, die mich am meisten quälte: Woher kannte Maggie Cordova »Prison of Love«? Bad Bob wußte es nicht; ich *mußte* es wissen. Ich machte ihm ein Angebot, das seine Gültigkeit spätestens in dem Moment verlieren würde, wenn Lorna um die Ecke bog. Du kommst mit, wir räumen sämtliche Konten, du fährst mit mir nach T.J., Maggie suchen, und das ganze Geld gehört dir. Murikami schlug ein; wir besiegelten die Abmachung mit einer Magnumflasche Laudaunum mit einem Schuß Sake. Kaum war ich mit der Knarre in der Hand entschlummert, lag ich auch schon Lornas Armen.

Ein irrer Traum.
Lorna trat nackt im Hollywood Palladium auf, begleitet von einem rein schwarzen Orchester – Mammutbriketts in straßbesetzter Onkel-Sam-Kluft. Sie bumste die Luft; sie tropfte vor Schweiß; sie nuckelte am Mikrofon. Roosevelt, Hitler, Stalin und Hirohito wurden auf Tragen in den Saal geschleppt; als Lor »Someone to Watch Over Me« anstimmte, fielen sie ehrfürchtig auf die Knie. Auf dem Podium brach ein Krieg aus: Wildgewordene Bimbos prügelten mit Posaunenzügen und Klarinettenstürzen aufeinander ein. Es handelte sich offensichtlich um ein Ablenkungsmanöver – Hitler sprang auf die Bühne und versuchte Lorna in ein Nazi-U-Boot zu verfrachten, das in der ersten Reihe parkte. Ich griff mir den Gröfaz, packte ihn am Schnurrbart und warf ihn im hohen Bogen auf den Sunset Boulevard hinaus. Lorna sank ohnmächtig in meine Arme, als mich jemand am Ärmel zupfte; ich schlug die Augen auf. Vor mir stand Robert Murikami und sagte: »Raus aus den Federn, Schnüffler. Die Bank ruft.«

Wir brachten die Sache mit Anstand und den entsprechenden Requisiten hinter uns – Handschellen für Bad Bob, getürkte Papiere, Spielzeugmarke am Revers. Murikami mimte über ein Dutzend verschiedene Japanesen; wir löschten vierzehn Konten und kassierten sage und schreibe $ 81 000. Ich gab mich als hohes Tier der Ausländerbehörde aus, auf der Jagd nach illegalen Profiten aus staatsfeindlichen Aktivitäten; die patriotisch gesinnten Banker schluckten die Geschichte ohne Murren. Um vier fuhren wir in Richtung Süden, auf schnellstem Wege nach T.J., zu meinem langersehnten Wiedersehen mit der Frau, die mir vor einer Ewigkeit das Herz gestohlen hatte. Murikami und ich plauderten, vorübergehende Harmonie in den japanisch-amerikanischen Beziehungen – dank einer gehörigen Portion Penunze in kleinen grünen Scheinen.

»Warum interessieren Sie sich eigentlich so sehr für Maggie, Hearns?«

Ich sah nach rechts und links – hier hohe Klippen, die zu brechend vollen schneeweißen Stränden abfielen, dort Touristenfallen und Imbißstuben. Das Tojo-Bürschchen grinste. Hoffentlich mußte ich ihn nicht umlegen. »Sie ist für mich nur Mittel zum Zweck, Kleiner. Meine Verbindung zu *der* Frau.«

»*Der* Frau?«

»Jawoll. Der Frau, für die ich damals noch nicht reif war. Der Frau, für die ich alles hingeschmissen hätte.«

»Und Sie meinen, diesmal läuft es besser?«

Einundachtzig Riesen Startkapital; ein klügerer, nachdenklicherer Hearns. Vielleicht würde ich mir sogar die Schläfen grau färben. »Jawoll. Sobald ich mein kleines Rechtsproblem bereinigt habe, werde ich mit ihr in Acapulco Urlaub machen, vielleicht sogar nach Rio fliegen. Sie wird schon merken, wie sehr ich mich verändert habe. Daß ich inzwischen ein völlig anderer Mensch bin.«

Ich schaute wieder auf die Straße und wollte gerade herunterschalten, um in die nächste Kurve zu gehen, als mir jemand auf die Schulter tippte. Ich drehte mich zu Bad Bob um – und bekam seine monströse, mit Siegelringen gespickte rechte Faust zu spüren.

Blut raubte mir die Sicht; ich trat nach der Bremse; der Wagen ruckelte eine Böschung hinauf und blieb dann liegen. Mein linker Haken ging ins Leere; ich kassierte einen zweiten Treffer; durch einen Karmesinschleier sah ich, wie Murikami sich die Kohlen schnappte und damit das Weite suchte.

Ich wischte mir die rote Soße aus den Augen und nahm die Verfolgung auf. Murikami hielt auf die Treppe zu, die von der Steilküste zum Meer hinunterführte; ein Wagen schlingerte an mir vorbei und hielt; ein Bulle von einem Mann sprang heraus, zielte und schoß auf die flüchtende Gestalt – einmal, zweimal, dreimal. Der vierte Schuß beförderte Bob Murikami hochkant über die Klippe, die Geldtasche klaffte auf, und Dollarscheine flatterten zur Erde. Ich zog meine Kanone, schoß dem Schützen in den Rücken und sah zu, wie er im Gebüsch zusammenbrach. Mit der Waffe im Anschlag ging ich zu ihm und verpaßte ihm zur Sicherheit zwei weitere Kugeln, aus nächster Nähe in den Hinterkopf. Ich wälzte ihn mit der Schuhspitze auf den Rücken und identifizierte ihn an Hand der Überreste seines Gesichts. Sergeant Jenks, Bill Malloys Kumpel von der Ausländerbehörde.

Ich steckte bis zur Halskrause in der Scheiße.

Ich schleifte Jenks zu seinem Plymouth, quetschte ihn hinters Steuer, ging in Deckung und feuerte auf den Benzintank. Der Wagen explodierte; der Ex-Bulle schmorte wie fritierte Guacamole. Ich trat an den Rand der Klippe und sah hinab. Bob Murikami lag auf dem Felsen ausgestreckt, und Scharen von Sonnenanbetern rissen sich gierig um das Geld, prügelten sich fast darum, führten Freudentänze auf und heulten wie Hyänen.

Ich düste nach Tijuana, besorgte mir eine Bude und eine Pulle Drugstoredope und machte mich auf die Suche nach Maggie Cordova. Eine fette, weiße Lesbenlerche fiel auf, selbst in einer Eiterbeule wie T.J. – und ich wußte, wo ich mit der Jagd beginnen mußte: in den finstersten Winkeln und Kaschemmen der Stadt.

Das Dope beruhigte meine Nerven und verlieh mir die nötige

Nonchalance für meinen Dreitagebart und meine abgerissenen Klamotten. Ich zog durch die Mulinummer-Schuppen und stellte Fragen; ich zog durch die Freudenhäuser und 24-Stunden-Sex-Shows. Bettelnde Kinder bedrängten mich; nach einer Weile taten mir die Füße weh, so viele Tritte hatte ich ihnen schon verpaßt. Ich fragte, fragte, fragte nach Maggie Cordova und verteilte Pesos noch und noch. Und plötzlich – mitten auf der Straße – stand sie da, auf einer Treppe neben einer Tequilatränke.

Als ich sah, wie sie die Stufen hinaufstieg, durchzuckte mich ein Stromstoß, der die Dopewirkung mit einem Schlag zunichte machte. Über der Destille ging ein Licht an – und Lorna Kafesjians Version von »Goody, Goody« wehte zu mir herab.

Ich dachte an meinen Traum, lief die Treppe hoch und klopfte an die Tür.

Schritte kamen auf mich zu – und plötzlich fühlte ich mich nackt, als würde eine Litanei all dessen, was ich nicht hatte, das Klappern der Absätze auf dem Holzfußboden noch verstärken.

Keine einundachtzig Mille Wiedersehenskapital.

Keine Sy-Devore-Anzüge für einen glamourösen Hollywood-Auftritt.

Kein Passierschein für nächtliche Spritztouren durch Hollywood.

Keine Chance, mit der alten Masche vom sensiblen, lebensmüden Schnüffler mit Ehrenkodex und weichem Kern in rauher Schale eine Reservemieze aufzureißen, die mir die Stange hielt, falls Lorna mich abblitzen ließ.

Die Tür ging auf, und vor mir stand die fette Maggie Cordova. Sie sagte: »Spade Hearns. Stimmt's?«

Ich stand da wie vom Blitz getroffen. »Woher wußten Sie das?«

Maggie seufzte – als hätte sie die Geschichte schon tausendmal erzählt. »Ich hab Lorna Kafesjian vor Jahren ein paar Lieder abgekauft. Sie brauchte dringend Geld, um aus der Fickgeschichte mit einem sentimentalen Schlappschwanz rauszukommen, der bis über beide Löffel in sie verschossen war. Sie meinte, der Kerl wär 'ne Kanalratte, und da ich auch 'ne Kanalratte wär und ihre Songs singe, würde er mir früher oder später bestimmt über den Weg laufen. Aber Sie dürfen hoffen, Hearns. Lorna hat gesagt, daß sie Sie gern noch einmal sehen würde. Ich hab nach wie vor mit Lor zu tun und weiß, wo sie zu finden ist. Sie hat gesagt, ich soll Sie für die Info blechen lassen. Interessiert? Dann *kommen Sie rüber.*«

Zur Krönung ihres Vortrags malte Maggie ein Dollarzeichen in die Luft. Ich sagte: »Du hast den Überfall auf die B of A gedeichselt. Du bist so gut wie tot.«

»Denkste, Schnüffler. Da du bei der Suche nach mir jede Menge Mist gebaut hast, ist deine Visage in L.A. durch alle Zeitungen gegangen, und die Mexen liefern nicht aus. *Komm rüber.*«

Ich rückte mein ganzes Geld heraus und behielt nur einen Fünfer als eiserne Reserve. Maggie sagte: »Acht-einundachtzig Calle Verdugo. Und immer schön sachte, Süßer. *Piano*, wenn ich bitten darf.«

Ich haute meinen letzten Schein für einen gebrauchten hellgestreiften Anzug auf den Kopf, wie Bogart ihn in *Die Spur des Falken* getragen hatte. Die Hose war zu kurz und die Jacke zu eng, aber sonst gab es daran nichts auszusetzen. Im Waschraum einer Tankstelle gönnte ich mir eine Trockenrasur und spritzte mir etwas Seife unter die Achseln, dann klaute ich einem Blumenmädchen seine restlichen Narzissen. Derart gewappnet, machte ich mich auf zu meiner verlorenen Liebe.

Klopf, klopf, klopf an die Tür einer schmucken kleinen Lehmziegelhütte: Bumm, bumm, bumm trommelte mein Herz einen nervösen Big-Band-Beat. Die Tür ging auf – fast hätte ich laut geschrien.

Die letzten vier Jahre hatten deutliche Spuren in Lornas Gesicht hinterlassen. Die Sonne hatte ihrer Haut schwer zugesetzt – Runzeln, Grübchen, Schuppen; aus ihren Lachfältchen waren Gräben so tief wie die San Andreas Fault geworden. Ihr einst so verführerischer, in weißen Satin gehüllter Körper war aufgedunsen und steckte in einem Poncho, wie ihn sonst nur Chili-Putzen trugen. Aus den Untiefen unserer gemeinsamen Vergangenheit förderte ich eine linkische Begrüßung zutage.

»Wie läuft's, Baby?«

Lornas Lächeln entblößte soviel Zahngold, daß sie damit ohne weiteres eine Revolution hätte finanzieren können. »Willst du mich nicht fragen, was passiert ist, Spade?«

Ich ließ mich nicht entmutigen. »Was ist passiert, Baby?«

Lorna seufzte. »Was glaubst du, Spade? Ich bin neugierig.«

Ich strich über mein Revers. »Es war war einfach alles zuviel für dich: mein riskantes Leben, die Gefahr. Die Liebe, Eifersucht und Verletzlichkeit eines hartgesottenen Asphaltritters wie mir. Seien wir ehrlich, Baby: Ich war schlicht und einfach zu sehr Mann für dich.«

Lorna lächelte – immer neue Risse erschienen in der Reliefkarte ihres Gesichts. Sie sagte: »Deine Sperenzchen waren noch anstrengender als meine eigenen. Ich bin in ein mexikanisches Nonnenkloster gegangen, wo ich etwas zu oft und zu lange in der Sonne lag, habe wieder angefangen zu komponieren und mich in einen einfachen Bauern verliebt – Pedro, meinen Mann. Ich backe Tortillas, wasche meine Sachen in einem Bach und trockne sie auf einem Felsen. Manchmal, wenn Pedro und ich knapp bei Kasse sind, stelle ich mich im Blue Fox hinter den Tresen und mixe Margaritas. Ein einfaches, anständiges Leben.«

Ich spielte meinen Trumpf aus. »Aber Maggie meinte, du wolltest mich sehen – ›noch einmal‹, wie ...«

»Ja, wie im Kino. Also, Hearns, paß auf. Ich habe ›Prison of Love‹ an circa drei Dutzend Chansonetten verscherbelt, die den Song allesamt als ihren eigenen ausgegeben haben. Er ist bei der AS-CAP unter mindestens fünfunddreißig verschiedenen Titeln registriert, und ich habe rund fünf Riesen damit verdient. Tja, und da ich den Song für dich geschrieben habe, als wir noch feucht hinter den Ohren waren, und weil wir mal zwei Sekunden was miteinander hatten, biete ich dir hiermit zehn Prozent – du hast mich schließlich auf das blöde Ding gebracht.«

Ich sank in der Tür zusammen – nach vier Jahren des Schmachtens und drei Tagen Mord und Totschlag kroch ich auf dem Zahnfleisch. »Her damit, Baby.«

Lorna ging an einen Schrank und entnahm ihm eine Rolle Yankeescheine. Ich steckte das Bündel ein und setzte mich in eine Cantina ein paar Türen weiter. Drinnen war es kühl und dunkel; auf dem Tresen tanzten nackte Mexenbräute. Ich bestellte Tequila und schluckte ihn pur, fütterte die Musicbox mit Nickels und drückte jede Taste, neben der der Name einer Sängerin stand. Als der Schnaps endlich anschlug und die Musik losging, setzte ich mich hin, sah den nackten Weibern bei ihrer Gymnastik zu und versuchte verzweifelt, auf Touren zu kommen.

Keine Stadt ist so wie L. A. mit
einer magischen Aura aus Sex,
Ruhm, Geld und Verbrechen
umgeben. Und kein Autor kann
dies besser beschreiben als
James Ellroy.

*»Einer der größten modernen
Schriftsteller Amerikas.«*
Los Angeles Times

*»Aus seinen Büchern weht der
Wind des Bösen.«*
Bücherjournal

*»Ellroy ist der wichtigste
zeitgenössische Krimiautor.«*
Der Spiegel

James Ellroy

**Crime Wave**
Auf der Nachtseite von L. A.

Econ | ULLSTEIN | List